ROMEO Y JULIETA

LETRAS UNIVERSALES

WILLIAM SHAKESPEARE

Romeo y Julieta

Edición bilingüe y traducción del Instituto Shakespeare
dirigida por Manuel Ángel Conejero

CÁTEDRA

LETRAS UNIVERSALES

© Fundación Instituto Shakespeare
Ediciones Cátedra, S. A., 1988
Josefa Valcárcel, 27. 28027-Madrid
Depósito legal: M. 33.487-1988
ISBN: 84-376-0779-5
Printed in Spain
Impreso en Lavel
Los Llanos, nave 6. Humanes (Madrid)

INTRODUCCIÓN

Pintura de Ferdinand Piloty (1828-1895)

Romeo y Julieta es una de las obras más populares de Shakespeare, tanto que sólo Hamlet la supera en el número de representaciones que cuenta en su haber[1]. Su popularidad, lógicamente, ha inducido a un buen número de críticos a exponer sus opiniones sobre ella, que coinciden en algunos rasgos básicos, aunque argumentan las más dispares interpretaciones sobre su verdadero tema.

En cualquier caso, la fascinación que ejerce es admitida de forma generalizada: todos reconocen la densidad emotiva de la obra, que ha descubierto el modo de llegar al público, aunque sin alcanzar a determinar con exactitud si su esencia es trágica o lírica. En este punto, como en la mayoría, la experiencia nos indica que la razón en raras ocasiones se decanta de forma absoluta por una interpretación en exclusiva. Y la conferencia pronunciada a este respecto por Giorgio Melchiori en los IX Encuentros Shakespeare, celebrados en Valencia en marzo de 1987, supone una interesante solución del conflicto. Con anterioridad a él, críticos de la categoría de H. B. Charlton[2], M. C. Bradbrook[3], I. Evans[4],

---

[1] Vid. Hibbard, G. R., «Titus Andronicus and Romeo and Juliet» en Wells, S. (ed.), Shakespeare. Select Bibliographical Guides, Londres; Oxford University Press, 1973 (págs. 134-145), pág. 138.

[2] Vid. Charlton, H. B., «Experiment and Interregnum. Romeo and Juliet, King John, Julius Caesar», Shakespeare Tragedy, Cambridge, Cambridge University Press, 1948, págs. 49-63.

[3] Vid. Bradbrook, M. C., Shakespeare and Elizabethan Poetry, Cambridge, Cambridge University Press, 1974 (1951), Vol. IV.

[4] Vid. Evans, I., «Romeo and Juliet», The Language of Shakespeare's Plays, Londres, Methuen, 1959 (1952), págs. 78-86.

D. Cole[5] o H. Levin[6] habían llamado la atención sobre las innovaciones introducidas en el género, relacionándolas con la práctica teatral isabelina y situándola dentro de la trayectoria dramática de Shakespeare, pero G. Melchiori da un paso más, explicando los paralelismos existentes entre la presencia alternada de elementos líricos y trágicos en la obra y las circunstancias político-teatrales de los años en que esas secciones de la obra iban tomando forma.

La coexistencia de elementos líricos y trágicos, que se produce como algo nuevo en *Romeo y Julieta* es resumida con precisión por H. Levin cuando afirma: *Romeo and Juliet, the most elaborate product of his so-called lyrical period, was his first sucessful experiment in tragedy*[7], o por I Evans, cuando dice: *Romeo and Juliet, despite many similarities with the comedies, marks a new beginning*[8], proponiendo su clasificación bajo el epígrafe de *romantic tragedy*[9].

I. Evans señala, además, que la obra es *the first of the English Tragedies with a theme independent of English History* (pág. 78), advertencia que, como la de M. C. Bradbrook acerca de la extrañeza que producía entre los isabelinos la presencia central del elemento del amor en una tragedia[10], retrotrae a la explicación histórica de H. B. Charlton. Este crítico recuerda el respeto de Shakespeare hacia la práctica tradicional en sus primeras obras históricas, y analiza el cambio de orientación experimentado en *Romeo y Julieta*[11]. Lo justifica como ejemplo de la influencia de la práctica teatral renacentista italiana en Inglaterra. Hacia la mitad del siglo XVI, Cinthio, adaptando preceptos de Séneca, había introducido modificaciones en los contenidos de la tragedia, incidiendo en la importancia de la presentación de temas de interés para el espectador, que podían

  5 *Vid.* Cole, D., *Twentieth Century Interpretations of Romeo and Juliet,* New Jersey, Prentice Hall, 1970.
  6 *Vid.* Levin, H., «Form and Formality in *Romeo and Juliet*», *Shakespeare and the Revolution of the Times,* Nueva York, Oxford University Press, 1976, páginas 103-120.
  7 *Ibíd.,* pág. 108.
  8 *Vid.* Evans, I., *op. cit.,* pág. 78.
  9 *Ibíd.,* pág. 79.
  10 *Vid.* Bradbrook, M. C., *op. cit.,* pág. 121.
  11 *Vid.* Charlton, H. B., *op. cit.,* págs. 49-51.

tener dos fuentes posibles de inspiración: la vida o la ficción contemporánea. En este último caso, el amor humano ocupaba un lugar central, y de ahí su presencia en el teatro que se inspiró en la novela.

En el caso de *Romeo y Julieta* se sabe que la fuente última la constituyó la novela de Bandello (1554), que A. Brooke adaptaría al verso inglés en 1562, bajo el título de *The Tragicall Historie of Romeus and Juliet,* y Painter a prosa en 1567, con el título de *The Palace of Pleasure*[12].

G. Melchiori, como señalábamos, da un paso más en el análisis de la yuxtaposición de elementos líricos y dramáticos. Recuerda que los primeros se sirven de las convenciones de la poesía y el amor, y que los segundos se manifiestan en el empleo de la prosa cómica —especialmente extenso en las primeras escenas— y en la utilización del verso blanco. Explica la presencia de ambos elementos en la obra en relación con la situación política. Así, los contrastes existentes en las primeras escenas entre prosa vulgar y lenguaje elevado, característico de las tragedias, señala que su destinatario en ese momento de la composición era el teatro público.

La presencia de elementos sofisticados, como los sonetos, o el segundo prólogo, guardan relacion, en opinión de Melchiori, con el cierre de los teatros, motivado por las plagas de 1592 y 1594, y que obligó a modificar el estilo. A estas circunstancias obedece el lenguaje estilizado de los personajes adultos, que resultaba más sencillo de reproducir por los niños que el lenguaje realista. Estos eran los integrantes habituales de las compañías de teatros privados a los que parecía que la obra iba a ir destinada. En estos teatros eran habituales las divisiones entre los actos, y esta práctica se refleja en los tres primeros de *Romeo y Julieta.*

Pero la crisis teatral llegó a su fin antes de concluirse la obra. Y los encargados de escenificarla serían, finalmente, The Cham-

---

[12] *Vid.* Muir, K., «Romeo and Juliet», *The Sources of Shakespeare's Plays,* Londres, Methuen, 1977, págs. 38-46. *Vid.* también Harris, F., «Romeo and Juliet, Portia, Beatrice, Rosalind, Viola», *Women of Shakespeare,* Londres, Methuen, 1911 (págs. 61-72), págs. 62-64.

berlains's Men, lo que obligó a revisarla, eliminando formalismos excesivos.

Este breve recorrido crítico en busca de una delimitación del género o géneros a que pertenece *Romeo y Julieta* nos lleva a reconocer la importante presencia tanto de elementos líricos como trágicos, y apunta, por lo novedoso de su coexistencia en una misma obra, a un nuevo estadio en la evolución dramática de Shakespeare. Como sucede en todo experimento, a los aciertos acompañan necesariamente fallos, pero la altura alcanzada nos permite afirmar, con F. Harris, que está *full of minor faults, all redeemed by divine virtues*[13], afirmación que coincide en esencia con la que G. Barker hará posteriormente: *It is immature work still, but it is not crude*[14], completándola con la siguiente matización: *its stagecraft is simple and sufficient; and the command of dramatic effect is masterly already.*

La valoración de Stauffer sobre la relación entre aciertos y fallos arroja, sin embargo, un balance más negativo. Su conclusión parte de un análisis de las corrientes temáticas de la obra, distinguiendo dos: el destino, por un lado, y la responsabilidad moral de los personajes, por otro. Stauffer considera que Shakespeare no ha sabido lograr el nivel adecuado de equilibrio y definición de estos dos aspectos antagónicos, y erige este hecho en principal defecto de la tragedia. Dice Stauffer: *Shakespeare blurs the focus and never makes up his mind entirely as to who is being punished, and for what reason. Later he learned to carry different hypotheses simultaneously, to suggest complex contradictory interactions convincingly; but that is not the effect of the double moral motivation in Romeo and Juliet*[15].

A una conclusión parecida llega Whitaker, tras un análisis diferente de lo que constituyen los temas de la obra. Reconoce la fuerza y atracción que ejerce, y al mismo tiempo admite sus defectos: *The play is, in fact, as artistically faulty as it is emotionally*

---

13 *Vid.* Harris, F., *op. cit.*, pág. 61.

14 *Vid.* Granville-Barker, H., *Romeo and Juliet, Prefaces to Shakespeare*, Londres, B. T. Batsford, 1963 (1930), (págs. 42-98), pág. 42.

15 *Vid.* Stauffer, A., «The School of Love. *Romeo and Juliet*», en Harbage, A. (ed.), *Shakespeare, the Tragedies*, Twentieth Century Views, Prentice Hall, Englewood Cliffs, 1964 (págs. 28-33), pág. 30.

compelling[16], apuntando lo confuso de los temas que lo integran: *The play suffers, in short, from a kind of moral schizophrenia. The lovers are crossed by the stars, their families, and themselves, and the lines of moral responsibility are equally crossed*[17].

Independientemente del juicio que se haga de la interrelación de los diversos temas en la obra, la realidad es que existe un importante nivel de ambigüedad e indeterminación, que ha llevado a las más diversas apreciaciones sobre lo que constituye el o los temas centrales de *Romeo y Julieta*.

La revisión de las diferentes opiniones señala que todos identifican la existencia de contrastes en la base de la obra, pero, al mismo tiempo, permite delimitar dos actitudes: la de quienes justifican el predominio de uno de los términos del contraste sobre el otro, y la de quienes se decantan por una relación de tensión entre ambos extremos, que queda sin resolver.

Dentro del primer grupo, es decir, de quienes ven la obra condicionada por el predominio de uno de los extremos, cabe mencionar a H. B. Charlton, que identifica el Destino como fuerza determinante de la tragedia, por encima de los conflictos familiares[18]; K. Muir[19], que también antepone la importancia del Destino y la casualidad a las acciones de los personajes; y G. Barker[20], que insiste en lo decisivo de la casualidad, que él llama circunstancias, frente a los actos voluntarios.

De la postura contraria, es decir, de aquella que identifica en la obra una tensión entre dos extremos, son representativos Mahood y Whitaker. El primero de ellos analiza la relación entre el Destino y las acciones de los personajes[21], y entre el amor y la muerte[22], y, con argumentos fundamentalmente

[16] *Vid.* Whitaker, V., «Piteous Overthrows: Richard III, Titus Andronicus, Romeo and Juliet, Richard II, Julius Caesar», *The Technique of Shakespeare's Tragedies,* San Marino, California, The Huntington Library, 1965 (págs. 94-135), pág. 110.

[17] *Ibíd.,* pág. 119.

[18] *Vid.* Charlton, H. B., *op. cit.,* pág. 40.

[19] *Vid.* Muir, K., *op. cit.,* pág. 40.

[20] *Vid.* Granville-Barker, H., *op. cit.,* págs. 45 y 56.

[21] *Vid.* Mahood, M. M., *Shakespeare's Wordplay,* Londres, Methuen, 1965 (1957), (págs. 56-72), págs. 56-57.

[22] *Ibíd.,* pág. 72.

lingüísticos, expone la dificultad de conceder más importancia a uno de los elementos.

El planteamiento del binomio amor-muerte como central en la tragedia ha atraído a diferentes críticos: Stauffer[23], C. Kahn[24], e I. Boltz[25], entre otros, que, en su mayoría, han intentado buscar elementos que permitan encuadrar la obra dentro de la tradición del *Liebestod,* donde el final del amor en muerte se contempla como algo deseable y deseado. Mahood, sin embargo, estudia con detenimiento las características de esta tradición, y deja al descubierto los lugares que obedecen a criterios diferentes[26].

La crítica de Whitaker, como la de Mahood, se caracteriza por plantear el tema en términos de participación de diversos elementos en relación de igualdad. Whitaker opina que el resultado de la obra se debe a la interacción de tres fuerzas: la casualidad, el Destino y la actuación de los personajes, considerados individual y colectivamente[27].

De las dos actitudes expuestas, es decir, la de quienes opinan que en la obra predomina un elemento sobre los demás, y la de quienes la entienden como la reunión de fuerzas distintas, opinamos que la segunda resulta más fácil de sostener, aunque admitimos el innegable interés de numerosas observaciones dispersas entre los otros críticos.

Hecha esta precisión, quizá ayude a entender mejor la tensión temática de *Romeo y Julieta* el verso del prólogo de Mahood reproduce para ejemplificar su punto de vista[28]: *The fearfull passage of their death-markt love,* donde interesa prestar atención a la doble acepción de dos palabras: *fearfull* y *death-markt.* La primera de ellas puede tener un valor pasivo o activo, puede significar *frightened* (asustado) o *fearsome* (que asusta), doble

[23] *Vid.* Stauffer, A., *op. cit.,* pág. 33.
[24] *Vid.* Kahn, C., «Comming of Age: Marriage and Manhood in *Romeo and Juliet* and *The Taming of the Shrew*», *Man's Estate. Masculine Identity in Shakespeare, Berkeley,* University of California Press, 1981, (págs. 82-103), págs. 98-103.
[25] *Vid.* Boltz, I., «The Dramaturgy of the Lover's Suicide in *Romeo and Juliet*», ponencia presentada a los IX Encuentros Shakespeare, Valencia, marzo, 1987, (en prensa).
[26] *Vid.* Mahood, M. M. *op. cit.,* págs. 56-59.
[27] *Vid.* Whitaker, V., *op. cit.,* pág. 119.
[28] *Vid.* Mahood, M. M., *op. cit.,* págs. 56-57.

posibilidad que comparte, asimismo, la segunda. *Death-markt* puede entenderse con el valor de *fordoomed,* es decir, predestinado, o con el de *with death as their objective,* es decir, con la muerte como fin.

En este verso del prólogo se nos da la clave de la duplicidad de significados que recorrerán la obra. Si se toma en el sentido pasivo, la obra terminará en frustración, con la muerte como elemento destructor, y llevará a la clasificación tradicional de *tragedy of Fate.* Sin embargo, si se interpreta de acuerdo con la segunda acepción, el final de la obra significará la consecución de los objetivos propuestos, con la muerte como final elegido, y la clasificación a que optará será, en este caso, la de *Tragedy of Character.*

En este verso aparecen cuatro conceptos determinantes de la obra: *Destino, Acción, Amor y Muerte,* los dos primeros condicionando el resultado de los otros dos. Convendrá detenerse un poco más en la participación de cada uno de ellos.

El *Destino,* en forma de Rueda de la Fortuna o de Providencia participa de forma importante. Su forma de intervención es fundamentalmente a través de presagios, que preludian un final trágico. En una proporción mucho menor adopta la forma de Providencia, como en IV.v.94-95[29], cuando fray Lorenzo ve la mano de Dios en la muerte de Julieta:

> The heavens do lour upon you for some ill.
> Move them no more by crossing their high will.

O en V.iii.292-293, cuando el Príncipe interpreta la muerte de los jóvenes como algo providencial:

> See what a scourge is laid upon your hate,
> That heaven finds means to kill your joys with love.

Más numerosas son las alusiones al Destino, a través de sueños, temores o imprecaciones. En I.iv.106-111, Romeo, antes del baile, expone su presentimiento de un mal presagio:

---

[29] Las referencias a la obra están tomadas de Spencer, T. J. B. (ed.), *Romeo and Juliet,* The New Penguin Shakespeare, Harmondsworth, Penguin, 1986 (1967).

... For my mind misgives
Some consequence, yet hanging in the stars,
Shall bitterly begin his fearful date
With this might's revels and expire the term
Of a despisèd life, closed in muy breast,
By some vile forfeit of untimely death.

Y en III.i.136, muerto Tybalt a sus manos, y en contra de su voluntad, se declara juguete de la Fortuna, que dictará su separación de Julieta:

O, I am fortune's fool!

En III.v.54-57, Julieta expresa sus temores antes de su obligada separación de Romeo, que debe partir al exilio:

O God, I have an ill-divining soul!
Methinks I see thee, now thou art so low,
As one dead in the bottom of a tomb.
Either my eyesight fails, or thou lookest pale.

En III.v.60-64, se dirige a la Fortuna, pidiéndole el pronto regreso de Romeo:

O Fortune, Fortune! All men call thee fickle.
If thou art fickle, what dost thou with him
That is renowned for faith? Be fickle, Fortune,
For then I hope thou wilt not keep him long
But send him back.

Pero la Fortuna no parece ayudar a ninguno de los dos, y Romeo, en V.i.24, desafía a los astros al recibir noticias de la muerte de Julieta:

Is it e'en so? Then I defy you, stars!

Finalmente, en V.iii.109-112, Romeo, antes de beber el veneno mortal, declara próxima su liberación de la nefasta influencia de los astros, que pesaba sobre él desde antes de conocer a Julieta:

> ... O here
> Will I set up my everlasting rest
> And shake the yoke of inauspicious stars
> From this world-wearied flesh.

El segundo elemento a tener en consideración, lo que hemos denominado *Acción,* cabría dividirlo en dos grupos; por un lado el de los protagonistas —Romeo y Julieta—, y, por otro, el relacionado con la intervención de las familias, concretamente, con su enemistad. Este último factor se agruparía junto al Destino o/y Providencia como agentes externos opuestos al amor de los jóvenes. El agente interno serían, precisamente, las acciones de los enamorados que influyen en el curso de los acontecimientos, y que en esta obra son todavía muy reducidas.

El peso de las acciones con posible vinculación al desenlace trágico recae sobre Romeo, y se manifiesta a través de las reflexiones del fraile sobre su comportamiento; de las palabras de Julieta sobre el progreso de los acontecimientos, de sus acciones, y, sólo en una ocasión, del reconocimiento explícito por parte de Romeo. Las características de su personalidad que colaboran con las disposiciones del Destino y con la influencia negativa de la enemistad familiar son la impulsividad, que predomina sobre la razón, y la consecuente precipitación, que se traduce en una boda súbita, en la muerte de Tybalt a manos suyas, en su primer intento de suicidio, al conocer el exilio decretado por el Príncipe como consecuencia de la lucha, y, finalmente, en su suicidio precipitado, momentos antes de que Julieta despertara del letargo producido por el narcótico.

En cualquier caso, por numerosas que sean las alusiones a la participación de Romeo en su destino, el carácter de sus decisiones queda tan indeterminado en el balance total como el resto de las fuerzas.

Ejemplos concretos de la relevancia de las acciones de Romeo los constituyen las palabras que el fraile pronuncia en II.iii.15-26, antes de su primer encuentro en que, de forma general, plantea los peligros inherentes a todo ser de perder el equilibrio entre las fuerzas opuestas que lo habitan:

Nor aught so good, but strained from that fair use,
Revolts from true birth, stumbling on abuse.
Virtue itself turns vice, being misapplied,
And vice sometime's by action dignified.
Within the infant rind of this weak flower
Poison hath residence, and medicine power.
...
Two such opposed kings encamp them still
In man as well as herbs —grace and rude will.
And where the worser is predominant,
Full soon the canker death eats up that plant.

Unos versos después, en II.iii.90, siguiendo el mismo tono
general, pero dirigiéndose ya a Romeo, cita una máxima,
aconsejando moderación:

Wisely slow. They stumble that run fast.

En II.vi.9-15, el fraile, momentos antes de bendecir su unión,
insiste de nuevo en la necesidad de la moderación, y anticipa un
tono de premonición:

These violent delights have violent ends
And in their triumph die, like fire and powder,
Which as they kiss consume. The sweetest honey
Is loathsome in its deliciousness
And in the taste confounds the appetite.
Therefore love moderately. Long love doth so.
Too swift arrives as tardy as too slow.

Cuando Romeo, informado de que ha sido exiliado de
Verona, intenta suicidarse, el fraile le reprocha su precipitación:

Hold thy desperate hand.
... Thy wild acts denote
The unreasonable fury of a beast.
Unseemly woman in a seeming man!
And ill-beseeming beast in seeming both!
I thought thy disposition better tempered.

(III.iii.108-115)

Figurín de Romeo, diseñado por Randolf Schwabe para el Lyric
Theatre de Londres en 1919

Pero sólo es al final, momentos antes de enfrentarse a su propia muerte, cuando Romeo reconoce el predominio de esa característica que el fraile le ha ido recordando. Es el único momento en que Romeo reconoce su posible responsabilidad moral, y ruega a Paris que impida un nuevo suceso fatal:

> Good gentle youth, tempt not a desperate man.
> Fly hence and leave me. Think upon these gone.
> Let them affright thee: I beseech thee, youth,
> Put not another sin upon my head
> By urging me to fury. Live, and hereafter say
> A madman's mercy bid thee run away

> (V.iii.61-67)

En cuanto a la otra parte implicada en la ejecución de acciones que condicionan el desenlace, es decir, *las familias enemistadas,* convendrá detenerse brevemente para sopesar su verdadera dimensión en el conjunto de la obra. No resulta gratuito que Shakespeare introdujera notables cambios en la intensidad de las disputas familiares. Desde el principio, y a lo largo de la tragedia, sirviéndose de las opiniones expresadas por diferentes personajes, indica que las disputas se han suavizado, y que en la mayoría de los ánimos reina un espíritu de concordia. Las reyertas encarnizadas que caracterizaban a las novelas italianas del Renacimiento se han transformado en diferencias más civilizadas, como prueban las palabras de censura que tanto Lady Capuleto como Montesco dirigen a sus esposos cuando pretenden avivar el fuego de la enemistad ya en las primeras escenas. El propio Capuleto se irritará contra los ánimos encendidos del joven Tybalt, obligándole a comportarse con cortesía hacia Romeo. Otros personajes jóvenes, como Benvolio o Paris expresarán su deseo de convivencia pacífica, que el Príncipe encomiará y procurará imponer por la fuerza cuando las circunstancias así lo requieran. La muerte de Tybalt a manos de Romeo es la consecuencia de una provocación desenfadada entre jóvenes, que, por accidente, escapa a su control. La interposición de Romeo entre Tybalt y Mercutio ocasiona la muerte de este último, y, como consecuencia, la venganza de Romeo sobre Tybalt.

Pero, en cualquier caso, el espíritu de paz se repite con tanta frecuencia que hace pasar a un segundo plano el posible protagonismo de las disensiones familiares en el desenlace de la tragedia.

El hecho de haber matizado el alcance de este elemento dentro del conjunto no significa que le restemos importancia, ni que ignoremos el cuidado con que Shakespeare lo ha introducido, articulándolo en torno a una estructura que posee un inicio, un clímax y un desenlace, y que constituye un hilo argumental paralelo y entrelazado con el de la evolución de los enamorados.

En la primera escena ya se presenta el tema de las disensiones familiares. Comienza a través de terceros, es decir, mediante la disputa de los criados de las dos casas, que se sirven de un lenguaje ocurrente, lleno de expresiones de doble sentido. Progresivamente se introducen los personajes, jóvenes y viejos, de las dos familias que se han enzarzado en una discusión poco seria. Y, antes de que derive en mayores daños, el Príncipe hace acto de presencia, imponiendo la paz por la fuerza de la ley.

Esta misma reunión de partes en litigio y Príncipe se producirá en el acto III, climático de la estructura, y el V, de desenlace. El grado de seriedad del conflicto será creciente, alcanzando el nivel de trágico al final. En el acto III se produce el cambio de la acción. El joven Tybalt muere por mano de Romeo, y lo que era una discusión intrascendente adquiere un carácter sangriento. El odio de las familias se reaviva con este acontecimiento, y el Príncipe arbitra justicia, exiliando a Romeo de Verona. En el acto V, como consecuencia de la intervención de diferentes elementos —Destino, acción personal, enemistad familiar— los herederos de las dos familias mueren prematuramente, lo que las reúne de nuevo, esta vez con espíritu de reconciliación, bajo las palabras conclusivas del Príncipe.

Se ha revisado someramente la participación del Destino y la Acción —tanto personal, especialmente de Romeo, como familiar— en el desarrollo de los acontecimientos. Falta comentar los otros dos aspectos que se señalaban como centrales: el del *Amor* y la *Muerte,* que guardan relación con los ya enunciados, y que se reúnen al final de la obra de forma que provoca conclusiones dispares sobre su nivel de intencionalidad.

El amor afecta a los protagonistas, y por sus características los diferencia y aísla del resto de personajes. El amor que se profesan contrasta con el odio ancestral de las familias a que pertenecen[30], y que tanto Romeo como Julieta verbalizan al conocer la identidad del otro; Dice Romeo: «O *dear* account», y Julieta: «My *only love* sprung from muy *only hate*».

Más específicamente dentro de la obra, el personaje que mejor encarna la pervivencia de ese odio es Tybalt, que está constantemente dispuesto a batirse en duelo, y cuya muerte reavivará el odio adormecido en los otros componentes de las familias.

Dejando de un lado la oposición radical que existe entre los sentimientos del amor y del odio, conviene reflexionar sobre las características del amor que se profesan Romeo y Julieta y los numerosos elementos de contraste con otros tipos de amor que ofrece la obra. Una de las características más destacadas es su *intensidad,* su *idealismo* y su *mutua sumisión*, en personajes cuya juventud contrasta, igualmente, con la vejez de quienes los rodean. Su amor, además, ha de vencer constantes obstáculos, y prueba de ello es la reducida proporción de versos que ocupan en la obra las palabras de amor que se dirigen, que no llega a la décima parte del total; el carácter secreto de su matrimonio y de su noche de bodas, y la presencia de un último obstáculo cuando Romeo acude a reunirse con su esposa muerta en la cripta, teniendo que enfrentarse a Paris antes de su rito final.

Lo diferente de la naturaleza de su amor y los acontecimientos externos irán aislando progresivamente a los amantes, cuya relación evoluciona de forma estructural en los cinco actos de la obra que corresponden, respectivamente, a su primer encuentro, a su boda, a la consumación de su matrimonio y separación, a la muerte fingida de Julieta,y, por último, al suicidio, por separado, de los amantes.

La intensidad del amor que se demuestran[31] se potencia mediante su asociación a imágenes en que aparecen el fuego, el

---

[30] *Vid.* Mahood, M. M., *op. cit.,* pág. 63, y Edwards, P., «Deliverance through love. *Romeo and Juliet», Shakespeare. A Writer's Progress,* Oxford, Oxford University Press, 1986, págs. 142-144.

[31] *Vid.* Stauffer, A., *op. cit.,* pág. 32, y Boltz, I., ponencia citada.

rayo y la pólvora; por la velocidad con que transcurren los acontecimientos, la progresiva soledad de los enamorados, y, sobre todo, por el contraste con la actitud de los otros personajes.

Externamente, ese contraste es patente en la presentación de la edad[32]. Romeo y Julieta son extremadamente jóvenes, y, no por azar, como prueba la reducción de edad que Shakespeare introdujo respecto a las fuentes. Al mismo tiempo, los personajes adultos se comportan convencionalmente como verdaderos ancianos, aunque la lógica indique que su edad real no corresponde a la de su interpretación. Se nos dice en la obra que Lady Capuleto fue madre de Julieta a los catorce años, y esa es la edad que cuenta su hija, lo que la convierte en una mujer de veintiocho, que, sin embargo, exclama a la muerte de Julieta, aludiendo a la proximidad de la suya propia:

> O me! This sight of death es a hell
> That warns *my old age to a sepulchre*
>
> (V.iii.206-207)

La nodriza, según los datos de la obra, también es una mujer joven, pero se comporta como una verdadera anciana, aquejada de numerosos achaques y dolencias. De Capuleto no se nos dice la edad exacta, pero el hecho de que su esposa le ofrezca una muleta cuando desea empuñar la espada es bastante significativo.

La actitud de todos ellos contrasta con la de los jóvenes: mientras estos últimos viven intensamente el presente, los demás están anclados en los recuerdos del pasado: en la noche del baile celebrado en honor de Julieta, su padre recuerda la agilidad y donaire de su juventud. La nodriza también vive llena de recuerdos, relatando episodios de la infancia de Julieta.

El amor idealista de estos jóvenes, que viven anclados en el presente, contrasta con diferentes actitudes representadas en la obra: con los extremos del amor petrarquista y realista, con la actitud convencional, y con la moralista[33].

---

[32] *Vid.* Granville-Barker, H., *op. cit.,* pág. 76.
[33] *Vid.* Mahood, M. M., *op. cit.,* págs. 59-60 y Melchiori, G., ponencia citada.

De la primera actitud —la *petrarquista*— es representante el propio Romeo antes de conocer a Julieta. Prendado de Rosalina, habla del amor en los términos aceptados de guerra y conquista («She will not stay the siege of loving terms, / Nor bide th'encounter of assailing eyes» (I.i.212-213); de religión («She hath forsworn to love; and in that vow / Do I live dead that live to tell it now») (I.i.223-224) y de enfermedad («Bid a sick man in sadness make his will. / Ah, word ill urged to one that is so ill! / In sadness, cousin, I do love a woman» (I.i.202-204). Pero el propio Romeo muestra de forma indirecta que esa filosofía es una pose: yuxtapone sus lamentos amorosos a preguntas sobre temas tan poco elevados como la cena (I.i.173), y las palabras de Benvolio («In sadness», que significa: «de verdad, en serio») indican que él tampoco ha sido engañado.

Reservamos para el apartado dedicado al lenguaje de la obra la profundización en el empleo de los esquemas del soneto por parte de los diferentes personajes, tanto en cuanto a su temática como a sus peculiaridades métricas. A este respecto será interesante constrastar el lenguaje de Romeo, que evoluciona desde una actitud petrarquista en que se ajusta a las convenciones del soneto, a una segunda etapa en que conservará el esquema métrico, pero dotará de realidad a sus palabras, y, finalmente, al abandono completo del soneto, sustituyéndolo por un lenguaje más directo, adecuado a su nueva situación. Esta evolución de Romeo contrasta con la de Paris, el otro pretendiente de Julieta, que, a diferencia de Romeo, todavía en la cripta y en presencia del cadáver de su amada, sigue empleando los esquemas del soneto.

Al otro extremo de la actitud petrarquista, aunque en esencia no excesivamente alejada de ella, se encuentra la aproximación *realista* del amor, expuesta en la obra mediante las palabras de los criados, las burlas del Mercutio hacia la idolatría del amor, y el espíritu práctico y sensual de la nodriza.

En todos estos personajes el amor tiene un carácter marcadamente físico, y la relación entre los amantes sólo se entiende en términos de imposición por parte de uno —el hombre— y sumisión por parte de otro —la mujer. Aunque la actitud realista es compartida por los tres tipos de personajes enunciados, presenta grados de elaboración, siendo en todos ellos magistral la creación ligüística de Shakespeare. Los criados, situados en el nivel más rudo y elemental, inventan ingeniosos juegos de palabras, donde existe invariablemente un segundo significado de marcado carácter sexual. La nodriza, con una participación más extensa, muestra distintos lados de su carácter, en ocasiones primario, en la abierta manifestación de su afecto a Julieta y de su entusiasmo por su próxima boda con Romeo. Pero progresivamente revela su incapacidad de comprender el idealismo de Romeo y Julieta. Para ella existen dos elementos a tener en cuenta en un buen matrimonio: un hombre capaz de satisfacer físicamente a su mujer —y ella considera a Paris igualmente dotado que a Romeo—, y una posición económica ventajosa, y si Romeo era el heredero de la otra familia burguesa acomodada de Verona, en orden de importancia, Paris pertenece a la aristocracia, y su patrimonio en nada desmerece del de Romeo. Por tanto, y atendiendo al exilio que pesa sobre el primer marido, la nodriza no aprecia mayor inconveniente para que Julieta se una ahora, alegre, a Paris.

El tercero de los personajes que representan la actitud realista frente al amor es Mercutio. Su habilidad lingüística supera a la de todos los demás personajes de la obra, y a él encomienda Shakespeare la tarea de parodiar el comportamiento petrarquista a que Romeo se acomoda perfectamente en las primeras escenas. Su ingenio y sentido del humor no encuentran parangón, pero su parlamento magistral —el de la reina Mab— revela un espíritu sensible a los sueños, que a veces no consigue deslindar del mundo real.

La tercera de las actitudes que contrastan con el idealismo de Romeo y Julieta es la *convencional,* representada especialmente por los padres de ambos. Los valores que interesan bajo esta óptica son la honorabilidad —Lady Capuleto— y la perpetuación de una herencia en un matrimonio ventajoso —Capuleto. De entre los jóvenes, Paris, aunque enamorado de Julieta, está completamente de acuerdo con esa visión del mundo. La nodriza, aunque perteneciente a otra esfera social y cultural, acepta plenamente ese código de comportamiento, y en ningún momento cuestiona su validez.

Por último, la sanción *moralista,* encarnada por el fraile, es aceptada por todos los grupos: idealista, realista y convencional.

Se caracteriza, como ya adelantábamos, por su insistencia en la moderación que debe guiar las relaciones en el amor.

La otra característica que mencionábamos en relación al amor de Romeo y Julieta, junto a su intensidad e idealismo, era la *mutua sumisión* de los enamorados[34], que contrasta con la filosofía implícita en la actuación de los personajes petrarquistas, realistas y convencionales. En este sentido, el comportamiento de Romeo y Julieta supone un nuevo reto, porque ni él pretende demostrar su virilidad mediante una actitud impositiva o agresiva, ni ella acepta el papel de personaje pasivo, tradicionalmente asignado a la mujer en la Verona que presenta la tragedia.

Romeo es tachado de afeminado en varios momentos: por Tybalt, cuando rehúsa enfrentarse a la familia de los Capuleto, y, después, por la nodriza, cuando lamenta, llorando, la muerte de Tybalt y la desgracia que ha caído sobre Julieta y sobre él. Su gesto definitivo de sumisión lo constituye su muerte en el panteón de Julieta, que significa la rebelión contra sus padres y el sometimiento a su esposa.

Julieta, por su parte, no acepta tampoco la imposición paterna de un pretendiente. Se rebela, eligiendo su propio marido contra los deseos de su familia. Simbólicamente, atenta contra las restricciones paternas cuando describe el temor que le produce despertar del efecto del narcótico en la cripta, y la posibilidad de ponerse a jugar con los restos de sus antepasados. Por último, la forma de su muerte resulta plenamente varonil, ya que empuña un puñal —impropio de una mujer— y se da muerte.

Este final de *muerte* que comparten Romeo y Julieta se relaciona con el *amor* de forma paradógica: por un lado, supone el mayor de los obstáculos posibles a la plenitud de su afecto, pero, al mismo tiempo, llega a constituir la única forma posible de perpetuación de ese amor que encuentra constantes obstáculos a su paso.

Las premoniciones de ese final son continuas desde las primeras escenas, y resulta sorprendente el número de situaciones en que se personifica a la muerte como novio, amante, o

---

[34] *Vid.* Kahn, C., *op. cit.*, págs. 86-92.

marido de Julieta. Ya en la escena del baile, cuando Julieta pregunta a la nodriza sobre la identidad del joven que ha cautivado su corazón, manifiesta preferir la muerte a cualquier otro esposo:

> Go ask his name. —If he be marrièd,
> My grave is like to be my wedding bed.
>
> (I.v.133-134)

Más tarde, cuando los obstáculos empiezan a incrementarse, recurre a la misma imagen. Romeo, ya esposo de Julieta, pero exiliado, será sustituido por la muerte en el lecho nupcial:

> ... I'll to my wedding bed,
> And death, not Romeo, take my maidenhead.
>
> (III.22.136-137)

Cuando, poco después, Lady Capuleto proponga a Julieta una inminente boda con Paris, ésta responderá en términos parecidos:

> Delay this marriage for a month, a week.
> Or if you do not, make the bridal bed
> In that dim monument where Tybalt lies.
>
> (III.v.200-202)

Palabras que se convertirán en realidad a los ojos de sus padres con una repidez sorprendente. Capuleto, al contemplar a su hija aparentemente muerta, comunicará a Paris el triste descubrimiento en términos que se harán eco de la misma imagen:

> O son, the night before thy wedding day
> Hath death lain with thy wife. There she lies,
> Flower as she was, deflowerèd by him.
> Death is my son-in-law. Death is my heir.
> My daughter he hath wedded.
>
> (IV.v.35-39)

Y Romeo, cuando contemple a Julieta en la cripta, acusará a la muerte de ser su amante, y decidirá no separarse nunca de su esposa:

> ... Shall I believe
> That unsubstantial death is amorous,
> And that the lean abhorèd monster keeps
> Thee here in dark to be his paramour?
> For fear of that I still will stay with thee
> And never from this palace of dim night
> Depart again.
>
> (V.iii.102-108)

Después ingerirá el veneno mortal, reuniendo en sus últimas palabras amor y muerte:

> Thus with a kiss I die
>
> (V.iii.120)

La paradójica relación entre amor y muerte se insinúa ya en el verso del prólogo citado a propósito de los temas centrales de la tragedia[35]: «the fearfull passage of their *death-markt*», que puede tener un significado pasivo (predestinado a la muerte), o activo (con la muerte como objetivo).

La misma paradoja reside en las últimas palabras que pronuncia Romeo antes de morir:

> O true apothecary
> Thy drugs are *quick*. Thus with a kiss I die.
>
> (V.iii.119-120)

donde interesa atender al doble significado de *quick,* que puede tener el valor de «fast» o de «life-giving»[36]. La muerte que produce el veneno devuelve la vida a Romeo, porque le permite reunirse de forma permanente con su amada. Esta interrelación de amor y muerte se da, incluso, en el propio verbo *to die,* que tiene dos posibles acepciones: la de «morir» y la de «tener un orgasmo»[37].

---

[35] *Vid.* Mahood, M. M., *op. cit.,* págs. 56-57.

[36] *Ibíd.,* pág. 72.

[37] *Vid.* Levin, H., *op. cit.,* pág. 110.

La insistencia con que se reúnen en la obra los conceptos de amor y muerte ha llevado en ocasiones a identificar su tema con el del *Liebestod,* del cual comparte la inmediatez del amor y la violencia final, pero, por sugerente que pueda parecer, existen elementos que impiden su identificación completa con esa tradición [38]. Los más destacados son el hecho de que la mujer objeto del amor no está casada, y, por tanto, la relación no es adúltera, y, sobre todo, que el final de muerte no se alcanza de forma voluntaria, como fruto de un pacto suicida, sino como última solución viable para impedir su separación.

De la relación paradójica de los términos amor y muerte es prueba el efecto que produce el final en el público: no se logra ni una satisfacción ante el desenlace de muerte ni un dolor intenso ante la contemplación de dos vidas truncadas, sino un sentimiento de equilibrio trágico, que incluye y trasciende a ambos.

Charlton [39] justificará la ausencia de una protesta excesiva en el espectador ante la muerte de Romeo y Julieta indicando que su relación no es propia de este mundo. Lo cierto es que las características de intensidad, idealismo y mutua sumisión de su relación los aisla del resto de la sociedad, que se rige por otros esquemas. A lo largo de la tragedia asistiremos a su progresivo aislamiento: incluso los personajes de la nodriza y el fraile, que han apoyado a los jóvenes en diferentes etapas de su relación, les abandonan, y su muerte se produce en una absoluta soledad.

Pero el efecto que esa relación amorosa tiene sobre el espectador es tan intenso que su recuerdo prevalece sobre el de la fuerza del Destino, las disensiones familiares, y el poder de la muerte. El amor de Romeo y Julieta es, al mismo tiempo, frágil y fuerte, como exponen simbólicamente su asociación a la fugacidad de la chispa, por un lado, y a la permanencia de los astros con que se identifican mutuamente, por otro. Dice Romeo de Julieta:

... Juliet is the sun!
Arise, fair sun, and kill the envious moon,

---

[38] *Vid.* Mahood, M. M., *op. cit.,* págs. 57-58.
[39] *Vid.* Charlton, H. B., *op. cit.,* pág. 63.

Who is already sick and pale with grief.
That thou her maid art far more fair than she.

(II.ii.3-6)

Y Julieta, de Romeo:

Give me my Romeo. And when I shall die,
Take him and cut him out in little stars,
And he will make the face of heaven so fine
That all the world will be in love with night.

(III.ii.21-24)

ESTRUCTURA DRAMÁTICA

Como señalábamos al referirnos al tema de *Romeo y Julieta,* la tragedia está estructurada en torno a *dos ejes* que evolucionan de forma paralela desde el primer acto, aunque con puntos de intersección. Los dos ejes están constituidos por las disensiones familiares, de un lado, y las relaciones personales de Romeo y Julieta, de otro[40]. Las disensiones familiares se manifestan en el primer acto, aunque aún de forma poco importante, siendo acalladas por la voz autorizada del Príncipe. En el tercer acto alcanzan su clímax, al morir Tybalt, miembro de una de las familias enemistadas, y Mercutio, pariente del Príncipe. La actuación de este último tiene consecuencias más graves, y trasciende el nivel de la mera advertencia. El resultado es el exilio de Romeo, heredero de los Montesco. En el quinto acto se alcanzará el desenlace de los acontecimientos. Los herederos de ambas familias perderán la vida, en parte como consecuencia de la rivalidad de sus respectivas familias, que dificultará la declaración abierta de sus sentimientos y de su matrimonio. Los subsiguientes malentendidos a que da lugar desembocarán en el final trágico de los jóvenes. Esta situación irreparable llevará a las familias a lamentar su antigua enemistad y adoptar una actitud de reconciliación, bajo la atenta mirada del Príncipe.

Las emociones de las familias cambian en cada uno de los tres encuentros: son de informalidad en el primero, de furia en el

---

[40] *Vid.* Muir, K., *op. cit.,* pág. 40.

segundo, y de tristeza en el tercero. En los tres, el Príncipe desempeña el papel de juez. El cuidado que Shakespeare pone en articular la estructura del conflicto familiar se pone de manifiesto en el paralelismo que existe en la composición de los tres encuentros, unida al cambio cualitativo de su comportamiento, que responde a los tres movimientos de inicio, clímax y desenlace. Resulta interesante para una valoración final de este conflicto la importante ausencia de todo personaje joven en la última escena, lo cual parece restar toda esperanza de una renovación en profundidad de las relaciones entre las dos familias. El único elemento juvenil presente es la alusión a las estatuas de oro que se erigirán en memoria de Romeo y Julieta.

El segundo de los ejes temáticos, es decir, el referido a la relación de Romeo y Julieta, evoluciona de forma progresiva en los cinco actos que constituyen la tragedia. A cada uno de ellos corresponde un movimiento de avance significativo: en el primero se conocen; en el segundo contraen matrimonio, cuya consumación se realiza en el tercero. A partir de ese momento, y, coincidiendo con el cambio del curso de los acontecimientos operado en el otro argumento, se produce la modificación del cariz de los hechos, que van adquiriendo paulatinamente un tono más trágico, hasta llegar al final de tristeza y muerte, que, nuevamente, reúne ambos hilos temáticos. En el cuarto acto Julieta muere de forma aparente, y en el quinto, los dos pierden la vida.

La estructuración de los dos argumentos de la obra está cuidada, como hemos señalado, tanto por su progresión individualizada como por el avance que se deriva de su mutua *interrelación*. El esmero con que se ha diseñado su relación, de forma que el resultado global no divida excesivamente la atención entre ambos conflictos, alcanza a la simetría con que se han distribuido los personajes de la obra[41]: ambas familias tienen un único heredero, de edad próxima, que al comienzo de la obra está asociado a un pretendiente o pretendida: Paris, en el caso de Julieta, y Rosalina, en el de Romeo. Cuando se conozcan y enamoren, serán aconsejados por fray Lorenzo y la nodriza, respectivamente, que en más de una ocasión suplirán el

---

[41] *Vid.* Levin, H., *op. cit.*, pág. III.

papel de sus padres. Las dos familias tienen criados que se enfrentan, emulando a sus amos, al comienzo de la obra. La pelea callejera que se suscita como consecuencia contará con el deseo de participación de Montesco y Capuleto, pero en ambos casos esa intervención será impedida por la actuación de sus esposas, que impondrán moderación. Incluso los parientes del Príncipe que participan en la obra aparecerán asociados a diferentes bandos: Mercutio, al de los Montesco, y Paris, al de los Capuleto, y a los dos les espera un idéntico final: una muerte prematura, como extensión del alcance de la tragedia, que acaba también con las vidas de Romeo y Julieta.

A subrayar los constantes obstáculos que han de vencer los jóvenes contribuye la concepción temporal, que les separa del mundo de los adultos. Mientras Romeo y Julieta viven con intensidad cada momento del presente, sus padres, la nodriza, y, en general, los representantes de la madurez, permanecen anclados en un pasado poblado de recuerdos, y ajenos a los intereses de la nueva generación, que cada vez se encontrará más aislada.

A que las tensiones y oposiciones presentes en la obra, unidas a la acción del Destino, adquieran una dimensión trágica, contribuye la sorprendente rapidez con que se precipitan los acontecimientos[42]. Esta *precipitación,* que está presente en la velocidad con que transcurren las acciones, se ve potenciada por otros recursos escénicos como son las alusiones del fraile a los peligros de la prisa que muestran los jóvenes, y el soporte simbólico que facilitan las imágenes del relámpago o la pólvora para representar su relación

Julieta, anticipando su carácter, afirma:

> I have no joy of this contract tonight,
> It is too rash, too unadvised, too sudden,
> Too like the lightning, which doth cease to be
> ere one can say 'It lightens'.

(II.ii.117-120)

---

[42] *Vid.* Evans, G. L., *Romeo and Juliet, The Upstart Crow. An Introduction to Shakespeare's Plays,* Londres, Dent, 1982, (págs. 135-146), pág. 143, y Mackenzie, A. M., *Romeo and Juliet, The Women in Shakespeare's Plays,* Londres, W. Heinemann, 1924 (págs. 53-70), pág. 54.

Y, más tarde, Romeo, para resumir la duración e intensidad de su amor, exclama ante el cuerpo sin vida de Julieta:

> How oft when men are at the point of death
> Have they been merry! Which their keepers call
> A lightning before death. O how may I
> Call this a lightning? O my love, my wife!

(V.iii.88-91)

A mantener la atención contribuye de forma importante el *contraste* entre escenas yuxtapuestas [43]. En el punto climático, a la intensidad lírica de la escena en que Romeo y Julieta contraen matrimonio sigue el tono trágico y sangriento de las disputas callejeras, cuyo balance son las muertes de Mercurio y Tybalt. Verbalmente produce un gran efecto el paralelismo, en esferas distintas, entre los versos que pronuncia Julieta recién desposada, impaciente por la llegada de la noche en que se reunirá con Romeo:

> Gallop apace, you fiery-footed steeds,
> Towards Phoebus' longing ...
> And bring in cloudy night immediately.
> Spread thy close curtain, love-performing night
> That runaway's eyes may wink, and Romeo
> Leap to these arms untalked of and unseen.
> Lovers can see to do their amorous rites
> By their own beuties ...
> ... Come, civil night,
> And learn me how to lose a winning match,
> Played for a pair of stainless maidenhoods.
> ...
> O I have bought the mansion of a love,
> But not possessed it; and though I am sold,
> Not yet enjoyed.

(III.ii.1-31)

Y las palabras del Príncipe decretando el exilio de Romeo, como sentencia por la muerte de Tybalt:

---

[43] *Vid.* Granville-Barker, H., *op. cit.*, págs. 52-55.

And for that offence
Immediately we do exile him hence
Let Romeo hence in haste,
Else, when he is found, that hour is his last.

(III.i.186-195)

El nivel de calidad estructural alcanzado se pone de manifiesto también en el empleo de los recursos que contribuyen a incrementar la *tensión,* y su alternancia con escenas de *relajación,* aunque estas últimas todavía se emplean de forma parca. La acción y la violencia se precipitan desde el momento en que se decreta el exilio de Romeo. Su avance viene impulsado por situaciones especialmente tensas, como la escena en que se muestra la desesperación de los enamorados; aquella en que los Capuleto tratan de imponer su voluntad de forma tiránica a Julieta, obligándola a contraer un nuevo matrimonio sin dilación; y la escena en que Julieta ingiere un narcótico, como solución desesperada, y sin conocer bien el alcance que tendrán sus efectos.

El momento de *relajación* se produce en un lugar estratégico, como preparación para la tensión final de la obra: Romeo en exilio tiene un sueño, del que despierta reconfortado, porque le anuncia el final de sus males. Esto abre una posibilidad momentánea de solución final, que rápidamente empieza a cerrarse, empezando por la inoportuna detención del fraile que se dirige a comunicarle el último plan de fray Lorenzo, y la anticipación del mensajero que le traslada la noticia de la muerte de Julieta. En el sueño de Romeo interviene la muerte, de la que le libra un beso de Julieta. En la escena real, cuando Julieta descubra el cuerpo sin vida de Romeo, será incapaz de devolverlo a la vida con un beso, pero se unirá a él de forma permanente, compartiendo su muerte.

Como aspecto dependiente de la estructuración de la obra, consideramos oportuno hacer una breve mención a la posibilidad de introducir *pausas* en el curso de una representación escénica [44].

Conviene que la pausa interfiera lo mínimo posible con la

---

[44] *Ibíd.,* págs. 72-73.

articulación de la obra, y que su ubicación no suponga un corte en la evolución creciente de la tensión, ni oscurezca el efecto derivado de posibles contrastes que interrumpe. Indudablemente, la mejor forma de evitar los posibles problemas causados por una pausa es no realizarla, y proseguir «the two hours' traffic of our stage» sin interrupción, como posiblemente sucediera en origen. Pero, dado lo extendido de la práctica del intermedio en los escenarios actuales, quizá el lugar más inocuo sería después de escuchar la noticia del exilio de Romeo, momento a partir del cual el ritmo se acelera y el tono de los acontecimientos cambia. Pero, como toda pausa debe pagar su tributo, en este caso se concretaría en la pérdida del contraste que se produce entre las palabras del Príncipe decretando el exilio de Romeo y la invocación de Julieta a la noche, pidiéndole que se apresure, y anticipando una felicidad ya próxima.

El hecho de que la posible pausa resulte tan problemática constituye la mejor prueba de que la estructura posee un importante nivel de cohesión, y que combina con suficiente cuidado la interrelación de los argumentos que la integran, a través de paralelismos y contrastes, de distribución de personajes, y de elaboración ambiental. Finalmente, la tensión inherente a toda tragedia alcanza aquí una progresión creciente que intercala un momento de relajación, necesario antes de llegar a su punto climático. Todos estos elementos ponen de manifiesto el progresivo perfeccionamiento que Shakespeare iba alcanzando en el arte dramático.

Personajes

En las páginas precedentes se han hecho ya numerosas alusiones a las características de los diferentes personajes que confirman la obra. No era posible hablar del tema o de la estructura haciendo abstracción de los personajes que les dan entidad. Lo que ahora nos proponemos es sistematizar las ideas relativas a los personajes que, al hilo de los comentarios sobre otros aspectos, se han ido planteando, completándolas con argumentos prioritariamente lingüísticos.

Empezaremos por referirnos a los *personajes que dan título a la obra,* advirtiendo que su peculiar forma de destacar se logra por contraste con los otros. En el apartado dedicado al tema mencionábamos la importancia central del elemento del amor, señalando las características de intensidad, mutua sumisión e idealismo, que les diferenciaba del realismo, convencionalismo o tono moral que inspiraba a los distintos personajes.

Pero, a pesar de que tanto Romeo como Julieta se diferencian cada vez más del resto de los personajes, impulsados por la fuerza motriz de su mutuo amor, en ningún momento se pueden perder de vista las notables diferencias que existen entre ellos. En ambos casos asistimos a un proceso de madurez, paralelo a su progresivo aislamiento del resto de la sociedad[45], llegando a perder incluso el apoyo de aquellos que en un principio eran sus confidentes: la nodriza, que ha prestado su colaboración a su relación y boda, muestra su lado tremendamente realista y ajeno al sentimentalismo, y se pone del lado de los padres de Julieta, que la instan a contraer matrimonio con Paris. El fraile, en un momento decisivo, cuando Julieta acaba de despertar en la cripta, la abandona a la soledad de su encuentro con el cadáver de Romeo, que desencadenará su muerte.

Pero, aunque los dos protagonistas se enfrentan a su final en la máxima soledad, y lo afrontan con serenidad y decisión, los rasgos que los conforman son diferentes. Julieta, aunque madura, como lo hace Romeo, exhibe desde el principio una mayor variedad de registros lingüísticos, dependiendo de las características de su interlocutor en cada caso[46]. Y, aunque demuestra brevemente conocer los recursos de la retórica elaborada, se expresa, desde el principio, en un tono más directo que el de Romeo.

Él por su parte, muestra una progresión continuada desde los versos petrarquistas con que lamenta, al principio de la obra, su amor no correspondido por Rosalina, hasta la sencillez de sus palabras finales, preludio de su muerte. A la creciente simplifica-

45 *Vid.* Charlton, H. B. *op. cit.,* pág. 62, y Edwards, P., *op. cit.,* págs. 142-144.
46 *Vid.* H., *op. cit.,* págs. 105-106.

Julieta en el balcón. Pintura de W. Hatherell (1855-1928)

ción de sus recursos lingüísticos va parejo un incremento de la actividad y de la fuerza de sus decisiones[47].

Pasando al nivel de los ejemplos concretos, basten algunos para exponer la versatilidad lingüística de Julieta, que no encuentra correspondencia en Romeo. En las primeras palabras que intercambia con su madre, antes de conocer a Romeo, da muestras de gran habilidad y corrección. Aunque todavía es muy joven —catorce años— sabe responder lo que su madre espera oír. A la pregunta de ésta sobre su disposición hacia el matrimonio:

> Tell me, daughter Juliet,
> How stands your dispositions to be married?

contesta Julieta con astuta ambigüedad:

> It is an honour that I dream not of.
>
> (I.iii.65-67)

No sabemos si no lo ha soñado porque no lo desea o porque le parece excesivo. Por si el espectador no se ha sorprendido de la habilidad de la respuesta, Shakespeare la pone de relieve en el comentario inmediato de la nodriza:

> An honour! Were not I thine only nurse,
> I would say thou hadst sucked wisdom from thy teat.
>
> (I.iii.68-69)

Unos versos después corroborará esa impresión al responder en un ejercicio de igual equilibrio a la pregunta, esta vez aún más directa, de su madre en relación al pretendiente Paris.

LADY CAPULETO
Speak briefly, can you like of Paris' love?

JULIETA
I'll look to like, if looking liking moves.

---

[47] *Vid.* Mason, H. A., «Love and Death in *Romeo and Juliet*», *Shakespeare's Tragedies of Love*, Londres, Chatto and Windus, 1970 (págs. 42-55), pág. 53.

donde nuevamente juega con la ambigüedad que ocultan sus verdaderas intenciones. No especifica si el agrado al mirar a Paris se producirá en él o en ella, ni si la mirada servirá sólo para ver o también para ser vista.

Los dos versos que siguen a esta afirmación:

> But no more deep will I endart mine eye
> than your consent gives strength to make it fly.
>
> (I.iii.99-100)

en sentido aparente expresan un sentimiento de respeto filial y prudencia, pero contienen, asimismo, una posible segunda lectura que convertiría a su madre en cómplice voluntario de un acercamiento decidido al pretendiente.

Que Julieta no desconoce las convenciones del mundo en que se mueve, y que sabe acomodarse lingüísticamente a ellas se pone de manifiesto en otros momentos de la obra. Ante la noticia de la muerte de Tybalt y el exilio de Romeo, dialoga con su madre, haciendo uso de numerosos equívocos. Lady Capuleto explica el llanto inconsolable de su hija:

> That is because the traitor murderer lives,

a lo que contesta Julieta:

> Ay, madam, from the reach of these my hands.
> Would none but I might venge my cousin's death!
>
> (III.v.84-86)

O más tarde,

> Indeed, I never shall be satisfied
> With Romeo till I behold him —dead—
> Is my poor heart so for a kinsman vexed.
>
> (III.v.93-95)

donde el verbo *satisfy* tiene más de un significado, y donde *kinsman* singnifica *Tybalt* para su madre, pero *Romeo* para Julieta.

[39]

En el único diálogo que mantiene con Paris, cuando se dirige en busca de solución a la celda de fray Lorenzo, demuestra nuevamente ingenio. Su diálogo consta de una sucesión de intervenciones breves, generalmente de un verso, en que Julieta responde con frases que pueden entenderse a un tiempo como desaires a las pretensiones de Paris o como expresiones indirectas de su aceptación, acordes con la convención que impone moderación. Sirvan de ejemplo los siguientes intercambios entre Paris y Julieta:

PARIS

Happily met, my lady and my wife!

JULIETA

That may be sir, when I may be a wife.

PARIS

That 'may be' must be, love, on Thursday next.

JULIETA

What must be shall be.

(IV.i.18-21)

O, hacia el final de su diálogo:

PARIS

Thy face is mine, and thou hast slandered it.

JULIETA

It may be so for it is not mine own.

(IV.i.35-36)

donde los espectadores saben a qué propietario se refiere Julieta. Cuando regrese a casa indicará a su padre que ha conversado con Paris en los términos que la convención le permite:

I met the youthful lord at Laurence's cell
And gave him what becomèd love I might,
Not stepping o'er the bounds of modesty.

(IV.ii.25-27)

Aquí, de nuevo, existe un doble significado aplicable tanto a la actitud de una doncella —dirigido a su padre— como a una mujer casada —significado personal y para el público.

Aunque Julieta emplea un lenguaje más sencillo y directo en su relación con Romeo y al dirigirse a personas en las que confía, es interesante su utilización de recursos retóricos elaborados, propios de otros personajes, para expresar su primera reacción de sorpresa y dolor por la muerte de su primo Tybalt a manos de Romeo. Enuncia una serie de epítetos oximóricos para aludir a su naturaleza engañosa, y concluye retomando la imagen del libro, que su madre había aplicado a Paris como pretendiente ideal, trasladándola a Romeo, que, a sus ojos, deja de diferenciarse del resto de la sociedad.

> O serpent heart, hid with a flowering face!
> Did ever dragon keep so fair a cave?
> Beautiful tyrant! Fiend angelical!
> Dove-featehred raven! Wolfish-ravening lamb!
> Despisèd substance of divinest show!
> Thus opposite to what thou justly seemest
> A damned saint, an honourable villain!
> ...
> Was ever book containing such vile matter
> So fairly bound? O, that deceit should dwell
> In such a gorgeous palace!
>
> (III.ii.73-85)

Es precisamente su conocimiento de los mecanismos lingüísticos y de las convenciones por las que se rige la sociedad lo que le permite enunciarlo en el segundo acto de la obra. Sabe que Romeo es un Montesco, heredero de la familia tradicionalmente enemistada con la suya, y cuestiona la razón de que un nombre sea suficiente para extender ese odio a personas que aún no se conocen:

> Tis but thy name that is my enemy.
> Thou art thyself, though not a Montague.
> What's Montague? It is not hand nor foot
> Nor arm nor face nor any other part
> Belonging to a man. O, be some other name!
> What's in a name? That which we call a rose

By any other word would smell as sweet.
So Romeo would, were he not Romeo called,
Retain that dear perfection which he owes
Without that title. Romeo, doff thy name;
And for thy name, which is no part of thee,
Take all myself.

(II.ii.38-49)

A continuación, en el diálogo que se entabla entre Romeo y Julieta, muestra que su verdadero lenguaje, el que mejor le permite expresar sus sentimientos, es el de la sencillez. En este sentido, contrasta incluso con Romeo, de cuya sinceridad en esta escena no se puede dudar, pero que aún no ha aprendido el lenguaje contenido con que se expresará al final. En esta escena, a los cumplidos elaboradamente poéticos de Romeo responde Julieta con preguntas directas o afirmaciones del tipo:

How camest thou hither, tell me, and wherefore?

(II.ii.62)

If they do see thee, they will murder thee

(II.ii.70)

I would not for the world they saw thee here

(II.ii.74)

By whose direction foundest thou this place?

(II.ii.79)

Incluso cuando se siente tentada de protegerse con una retórica elaborada, la abandona rápidamente.

But farewell compliment!
Dost thou love me? I know thou wilt say 'Ay'.
And I will take thy word.
(II.ii.89-91)

Y rechaza todo posible juramento.

Concluye esta breve entrevista fijando detalles sobre su próxima boda:

> Three words, dear Romeo, and good night indeed.
> If that thy bent of love be honourable,
> Thy purpose marriage, send me word tomorrow,
> By one that I'll procure to come to thee,
> Where and what time thou wilt perform the rite.
>
> (II.ii.142-6)

Ese tono directo lo reservará, igualmente, para las personas en que confía, especialmente la nodriza —hasta que le aconseje casarse con Paris— y el fraile. Es interesante, por último, el contraste entre las palabras que dirige a Paris en su encuentro con éste en la celda de fray Lorenzo y el cambio inmediato a monosílabos directos cuando se queda a solas con el fraile.

En Romeo, como adelantábamos, también conviven distintos registros lingüísticos, pero su uso no es simultáneo —como en Julieta— sino progresivo, fruto de un aprendizaje. Es interesante cómo evoluciona desde un estilo petrarquista convencional hasta un lenguaje llano, atravesando una etapa intermedia de riqueza de vocabulario y variedad de recursos lingüísticos, aunque en consonancia con la situación[48].

El primero de los estilos, es decir, el que responde al rígido esquema petrarquista, lo utiliza antes de conocer a Julieta. Para referirse al amor —que en este caso él parece sentir por Rosalina— se sirve de metáforas y figuras estereotipadas:

> Love is a smoke made with the fume of sighs;
> Being purged, a fire sparkling in lovers' eyes;
> Being vexed, a sea nourshed with lovers' fears.
> What is it else? A madness most discreet,
> A choking gall and a preserving sweet.
>
> (I.i.190-194)

Poco después, cuando conozca a Julieta en el baile, aún conservará un estilo artificial, adecuado para dirigirse con cortesía a alguien por primera vez. Ella respetará igualmente las normas establecidas, y contestará a las palabras de Romeo completando la imagen de los labios como peregrinos, y

---

[48] *Vid.* Clemen, W., *op. cit.,* págs. 65-81 y Evans, I., *op. cit.,* págs. 80-83.

sirviéndose del mismo esquema métrico de rima cruzada. Pero, a pesar de la elaboración del estilo, el tono resulta sincero:

ROMEO

If I profane with my unworthiest hand
This holy shrine, the gentle sin is this.
My lips, two blushing pilgrims, ready stand
To smooth that rough touch with a tender kiss

(I.v.93-100)

JULIETA

Good pilgrim, you do wrong your hand too much,
Which mannerly devotion shows in this.
For saints have hands that pilgrims' hands do touch,
And palm to palm is holy palmers' kiss

(I.v.93-100)

El tono de las palabras iniciadas por Romeo en este ingenioso intercambio son resumidas por Julieta a su término:

You kiss by the book

(I.v.110)

En la escena del balcón, Romeo aún emplea un lenguaje descriptivo, con numerosos epítetos y metáforas, pero está bien conectado con la situación dramática, y sus palabras, apasionadas, adquieren una gran elevación lírica. Su embelesamiento ante Julieta se traduce en una sucesión de comparaciones hiperbólicas de imágenes de luz, que la hacen destacar en medio de la noche. Es equiparada al sol; sus ojos, a estrellas; sus mejillas, a la luz del día. De los astros del día y la noche dice Romeo que resultan pálidos a su lado. Incluso las comparaciones más tradicionales en poesía recobran la frescura en esta escena, como la del pajarillo en que desea convertirse Romeo para servir los caprichos de Julieta; o la alusión a la orilla lejana como lugar distante al que Romeo se aventuraría a buscarla.

En el acto tercero la muerte de Tybalt modifica el curso de los acontecimientos. Desde ese momento la maduración de Romeo será más profunda, aunque en la escena en que lamenta su destino ante el fraile todavía emplea numerosos juegos de palabras y no posee control sobre sus actos. Poco después, en la escena quinta, mostrará una nueva serenidad en las palabras de consuelo que dirige a Julieta cuando deben separarse al amanecer. A la pregunta temerosa de Julieta:

> O, thinkest thou we shall ever meet again?

responde Romeo:

> I doubt it not; and all these woes shall serve
> For sweet discourse in our times to come.
>
> (III.v.51-53)

La verdadera transformación de Romeo no se muestra en escena, pero cuando de nuevo reaparece en el exilio, lo hace más calmado y contemplativo. Es interesante, a este respecto, el contraste dramático de que sirve Shakespeare para intensificar esta cualidad: ante la aparente muerte de Julieta, los Capuleto, Paris y la nodriza, reaccionan con tal exceso verbal, que las palabras contenidas de Romeo al conocer la noticia muestran un dolor aún más sincero.

Lo estilizado de la expresión de dolor de los primeros, y su recurrencia al empleo profuso de adjetivos y participios pasados exclamativos, produce un efecto de ópera en la sucesión de sus voces. Comienza Lady Capuleto una serie de lamentos en los siguientes términos:

> Accursed, unhappy, wretched, hateful day!
>
> (IV.v.43)

Retoma el planto la nodriza, intentando imitar el estilo, aunque con menor riqueza de adjetivos:

> O woe! O woeful, woeful, woeful day!
> Most lamentable day, most woeful day!
>
> (IV.v.49-50)

Es seguida por Paris, que exclama:

> Beguiled, divorcèd, wrongèd, spited, slain!
>
> (IV.v.55)

Y Capuleto, que comienza sus quejas de forma semejante:

Despised, distressèd, hated, martyred, killed!
(IV.v.59)

La reacción de Romeo cuando Baltasar le traslada la noticia contrasta, por lo concisa y directa, con la de ellos. Muestra un nuevo rostro: ha dejado ya los excesos verbales, que sustituye por una acción rápida. Todo su lamento ante Baltasar se reduce a un verso:

Is it e'en so? Then I defy you, stars!
(V.i.4)

seguido de preparativos para la acción.

Cuando se queda a solas expresa en un verso su determinación:

Well, Juliet, I will lie with thee tonight.
(V.i.34)

y planifica la forma de conseguirlo:

Let's see for the means...
(V.i.35)

acudiendo al boticario que le expenderá el veneno mortal para reunirse con Julieta:

Come, cordial and not poison, go with me
To Juliet's grave. For there must I use thee.

Y, efectivamente, allí lo toma, no sin antes vencer un último obstáculo, la presencia del conde Paris en la cripta, que, como anunciábamos, contrasta lingüísticamente con Romeo. Paris aún permanece anclado en las formas del soneto, mientras Romeo se dirige a él con un lenguaje directo, tanto como el de su acción, que produce la muerte de Paris, en primer lugar, y la suya propia poco después.

Su muerte irá precedida de unos versos en que expresa

[46]

todavía su sorpresa por la belleza y la luz que irradia el cuerpo de Julieta. La reducción del tiempo que supone la reflexión de Romeo previa a su muerte, especialmente cuando describe el aspecto de Julieta, provoca en el espectador un aumento de tensión, ya que conoce la inminencia del fin del letargo de Julieta. Pero el tono reposado no durará lo suficiente para que el desenlace sea feliz. Romeo, terminada su despedida, ingerirá resueltamente y sin dilación el veneno que permitirá su unión permanente con Julieta:

> Here's to my love! *(He drinks)* O true apothecary!
> Thy drugs are quick. Thus with a kiss I die.
>
> (V.iii.119-120)

La presencia de Mercutio en la obra tiene un carácter marcadamente funional. Sirve de contraste a la actuación inicial de Romeo, especialmente a través de la parodia directa del estilo petrarquista con que Romeo expresa su amor por Rosalina. Mercutio, conocedor de las convenciones lingüísticas, se burla de ellas, y constantemente pone a prueba el verdadero significado de las palabras a través de sus frecuentes juegos verbales.

Su actitud predominante parece revelar un espíritu cínico y realista, pero, al mismo tiempo, da pruebas de una gran sensibilidad poética —constatable de forma especial en el parlamento de la reina Mab [49]. Además, resulta significativo en este personaje el hecho de que muere por una causa ajena: el honor de Romeo, pero su personalidad paradójica se manifiesta hasta el final, en los juegos de palabras que construye mientras muere:

> No, 'its not so deep as a well, nor so wide as a church door. But 'tis enough. 'Twill serve. Ask for me tomorrow, and you shall find me a grave man. I am peppered, I warrant, for this world...
>
> (III.i.96-99)

---

[49] *Vid.* Granville-Barker, H., *op. cit.,* págs. 83-85; Evans, I., *op. cit.,* pág. 84; Clemen, W., *op. cit.,* pág. 69; y Garber, M., «Dream and Language: *Romeo and Juliet*», *Dream in Shakespeare. From Metaphor to Metamorphosis,* New Haven, Yale University Press, 1974 (págs. 35-47), págs. 36-41.

Es relevante la desaparición de este personaje en el tercer acto, momento a partir del cual se transforma el curso de los acontecimientos, y, con ellos, se produce la maduración de los protagonistas, evidente a través de su lenguaje. Mercutio no es necesario ya, y desaparece, y lo mismo sucede con Tybalt, cuya participación es reducida pero importante en el curso de los acontecimientos. De Tylbalt se enfatiza su carácter pendenciero, y a la delineación de este personaje contribuye en una medida importante Mercutio, a través de las descripciones humorísticas que hace de él.

A poner de relieve el progresivo aislamiento que rodeará a Romeo y Julieta a partir de las muertes de Mercutio y Tybalt contribuye el comportamiento de las familias[50], especialmente de los Capuleto[51], que presentarán un nuevo rostro desde este momento.

Aunque el mundo de los adultos con sus convenciones se encuentra alejado de Romeo y Julieta, el desarrollo de la familia Montesco es menor, y en general su comportamiento parece más respetuoso, tanto entre los padres de Romeo, como en relación a su hijo, por el que muestran preocupación cuando sufre por Rosalina, y, sobre todo, cuando es exiliado de Verona.

De los Capuleto se revelan nuevos rasgos con el avance de la obra, pero ya desde las primeras escenas su relación parece menos armoniosa. Lady Capuleto se burla de su marido, ofreciéndole muletas cuando éste desea batirse en las disputas callejeras:

CAPULETO

What noise is this? Give me my long sword, ho!

LADY CAPULETO

A crutch, a crutch! Why call you for a sword?

(I.i.74-75)

---

[50] *Vid.* Cappecchi, L., *Romeo and Juliet. La expansión del tema,* Zaragoza, Serie Crítica, 8, Universidad, Facultad de Filosofía y Letras, 1982, págs. 51-53.
[51] *Vid.* Evans, I., *op. cit.,* pág. 81.

Pero su actitud hacia Julieta revela un nuevo rostro después de la muerte de Tybalt. Al principio de la obra Lady Capuleto pregunta a Julieta su opinión sobre el joven Paris, como posible pretendiente, pero dejándole libertad de elección:

> What say you? Can you love the gentleman?
> This night you shall behold him at our feast ...
>
> (I.iii.80-82)

Capuleto, por su parte, pide a Paris que se cerciore, comparándola con otras, de que realmente desea casarse con su hija, y le ruega que le de tiempo para corresponderle:

> My child is yet a stranger to the world;
> She hath not seen the change of fourteen years.
> Let two more summers wither in their pride
> Ere we may think her ripe to be a bride.
> ...
> But woo her, gentle Paris, get her heart
> My will to her consent is but a part.
> ...
> This night I hold an old accustomed feast,
> Among fresh female buds shall you this night
> Inherit at my house. Hear all, all see;
> And like her most whose merit most shall be.
>
> (I.ii.8-31)

El cambio es sorprendente cuando, reciente la muerte de Tybalt, y contra la voluntad expresa de su hija, la presionan con amenazas y actitud distante para que, sin dilación, contraiga matrimonio con Paris. El tono airado de su padre se incrementa progresivamente. Comienza con reproches de ingratitud:

> How? Will she none? Doth she not give us thanks?
>
> (III.v.142)

Sigue con insultos:

> Out, you green-sickness carrion! Out, you baggage!
> You tallow-face!
> ...
> Hang thee, young baggage! Disobedient wretch!
>
> (III.v.156-160)

Y termina con amenazas:

> I tell thee what —get thee to church a' Thursday
> Or never after look me in the face
>
> (III.v.161-162)
>
> Thursday is near. Lay hand on heart. Advise.
> An you be mine, I'll give you to my friend.
> An you be not, hang, beg, starve, die in the streets,
> For, by muy soul, I'll ne'er acknowledge thee,
> Nor what is mine shall never do thee good.
>
> (III.v.191-195)

La dureza de las palabras de la madre de Julieta cuando esta rehúsa casarse con Paris llegan a expresar el deseo de su muerte:

> I would the fool were married to her grave!
>
> (III.v.140)

Cuando, más tarde, y ante la intransigencia de sus padres, Julieta propone la misma alternativa boda-muerte:

> O sweet my mother, cast me not away!
> Delay this marriage for a month, a week,
> Or if you do not, make the bridal bed
> In that dim monument where Tybalt lies.
>
> (III.v.199-202)

su madre se aleja, abandonándola a su soledad:

> Talk not to me, for I'll speak not a word.
> Do as thou wilt, for I have done with thee.
>
> (III.v.203-204)

De los personajes jóvenes, Paris es el que mejor se integra en el mundo convencional de los adultos. Tanto las descripciones que hacen de él otros personajes como sus propias palabras contribuyen a esa configuración. La comparación de que se sirve Lady Capuleto cuando habla sobre él a Julieta es la de un hermoso libro, que coincide en su carácter de irrealidad con la que establece la nodriza entre su perfección y la de la cera [52].

---

[52] *Vid.* Levin, H., *op. cit.*, pág. 106.

Este personaje que tanto agrada a los adultos, y que contribuye a acelerar la tragedia de los protagonistas, sirve de contrapunto a la evolución lingüística de Romeo. Romeo, como Paris, emplea un lenguaje artificial y elaborado al principio de la obra, pero la sencillez y claridad con que se expresa al final contrasta con la permanencia de las formas métricas —en este caso el sexteto— que Paris emplea todavía ante la tumba de Julieta.

De la actuación del fraile destaca su carácter didáctico y moralizador. Constantemente advierte a los jóvenes de los peligros que entraña la precipitación, y aconseja en todo momento la prudencia y la moderación. La posible crítica de infracción de esa máxima suya en su consentimiento a la boda secreta de Romeo y Julieta queda invalidada por el propósito declarado que subyace en ella, de reunión de familias enemistadas. Su prudencia le lleva a facilitar el narcótico a Julieta antes del regreso de Romeo, en lugar de revelar abiertamente su reciente matrimonio. Y la casualidad hará que sus delicados planes fracasen, provocando un desenlace trágico.

Un grado más de responsabilidad moral y de deterioro personal adquirirá cuando, por temor a las personas que oye acercarse a la cripta, deje a solas a Julieta con el cadáver de Romeo, permitiendo de forma más directa su muerte. Fray Lorenzo pertenece a la orden de los franciscanos, y L. Cappechi[53] apunta la posibilidad de que la elección de esa orden responda a un propósito deliberado presente en las fuentes de Bandello, que pertenecía a la orden de los dominicos, y que de este modo podía atacar a sus adversarios.

De cualquier modo, el balance global de la trayectoria del fraile resulta más positivo que nagativo, y así lo expresa la voz autorizada del Príncipe, que, tras la confesión del fraile, posterior al desenlace trágico, y su propia inculpación, responde:

We still have known thee for a holy man.

(V.iii.270)

Por último, el otro personaje desarrollado en la obra y que sirve de contraste a los jóvenes es la nodriza. Evoluciona de

---

[53] *Vid.* Cappecchi, L., *op. cit.,* pág. 17.

forma paralela a Romeo y Julieta, y especialmente a esta última. Cuando más necesidad siente Julieta de ser comprendida, habiendo descubierto la distancia que la separa de sus padres, descubre también que su confidente hasta ese momento también es incapaz de entenderla[54]. Su filosofía realista, aunque menos sofisticada, coincide en lo esencial con el punto de vista de los personajes más convencionales.

Lingüísticamente, está individualizada[55], especialmente por el estilo, la sintaxis y el ritmo que emplea. Son característica suya las frases breves, las repeticiones, los coloquialismos, y la sintaxis frecuentemente incorrecta. De los logros alcanzados por Shakespeare en la creación de este personaje cómico dirá G. Barker: *He* (Shakespeare) *will give us nothing completer till be gives us Falstaff*[56], corroborando una vez más la importancia de esta tragedia como obra de transición hacia un arte mucho más perfeccionado.

RECURSOS LINGÜÍSTICOS

Dentro de este apartado comentaremos, por su relevancia en la obra, el empleo que se hace del verso y de la prosa, relacionándolo con los personajes que lo utilizan y con el momento de desarrollo dramático. También nos referiremos —por su pertinencia en esta tragedia lírica— a la presencia del *soneto,* tanto en su aspecto temático como formal, y a otras formas estróficas deliberadamente estilizadas, como el pareado. Nos referiremos, asimismo, a la presencia y función de los juegos de palabras, y al empleo dramático de las imágenes, que contribuyen a subrayar el tema y a definir a los personajes.

Sobre el primer aspecto mencionado han reflexionado eminentes críticos, siendo de especial interés, entre otras, las contribuiciones de H. Levin[57], R. Berry[58], y G. Melchiori[59].

---

[54] *Vid.* Charlton, H. B., *op. cit.,* pág. 63.
[55] *Vid.* Clemen, W., *op. cit.,* pág. 68.
[56] *Vid.* Granville-Barker, H., *op. cit.,* pág. 77. *Vid.,* a este respecto, Harris, F., *op. cit.,* pág. 62.
[57] *Vid.* Levin, H., *op. cit.,* págs. 104-109.
[58] *Vid.* Berry, F., *op. cit.,* págs. 37-42 y 47.
[59] *Vid.* ponencia presentada a IX Encuentros Shakespeare, (en prensa).

La presencia de la prosa es reducida en la obra, y se concentra en su primera parte. Su empleo se ajusta en general a las convenciones, que la reservan para personajes plebeyos (los criados, la nodriza, en este caso), o para personajes nobles en situaciones cómicas —aquí especialmente Mercutio en escenas jocosas junto a Benvolio y/o Romeo. La utilización que la nodriza hace del verso también se ajusta a las convenciones, ya que suele producirse en escenas de tono serio.

En la segunda parte, es decir, a partir del tercer acto, la presencia de la prosa aún se reduce más, limitándose a la quinta escena del acto cuarto, en el diálogo entre Pedro y los músicos, que parece haber sido una adición tardía

El resto de la obra está escrito en verso, diferenciándose claramente dos tipos: el rimado y el no rimado, verso blanco en este caso. Y dentro del primer tipo se identifican distintas formas estróficas, predominando la del soneto —tanto en su forma completa como abreviada— y la sucesión de pareados.

Aunque en la primera parte la presencia de la prosa es mayor, también lo es la de las formas rimadas, llegando a ocupar un tercio del total del verso de los tres primeros actos. La segunda parte, sin embargo, aunque cuenta con una proporción mínima de prosa, es menos formal en su utilización del verso, que en su forma rimada no supera el siete por ciento.

La presencia de la prosa en las primeras escenas tiene la función de exponer la oposición de carácter realista —criados, nodriza, Mercutio— a las convenciones estilizadas del amor petrarquista.

Y la progresiva sustitución del verso rimado por el verso blanco en la segunda parte de la obra indica la profundización de los personajes principales. En relación con éstos, el verso adquirirá un carácter transparente y apasionado en el caso de los enamorados, y realista o didáctico, en el de los otros personajes.

Resulta interesante el hecho de que, aun cuando tanto los personajes jóvenes como los adultos se sirven del verso rimado, su empleo presenta diferencias. Los adultos se caracterizan por formar con sus versos un sistema cerrado y poco ágil, a diferencia de los jóvenes, que, con un mayor dinamismo, enlazan con los versos de su interlocutor para completar la rima. En la escena primera del primer acto, por ejemplo, Benvolio y Romeo completan pareados en su diálogo:

BENVOLIO:

No, coz, I rather weep

ROMEO:

Good heart, at what?

BENVOLIO:

At thy good heart's opp*resion*.

ROMEO:

Why, such is love's transg*ression*.

(I.i.183-185)

BENVOLIO:

Then she hath sworn that she will still live ch*aste?*

ROMEO:

She hath; and in that sparing makes huge w*aste*.

(I.i.217-218)

ROMEO:

Farewell. Thou canst not teach me to for*get*.

BENEVOLIO:

I'll pay that doctrine, or else die in d*ebt*.

(I.i.237-238)

Y en la quinta escena del primer acto Romeo y Julieta componen juntos, a través de su diálogo, un soneto seguido de un cuarteto.

ROMEO:

If I profane my unworthiest hand	a
This holy shrine, the gentle sin is this	b
My lips, two blushing pilgrims, ready stand	a
To smooth that rough touch with a tender kiss.	b

JULIETA:

Good pilgrim, you do wrong your hand too much,	c
Which mannerly devotion shows in this.	b
For saints have hands that pilgrims' hands do touch,	
And palm to palm is holy palmers' kiss.	b

[54]

ROMEO:

Have not saints lips, and holy palmers too?   d

JULIETA:

Ay, pilgrim, lips, that they must use in prayer.   e

ROMEO:

O, then, dear saint, let lips do what hands do   d
They pray: grant thou, lest faith turn to despair.   e

JULIETA:

Saints do not move, though grant for prayers' sake   f

ROMEO:

Then move not while my prayer's effect I take.   f
(He kisses her)
Thus from my lips, by thine my sin is purged.   a

JULIETA:

Then have my lips the sin that they have took   b

ROMEO:

Sin from my lips? O trespass sweetly urged!   a
Give me my sin again   b
(He kisses her)

JULIETA:

You kiss by the book.
(I.v.93-110)

La presencia del soneto en la obra no se limita al esquema métrico de catorce versos o a sus formas abreviadas, sino que transmite todo un universo significativo, que parcialmente se acepta y en parte se cuestiona. No es casualidad que el momento de composición de la obra coincida con el auge de las convenciones del soneto, impulsado por Sidney, en la década de 1590. Pero, al mismo tiempo, contiene su propia crítica, e incluso parodia, lo que lleva a R. Berry[60] a afirmar que *Romeo y Julieta* se encuentra a caballo entre la tradición petrarquista y los precursores de Donne.

Entre las convenciones que recoge se encuentran la de la dama amada y cruel que no corresponde a su amante

---

[60] *Vid.* Berry, R., *op. cit.,* pág. 42.

desesperado, y la melancolía e insomnio que aquejan a este como consecuencia de su sufrimiento.

Romeo se adapta perfectamente a este esquema en sus primeras intervenciones, cuando se lamenta de la dureza del corazón de Rosalina, que no le corresponde, y cuando sabemos por otros personajes —Benvolio, Lady Montesco— que busca la soledad del bosque o de su habitación para entregarse a su melancolía (I.i.116-155). La mejor expresión de la pose petrarquista de Romeo se encuentra en su diálogo —en una sucesión de pareados— con Benvolio (I.i.159-238). En él compara a Rosalina con Diana, por lo inalcanzable que resulta, y transmite su estado de ánimo a través de innumerables figuras de contraste como antítesis y oxímoron.

Su actitud de admiración sin límites por los encantos de Rosalina prosigue en la escena siguiente, en su diálogo con Benvolio, que sigue a la conversación que mantienen Capuleto y Paris sobre el cortejo de éste a su hija. Capuleto le indica en una secuencia de pareados la conveniencia de que compare la belleza de su hija con la de otras jóvenes de Verona que asistirán a la fiesta, para asegurarse de sus sentimientos hacia ella. Lo mismo pide Benvolio a Romeo en relación con Rosalina, que también asistirá a la fiesta. En este momento Romeo y Paris comparten una actitud similar de admiración por una dama a la que apenas conocen y de cuya exclusividad están convencidos. Los dos se sirven de un lenguaje elaborado y convencional, acorde con el de sus interlocutores, Capuleto y Benvolio.

A la secuencia de pareados de la primera conversación siguen una sucesión de sextetos (I.ii.45-50; I.ii.87-92), que podrían considerarse sonetos abreviados —por constar de un cuarteto seguido de un pareado—; de cuartetos (I.ii.51-53), y de pareados (I.ii.93-100). El resultado de su conversación es el sentimiento de Romeo por asistir a la fiesta, aunque mantiene que nada le hará cambiar su opinión respecto a Rosalina.

Presentada con extensión la actitud petrarquista, y contrastada con la escena inicial de tono jocoso y realista entre los criados, Shakespeare vuelve a contraponerla a una situación opuesta. En la escena tercera contrastará los lamentos y expresiones de adoración de Romeo con la interpretación física del amor que expone la nodriza a través del verso blanco y también con la actitud opuesta adoptada por Lady Capuleto, de moderación convencional. Para expresarla se sirve de la comparación del pretendiente oficial —Paris— con un hermoso volumen que quedará perfectamente encuadernado en su alianza matrimonial con Julieta. Al verso blanco coloquial de la nodriza contrapone una secuencia de siete pareados, adecuados al carácter formal de su mensaje.

En la escena cuarta, previa a la entrada de Romeo y sus amigos a la fiesta de Capuleto, se contrastan los lamentos de Romeo con las burlas realistas de Mercutio, que, sin embargo, terminan en un hermoso parlamento, lírico y burlesco a un tiempo, que prepara para la transición a la escena del baile, en que Romeo y Julieta se encuentran por primera vez.

Al concluir el baile, ya en el acto segundo, Mercutio, ajeno a los cambios producidos durante la escena previa, y convencido de que Romeo continúa anclado en el mundo del soneto, parodia de forma magistral las convenciones retóricas petrarquistas (II.i.6-41). Su parodia se desarrollará aún más en la escena cuarta del mismo acto, cuando Romeo ya ha concertado su boda con Julieta.

El lenguaje de Romeo se modifica progresivamente desde que ve por primera vez a Julieta. En la escena quinta del primer acto expresa su admiración en una sucesión de cinco pareados (I.v.44-53), y para poner de relieve su hermosura, se sirve del contraste luz-oscuridad representado, a través de distintas imágenes, por Julieta frente a la noche y todo lo que le rodea.

Su primer intercambio con Julieta se producirá, como ya indicábamos, en forma de soneto, seguido de un cuarteto, y formado por ambos en intervenciones alternadas. Tanto la forma como el contenido, relacionado con el tópico de la religión del amor, resultan aún convencionales, pero la situación les confiere frescura y sinceridad, recuperando el sentido inicial de la tradición petrarquista.

Cuando Julieta descubra la identidad de Romeo a través de la nodriza, expresará su consternación empleando los mismos esquemas retóricos y métricos del amor cortés —pareados, antítesis—, pero no con un propósito decorativo, sino para señalar la tensión que descubre en ese momento y que anticipa su final trágico:

> My only love, sprung from my only hate!
> Too early seen unknown, and known too late!
> Prodigious birth of love it is to me
> That I must love a loathèd enemy.
>
> (I.v.138-141)

En el siguiente encuentro entre los jóvenes, que tiene lugar cuando Julieta contempla la noche desde su ventana, se producen nuevos cambios. Aunque conservan los esquemas hiperbólicos de la tradición —que sin embargo tiene un tono de sinceridad en ese contexto— formalmente ya se ha simplificado, sustituyendo los sonetos y pareados por el verso blanco. La rima, desde este momento, quedará reservada para caracterizar la sabiduría del fraile o la autoridad del Príncipe. Curiosamente, Romeo volverá a emplear secuencias de pareados en su conversación con el fraile (II.iii.1-90), que se produce a continuación, y en la que ambos completan en ocasiones el de su interlocutor. El tono que predomina es el sentencioso, adecuado a los consejos que el fraile le da a Romeo.

Una nueva secuencia de pareados se producirá cuando, tras la muerte de Tybalt y Mercutio, Lady Capuleto y Montesco exijan justicia y el Príncipe la arbitre, decretando de forma solemne el exilio de Romeo (III.i.175-197).

No volverán a oírse esquemas formales elaborados hasta la última escena de la obra, primero de labios de Paris en su tributo fúnebre a Julieta, que expone en un sexteto (V.iii.12-17) —y que contrasta con la sencillez formal de las palabras de Romeo—, y después en el sexteto final que pronuncia el Príncipe y que desempeña la función de epílogo de la obra (V.iii.305-310).

Si el empleo de la prosa o el verso, y dentro de este, de sus distintos niveles de estilización, permite caracterizar a distintos personajes o a diferentes grados de evolución de los mismos, lo mismo sucede con el empleo del *nivel simbólico* del lenguaje. Su utilización puede oscilar entre la explicitación absoluta y el salto metafórico. El primer estilo es propio de las obras anteriores, y aún se conserva parcialmente. A través de su uso se definen personajes como Capuleto o fray Lorenzo. En la quinta escena del tercer acto, por ejemplo, Capuleto desarrolla una metáfora muy elaborada para describir los llantos de Julieta por la muerte de Tybalt. La extensión que alcanza resulta inadecuada a la situación, y sólo contribuye a presentar al personaje como alguien excesivamente locuaz y convencional[61]:

> When the sun sets the earth doth drizzle dew,
> But for the sunset of my brother's son
> It rains downright,
> How now? A conduit, girl? What, still in tears?
> Evermore showering? In one little body
> Thou counterfeitest a bark, a sea, a wind.
> For still thy eyes, which I may call the sea,
> Do ebb and flow with tears. The bark thy body is,
> Sailing in this salt flood. The winds, thy sighs,
> Who, raging with thy tears and they with them,
> Without a sudden calm will overset
> Thy tempest-tossèd body.
>
> (III.v.126-137)

En cuanto a fray Lorenzo, sus intervenciones, de tipo sentencioso, contienen numerosas comparaciones que sirven a su propósito de adoctrinar. La densidad de imágenes es importante hasta la tercera escena del tercer acto, momento a partir del cual su lenguaje adquiere un carácter más flexible.

En general, en el nivel simbólico —igual que sucedía en el formal— las primeras escenas resultan más convencionales que el resto de la obra, predominando las comparaciones explícitas y detalladas sobre las metáforas.

Aunque asumimos como punto de partida la advertencia que hace W. Clemen[62] sobre las limitaciones de su relevancia

---

[61] *Vid.* Evans, I., *op. cit.,* pág. 81, y Clemen, W., *op. cit.,* págs. 63-64.
[62] *Vid.* Clemen, W., *op. cit.,* pág. 63.

dramática en esta obra, sin embargo no debemos olvidar el avance que supone la experimentación simbólica que le lleva a calificarla de *play of transition*[63].

Spurgeon[64], en su conocido estudio sobre las imágenes en Shakespeare, también llamaba la atención sobre la evolución que se producía desde las obvias y fijas a las más sutiles y complejas, y señalaba su funcionalidad en las tragedias para despertar, desarrollar y mantener las emociones.

Ya en el apartado relativo al tema de la obra aludíamos a la importancia de las imágenes para subrayar los contrastes sobre los que se articula de forma importante. De todos los símbolos, el que predomina y está presente de principio a fin es el de la luz, y su opuesto, la oscuridad, que bajo distintas manifestaciones, pueden simbolizar aspectos opuestos. Estos símbolos contribuyen a completar la caracterización de los personajes y la ambientación de la obra.

La luz aparece en *Romeo y Julieta* bajo formas tan diversas como el sol, la luna, las estrellas, el fuego, el rayo, y la explosión de la pólvora, y se opone a su contrario bajo el aspecto de oscuridad, noche, nubes, niebla, lluvia y humo.

Los símbolos relacionados con la luz, aunque básicamente hacen referencia a aspectos positivos, sobre todo al amor y la belleza, también pueden simbolizar situaciones negativas de peligro, precipitación, destrucción y rivalidad, como sucede con su opuesto, la oscuridad.

La mayoría de los personajes se sirven de estos símbolos en algún momento para referirse a situaciones o personajes concretos. En algunos el empleo tiene una referencia única y constante, mientras otros resultan más difíciles de encasillar. Romeo identifica a Julieta con la luz, como máxima encarnación del amor y de la belleza, igual que hace Julieta en relación a Romeo, aunque en este segundo caso ella expone sus temores de una excesiva precipitación en su compromiso mediante el símbolo

---

[63] *Ibíd.,* pág. 73.
[64] *Vid.* Spurgeon, C., «The Imagery of *Romeo and Juliet*», en Dean, L. F. (ed.), *Shakespeare Modern Essays in Criticism,* Londres, Oxford University Press, 1978 (ed. rev. 1967), (págs. 72-78), pág. 78.

del rayo. Este segundo significado será el que el fraile intenta ilustrar a través de sus referencias a la pólvora y el fuego. Y será el fuego precisamente el que simbolice para el Príncipe el odio y la rivalidad existente entre las dos familias.

Por último, Capuleto empleará los símbolos de la luz y la oscuridad en su sentido más evidente, aunque relacionándolos con su visión personal de las circunstancias: los elementos positivos de amor, juventud y belleza presentes en la fiesta que da en honor de su hija son identificados por él con la luz. El llanto que enturbiará la alegría de Julieta tras la muerte de Tybalt, y que Capuleto identificará exclusivamente con la pérdida de su primo, será comparado con las nubes y la lluvia, que podrían constituir un obstáculo a su boda con Paris.

La ambientación de la obra, en que se produce una interesante y rápida sucesión de día y noche, permite, en algunos casos, resaltar el efecto de las imágenes. Esto sucede especialmente cuando los enamorados identifican al otro con la luz, en medio de la noche. En su conversación en el jardín, cuando la única luz que les acompañe sea la de la luna y las estrellas, parecerá más radiante el rostro de Julieta en las comparaciones con que Romeo desafía a los astros. Lo mismo sucederá al final, cuando Romeo describa la hermosura con que resplandece el cuerpo de Julieta en la oscuridad de la cripta.

Pero la utilización ambiental de la noche y el día, además de potenciar el efecto de algunas imágenes, contribuye a acompañar la evolución de los acontecimientos: unas veces en forma de apoyo, y otras, en forma de obstáculo. En este sentido, tanto la noche como el amanecer podrán pasar de ser aliados a convertirse en adversarios.

En la escena que comentábamos de la declaración amorosa de Romeo y Julieta en el jardín, la noche contribuye a realzar la belleza y el misterio de sus palabras. Pero el día es bien acogido como momento de poner en práctica sus deseos de contraer matrimonio, y, una vez hecho, anhelarán la llegada de la noche que les reúna de nuevo

El carácter generalmente negativo que acompaña al amanecer en las canciones de albada, donde los enamorados lamentan la llegada del día, que les obliga a separarse, resulta incrementado aquí por los sucesos que han tenido lugar durante la víspera.

Romeo ha dado muerte a Tybalt, y su separación de Julieta al amanecer no será la de unas horas, sino la de un exilio.

Será otra vez de noche cuando se reúnan nuevamente, pero en esa ocasión en el marco fúnebre de una cripta. Romeo ignorará que Julieta sólo duerme, y, ante la imposibilidad de reunirse con ella de otra forma, se dará muerte. Cuando Julieta despierte y descubra el cadáver de Romeo, se apresurará a unirse definitivamente con él del mismo modo. El carácter de esa noche resulta, a un tiempo triste y alegre: triste, en la muerte de los jóvenes, y en la participación del azar que provoca la tragedia por un error de segundos. Pero, en definitiva, alegre, porque los enamorados se unen voluntaria y definitivamente a través de la muerte.

Más triste resultará el amanecer para las familias, que descubrirán su terrible responsabilidad en la tragedia que las asola. La mañana se vestirá de luto, y, a través del sufrimiento, se recuperará la paz y el orden, propios de los finales de las grandes tragedias shakespearianas.

Purificación Ribes Traver

Las fuentes de «Romeo and Juliet» [1]

Existen dos fuentes en las que, sin duda, se basó Shakespeare para la construcción de su tragedia: el poema de Arthur Brooke, *The Tragicall Historye of Romeus and Juliet,* publicado en 1562; y una traducción de William Painter con el título «Rhomeo and Julietta», incluida en el volumen II de su *Palace of Pleasure* publicado en 1567, obra que contiene traducciones en prosa de fuentes clásicas, y de las *novelle* italianas y francesas. Tanto Brooke como Painter parecen haber utilizado como fuente, a su vez, una versión francesa de la historia, escrita por Pierre Boaiastau, publicada en el volumen I de las *Histoires Tragiques* de François de Belleforest en 1559, y que, a su vez, se basa en *Romeo e Giulietta* de Mateo Bandello, publicada en 1554, y en *Giulietta e Romeo* de Luigi da Porto, aparecida en 1530; ésta última sirvió de fuente a Bandello, y es la primera versión de la historia que sitúa la acción en Verona, y asigna los nombres de Romeo y Julieta a los protagonistas.

Shakespeare debió manejar el *Romeus* de Brooke porque a lo largo de la tragedia aparecen constantemente ecos de esta obra como más adelante veremos. Más dudosa es la influencia de Painter, aunque el simple hecho de que Shakespeare utilizara «Romeo» como nombre para el personaje —en lugar del «Romeus» de Brooke— nos hace pensar que en algún momento debió utilizar la obra de Painter. La obra de Brooke

---

[1] Notas extraídas, fundamentalmente, de G. Bullough, *Narrative and Dramatic Sources of Shakespeare,* Londres, 1966; y K. Muir, *The Sources of Shakespeare's Plays,* Londres, 1976.

—aunque menos fiel al original francés de Boaiastau que la de Painter— añade algunos fragmentos que la hacen más dramática potencialmente, y entre los que cabría citar la primera entrevista de Romeo con la nodriza, el relato que ésta hace a Julieta de los acuerdos para la celebración del matrimonio, la entrevista de Romeo con el fraile tras la muerte de Tybalt, el relato de la tristeza de Romeo en su exilio a Mantua, etc., por lo que no resulta extraño que Shakespeare se apoyara en ella en mayor medida, como anteriormente apuntábamos.

Fecha de composición

La fecha de composición de *Romeo and Juliet* puede ser determinada a partir de los datos que se ofrecen en la primera edición de la obra, el *Quarto* de 1597 *(First Quarto)*, —al que más adelante volveremos a referirnos—, y que en su portada dice presentar el texto de la obra «...*Tal y como había sido representada (con gran éxito) públicamente por los servidores del Muy Honorable Lord Hunsdon.*» A pesar de la dudosa autoridad de la edición —probablemente se trataba de una edición pirata, como más adelante veremos, publicada para aprovecharse precisamente de la popularidad de la tragedia—, los datos son útiles para centrar la fecha de composición de la obra. Efectivamente, la compañía del Lord Chamberlain Henry Hunsdon fue constituida en junio de 1594 y, muy probablemente, Shakespeare empezó a colaborar con la mencionada compañía inmediatamente, puesto que es bien sabido —a partir de la edición de *Titus Andronicus*, de 1954— que ya había colaborado con las compañías de los condes de Derby, Pembroke y Essex, y era ésta una práctica habitual en la época. Habría que tener en cuenta, sin embargo, que Henry Hunsdon falleció en 1596, pasando el título de Lord Chamberlain a manos de Lord Cobham, aunque la compañía continuó bajo el mecenazgo de la familia Hunsdon, lo cual explicaría el hecho de que en la mencionada portada no se mencione a «los servidores del Lord Chamberlain» y sí a los de lord [George] Hunsdon —hijo del anterior—, al que, por otra parte, volvería el título de Lord Chamberlain al año siguiente. Todo ello, sin olvidar considera-

El baile de los Capuletos.
Dibujo de Anthony Walteer (1726-1765).

ciones de tipo estilístico y dramatúrgico, hace pensar, por tanto, que *Romeo and Juliet* fue compuesta por Shakespeare en 1595.

Convendría recordar, antes de hablar directamente del texto de *Romeo and Juliet* —tal y como hemos hecho en las anteriores ediciones de obras de Shakespeare aparecidas en esta misma colección— que no se conserva ningún texto literario original manuscrito de este autor, si se exceptúan unos fragmentos de *Sir Thomas More* —que forman un total aproximado de 147 líneas—, obra que no apareció impresa hasta 1844. Resulta, por tanto, evidente que uno de los problemas fundamentales con que nos enfrentamos —antes de abordar la traducción de la obra— es el de conformar una edición en inglés, tarea que debe realizarse a partir de las primeras ediciones existentes —cercanas, al menos en el tiempo, al dramaturgo—, y teniendo en cuenta ediciones posteriores realizadas por especialistas en el campo de la bibliotextualidad y en el de la propia edición que, lógicamente, incorporan a sus trabajos los resultados de las investigaciones llevadas a cabo a lo largo de los siglos.

Cabría recordar, además, que Shakespeare nunca tuvo, aparentemente, relación alguna con la publicación de sus obras aunque algunas de ellas aparecieran editadas en vida del autor por lo que las ediciones que se ha dado en llamar «originales» —ediciones *in Quarto* e *in Folio*, que más adelante mencionaremos en relación con *Romeo and Juliet*, en particular— están, en numerosas ocasiones, llenas de problemas textuales, lagunas, inexactitudes, etc. Si a ello añadimos, por una parte, que lo que normalmente entendemos por corrección gramatical no es una de las características más notables de Shakespeare, y, por otra, que la lengua inglesa es especialmente apta para la anfibología —por sus ambivalencias y dobles sentidos—, se comprenderá por qué la tarea se depuración y fijación del texto ha sido, y de hecho continúa siendo, de primordial importancia como paso previo a la edición.

La primera edición impresa de *Romeo and Juliet* aparece en 1597, con el título «*An Excellent conceited Tragedy of Romeo and*

Juliet. As it hath been often (with great applause) plaid publiquely, by the Right Honourable the L. of Hunsdon his Servants», realizada por el tipógrafo John Danter, pero sin indicación del nombre del autor o del editor, lo que lleva a pensar que se trataba de una edición pirata publicada para aprovechar el éxito de la obra, y que —como veíamos en el apartado correspondiente— nos ayuda a fijar la fecha de composición de la misma. El texto está construido a partir de las intervenciones completas de algunos de los personajes, y de la reconstrucción memorística del resto de la obra, probablemente realizada por parte de actores contratados que representaban papeles menores; por esta razón, presenta omisiones —no de escenas o intervenciones completas, pero sí de algunos fragmentos o versos característicos—, aunque abunda en acotaciones escénicas que lo hacen inevitable a la hora de la edición. Se conoce esta edición como *First Quarto* (Q_1).

La segunda edición de la tragedia —*Second Quarto* (Q_2)— aparece en 1599, con el título «*The Most Excellent and lamentable Tragedie, of Romeo and Juliet. Newly corrected, argumented and amended, etc»* Al igual que en el caso anterior, no se menciona el nombre del autor, aunque aparece en esta ocasión el nombre del tipógrafo, Thomas Crede, y el editor, Cuthbert Burby, lo que la convierte en una copia autorizada para la edición por la compañía de actores propietaria del texto. Presenta el texto completo de la obra, y algunos datos permiten pensar que, para su edición, los editores se basaron en la edición mencionada anteriormente, consultando cuando era necesario, el manuscrito autógrafo del autor, hasta el extremo de que algunas de las intervenciones aparecen duplicadas en esta edición (por ejemplo, la última intervención de Romeo). Es ésta la edición más autorizada para la reconstrucción textual de *Romeo and Juliet*.

El *Stationers' Register* —registro legal de la época— menciona que, el 22 de enero de 1607, el editor Cuthbert cedió sus derechos a Nicholas Lynge, mientras que éste, a su vez, los cedía a John Smethwick el 19 de noviembre del mismo año. Este último publicaría, en 1609, «*The Most Excellent and Lamentable Tragedie, of Romeo and Juliet. As it hath been sundrie times publiquely Acted, by de Kings Maiesties Servants at the Globe.»*

Esta edición, de nuevo anónima, y conocida como *Third Quarto* (Q_3), a cargo del mismo editor, que no es sino una reedición de la inmediatamente anterior aunque introduce algunas correcciones e incluye en portada el nombre del autor: «*Written by W. Shakespeare.*»

Por último, en lo que se refiere a las ediciones llamadas «originales», *Romeo and Juliet* aparece en el *First Folio* de 1623 —primera edición de la obra dramática completa de Shakespeare—, en la sección correspondiente a las «Tragedias», ocupando las pág. 53-79, entre *Titus Andronicus* y *Timon of Athens*. En esta ocasión, el texto reproduce la edición del Q_3 anteriormente mencionada, lo que lo convierte en uno de los pocos casos en los que el texto del *Folio* (F) tiene poco valor textual, si bien para la elaboración de la edición en inglés que presentamos —y coincidiendo con la mayoría de editores consultados— ha habido que recurrir en algunas ocasiones a las lecturas de F o de alguno de los otros «originales», aunque este aspecto será tratado con mayor amplitud en el apartado que dedicamos a las líneas generales de edición seguidas.

De entre las ediciones más modernas cabría destacar, por su autoridad crítica tanto para el texto como en los comentarios, las siguientes: W. G. Clark y W. A Wright *(Cambridge, 1866)*; H. H. Furness *(New Variorum, 1871)* —que incluye en su edición la del Q de 1597 (Q_3)—, y de la que existen otras dos ediciones (Nueva York, 1963, y Filadelfia, 1971); R. Hosley *(New Yale, 1954)*; J. Dover Wilson y G. I. Duthie *(New Shakespeare, 1955)*[2]; T. J. B. Spencer *(New Penguin, 1967)*; B. Gibbons *(New Arden Shakespeare, 1980)*; y G. Blakemore Evans *(New Cambridge Shakespeare, 1984)*.

---

[2] Esta edición aparece en algunas referencias como *New Cambridge Shakespeare*, puesto que así era conocida en algunas fuentes hasta la aparición de la nueva edición de Cambridge University Press que aparece citada en último lugar en este párrafo.

La edición de *Romeo and Juliet* en que nos hemos basado para esta traducción ha sido realizada a partir de las ediciones *in Quarto* —de 1599 (Q₂)— e *in Folio* —de 1623 (F)—, teniendo en cuenta además las ediciones autorizadas mencionadas en el apartado anterior. En numerosas ocasiones hemos tenido que decidir entre las diferentes lecturas posibles que los originales ofrecían, no sólo en lo que se refiere a palabras determinadas o frases completas —de lo que ofrecemos varios ejemplos en las notas—, sino también al problema singular que plantean las acotaciones ascénicas. Efectivamente, en este último caso ha habido de reconsiderar el sistema utilizado en las ediciones de origen, en las autorizadas de los siglos XVIII, XIX y XX y, además, en las diferentes versiones aparecidas en el resto de Europa —Italia, Francia, Alemania y España, principalmente—, a lo largo de los dos últimos siglos. En nuestra opinión un texto para escena es por naturaleza versátil, y el uso excesivo de información escénica podría limitar, de forma negativa, su espontaneidad. Por ello, nuestro punto de referencia han sido siempre las ediciones originales *Quartos* y *Folio,* escuetas en información, necesitadas a veces de ligeros retoques que, lejos de oscurecer el texto, ayudasen a una mejor comprensión.

Durante muchos años se han venido realizando numerosos estudios bibliotextuales, así como innumerables ediciones de la obra de Shakespeare, por lo que podemos afirmar que el texto de las diferentes obras está ya relativamente fijado. En el caso que nos ocupa —la edición de *Romeo and Juliet*—, la tónica general es la de considerar el texto del Q₂ como superior dramáticamente al de las demás ediciones «originales», aunque —y así lo consideran la mayoría de los especialistas consultados— sin olvidar algunas de las lecturas de las otras ediciones *in Quarto* y del *Folio,* proponiendo de esta forma una solución editorial que recoja las diferentes cualidades de uno y otro texto siendo en muchas ocasiones la pura intuición dramática la que lleva —al menos para nosotros— a escoger una entre varias opciones posibles. En nuestro caso, además, se aborda la edición con una perspectiva diferente de la del editor anglosajón, por cuanto añadimos el punto de vista de la traducción, del trasvase de esas posibles opciones a otra lengua. Teniendo en cuenta estas cuestiones que mencionamos, resulta evidente que nuestra edición del texto se aparta muy poco de cualquiera de las otras ediciones al uso, excepto por este último aspecto de la traducción que acabamos de mencionar.

Entre los textos «originales» que hemos mencionado, *Quarto* de 1599 y *Folio* de 1623 principalmente, exiten un total de 414 variantes sustanciales —además de otras muchas de menor importancia—, la mayoría de las cuales no afectan al proceso de traducción, sino al de edición del texto en inglés, por lo que, en las notas, sólo hemos incluido aquellas variantes, u omisiones en alguno de los textos, que pudieran resultar significativas. En este sentio, las líneas generales para nuestra edición y traducción de *Romeo and Juliet* han sido las siguientes:

Variantes «Quarto-Folio»

De entre todas las variantes arriba mencionadas, no se incluyen en las notas todas aquellas que pudieran ser incluidas en los apartados que se exponen a continuación, por causas fácilmente comprensibles para el lector:

a) *Sustituciones léxicas o sinónimos*

Se trata de casos en los que los textos del *Quarto* y del *Folio* se diferencian en el uso de palabras que, en uno o en otro, aparecen sustituidas por sinónimos. Ejemplos:

> Quarto: I mean, an we be in choler, we'll draw.
> Folio: I mean, if we be in choler, we'll draw.
> *Lo que quiero decir es que si nos coge la perra, la sacamos.*
>> I.i.3

> Quarto: How doth my Lady Juliet?
> Folio: How fares muy Juliet?
> *¿Cómo está mi señora?*
>> V.i.15

b) *Sustituciones ortográficas*

Se trata de aquellas variantes en las que lo que varía, de un texto a otro, son las diferentes formas de escribir una misma palabra, por lo que, como es obvio, tampoco se han reseñado en las notas. Ejemplos:

> Quarto: And since that time it is *aleven* years,
> Folio: And since that time it is *a eleven* years,
>   Once años hace ya de aquéllo,

I.iii.36

> Folio: These fashion-mongers, these *pardon-me's,*
> Quarto: These fashion-mongers, these *pardon mees,*
>   *estos moscones tan* à la mode, *estos* pardonnez moi...

II.iv.32

c) *Sustituciones sintácticas*

Son aquellas diferencias entre ambos textos que, a pesar de la distinta configuración sintáctica, tampoco afectan a la traducción. Ejemplos:

> Quarto: Right glad *I am* he was not at this fray.
> Folio: Right glad *am I* he was not at this fray.
>   *¡Cómo me alegra saber que no estuvo en lucha!*

I.i.111

> Quarto: To prepare up him against to-morrow.
> Folio: To prepare *him up* against to-morrow.
>   *...que se apreste para mañana.*

IV.ii.45-6

> Quarto: I *needs must* wake her.
> Folio: I *must needs* wake her.
>   *La despertaré.*

IV.v.9

d) *Variaciones singular/plural*

Gran parte de las diferencias entre los textos del *Quarto* y del *Folio* corresponden a las variaciones en número que, en la mayor parte de las ocasiones, tampoco afectan a la traducción. Ejemplos:

> Quarto: Signior Martino and his wife and *daughters,*
> Folio: Signior Martino and his wife and *daughter,*
>   *Signor Martino, y su esposa e hijas;*

I.ii.64

> Quarto: Her traces of the smallest *spider* web,
> Folio: Her traces of the smallest *spiders* web,
>   *las riendas, de telaraña fina;*

I.iv.64

e) *Hábitos y errores compositoriales*

Existen también entre ambos textos notables diferencias que hemos de atribuir a los hábitos de los especialistas que componían los textos en las imprentas, y a los posibles errores cometidos en este proceso. En algunas ocasiones, estos hábitos o errores pueden influir en el significado, si bien en la mayoría de las ocasiones no lo alteran en absoluto. Ejemplos:

> Folio: *Cheerly,* boys, be brisk a while,
> Quarto: *Chearely,* boys, be brisk a while,
>   *Venga, muchachos. Ánimo,*

I.v.12-3

> Quarto: Young Abraham Cupid, he that shot so *trim,*
> Folio: Young Abraham Cupid, he that shot so *true,*
>   *Abraham Cupido que, aun a ciegas, acertó el disparo,*

II.i.13

> Folio: Thy wild acts *denote* the unreasonable fury of a beast,
> Quarto: Thy wild acts *devote* the unreasonable fury of a beast,
>   *...tu violencia indica la furia salvaje de una bestia:*

III.iii.110-1

Además de los ejemplos reseñados, cabría resaltar, en este apartado, las diferencias ortográficas entre los textos derivadas de otros hábitos compositoriales. Así, es fácil encontrar ejemplos como los que siguen, en ambos textos: *has* y *hath, does* y *doth, would* y *wouldst, makes* y *mak'st;* etc.

División en actos y escenas

Las ediciones originales no presentan división escénica alguna, por lo que, en esta edición, hemos mantenido la división tradicional en actos y escenas que presentan todas las ediciones autorizadas, y que son generalmente coincidentes en este aspecto al menos a lo largo de los dos últimos siglos.

Acotaciones escénicas

Los textos originales, *Quarto* y *Folio,* son bastante parcos en lo que se refiere a la información escénica, por cuanto ésta se incorpora normalmente al texto:

BENVOLIO
Feliz mañana, primo mío.

ROMEO
¿Tan joven es el día?

BENVOLIO
Apenas tiene nueve horas.

I.i.154-5

ROMEO
Buen día tengáis, padre.

II.iii.31

Nuestra opinión, contraria a la de alguno de los editores consultados —muy explícitos en sus comentarios y anotaciones, especialmente de tiempo y lugar—, es la de conservar las acotaciones de los originales siempre que sea posible, puesto que son pocos los añadidos necesarios para la comprensión total de la obra en este aspecto. Cuando se necesita algún tipo de información adicional, ésta aparece entre corchetes [   ], y, además, si fuera necesario, se refleja en la nota corespondiente a pie de página. Por ejemplo:

[Al sirviente].

I.ii.34

NODRIZA

[Desde dentro.] ¡Señora! ¡Julieta!

II.ii.149

En estos casos aparece una información, entre corchetes, que consideramos necesaria pese a no figurar en los originales.

Denominación de personajes

Un par de casos muy concretos presentan ciertas dificultades en este aspecto a lo largo de toda la obra: la denominación de fray Lorenzo y la de Capuleto Segundo. Este último aparece en los «originales» como *Cousin Capulet,* y, sin embargo, hemos preferido denominarlo como Capuleto Segundo, denominación que nos parece mucho más apropiada que la de «Primo Capuleto». Por lo que se refiere al personaje de fray Lorenzo, su denominación varía —en las ediciones «originales»— de unas escenas a otras, y según se trate de acotaciones escénicas de entrada o salida, o de encabezamientos de parlamento: en unos casos es *Friar,* en otros *Laurence,* y, aún en otros, *Friar Laurence.* Nuestra opción ha sido la de unificar la forma de desingar a este personaje, y, así, aparece siempre como *Friar Laurence* —en el texto inglés—, y fray Lorenzo en el castellano.

Traducción

En otras ocasiones [3], hemos venido explicando la importancia que para nosotros tiene la *traducción teatral,* y qué entendemos

---

[3] Véanse las traducciones de otras obras dramáticas realizadas en el Instituto Shakespeare dirigidas por M. A. Conejero, y que se incluyen en esta misma colección, así como los estudios críticos del mismo autor mencionados en la bibliografía.

[74]

por tal. Creemos necesario recordar, sin embargo, que son diversos los aspectos a tener en cuenta para explicar nuestra traducción y cuál ha sido, en cada momento, la opción elegida como texto definitivo, no sin antes advertir que en algunas ocasiones, y cuando creíamos que la elección así lo requería, hemos introducido una nota en la que se dan las razones que nos han llevado a dicha elección.

Ya hemos explicado cómo los problemas textuales y de edición han podido afectar al texto final, tanto en lo que se refiere al contenido como a la propia información escénica. Hemos de añadir, sin embargo, otros aspectos que, en mayor o menor medida, afectan de manera general a nuestras traducciones y que, a continuación, ejemplificamos tomando como base éste *Romeo y Julieta,* y otros textos aparecidos en esta misma colección:

A) En ocasiones, son razones de tipo léxico y semántico las que nos obligan a traducir de forma diferente un mismo término, atendiendo al contexto en que éste aparece. Así, por ejemplo, el término *curiosity* (en *El rey Lear)* ha sido traducido de manera diferente en las tres ocasiones que aparece en el texto:

... that *curiosity* in neither can make choice...
...*que ni* la más atenta observación *podría permitir la elección.*

I.i.5

and permit the *curiosity* of nations to private me...
y permitir que el mundo con su arbitrariedad *me desherede...*

I.ii.4-5

I have rather blamed as mine own jealous *curiosity...*
Que preferí atribuir a mi excesiva susceptibilidad...

I.iv.59

Vemos, por tanto, cómo esta palabra que, en este contexto, significaría «exactness», «scrupulousness» —según los glosarios especializados—, ha sido traducida por *la más atenta observación,* mientras que en el segundo ejemplo, y atendiendo a su significado de «fastidiousness», aparece en el texto traducida como *arbitrariedad.* En el tercer caso, y por aparecer calificada por «jealous», con el mismo significado que en el primer ejemplo —es decir, «exactness», «scrupulousness»—, hemos decidido traducirla por *susceptibilidad*. Se trata, por tanto, de un mismo término que se ha traducido de manera diferente según el contexto en que aparece, y teniendo en cuenta, por supuesto, la opinión de la crítica especializada sobre su significado en dichos contextos.

En este mismo sentido, resulta significativo como ejemplo el término «time» que aparece en *Macbeth* un total de 44 veces, y que, según el contexto en el que aparece, recibió diversas traducciones como «tiempo, hoy, algún día, ahora, etc.» y otras que podríamos considerar menos corrientes «gentes, vidas, mundo, etc.»:

> To beguile the *time* | Look like the *time;*
> *Para engañar al* mundo, | *toma del* mundo *la apariencia.*
> I.v.62-3

> Away, and mock the *time* with fairest show.
> *Adelante,* y *ongañemos a* todos *fingiendo la inocencia.*
> I.vii.81

En ocasiones, y como siempre por razones puramente dramáticas, ha ocurrido exactamente al contrario; es decir, varios términos que son sinónimos en el original han sido traducidos por un mismo término castellano. Así, por ejemplo, en *Romeo y Julieta,* I.ii.46-48.

> One *pain* is lessened by another's *anguish.*
> Turn giddy, and be holp by backward turning.
> One desperate *grief* cures with another's *languish.*

> ...*Las* penas *se ahogan con las* penas.
> *Nada hay mejor para el mareo que el girar*
> *al otro lado, y una nueva* pena *ahoga a la antigua.*

al traducir estos cuatro sinónimos —*pain, grief, anguish* y *languish*— por «pena», se mantiene el tono sentencioso, casi proverbial del original.

En otras ocasiones, el término ha sido traducido por su equivalente castellano en lo que se refiere al significado, aunque para ello hayamos tenido que alejarnos totalmente de la literalidad. Sería el ejemplo de *Lear:*

> Thou whoreson *zed,* thou unnecesary letter!
> *Tú, cero, hijo de puta; tú letra innecesaria!*
>
> II.ii.56

Como se observa, hemos trasvasado el valor nulo de la letra *zeta,* en aquella época, al número *cero,* cifra cuyo valor absoluto es, también, nulo.

Algo parecido ocurre cuando se trata de traducir un proverbio o refrán que, en algunas ocasiones, ha dejado incluso de ser utilizado en el inglés contemporáneo, y cuya traducción literal resultaría por tanto incomprensible y fuera de contexto. Sería el caso de *Lear:*

> I have been worth the whistle.
> *En otro tiempo se me valoraba.*
>
> IV.ii.29

Se trata de una alusión irónica al refrán inglés «It is a poor dog that is not worth the whistle» (lit: *No vale nada el perro al que nadie se molesta en silbar),* y, de haber traducido literalmente el texto original por *He merecido el silbido,* la frase habría carecido del significado que tiene en el contexto dramático en que es pronunciada.

B) De especial importancia, sin embargo, son aquellos casos en que la traducción ha venido impuesta por la teatralidad del texto, puesto que no debemos olvidar, en ningún momento, que los textos dramáticos de Shakespeare fueron elaborados para ser dichos sobre el escenario. De ahí que, en muchas ocasiones, haya sido la situación dramática —no las palabras exactas— lo que se ha traducido, intentando conseguir que la traducción creara el mismo efecto dramático que provoca el original, aunque las palabras no se correspondieran literalmente. Así, por ejemplo, *Othello,*

> By heaven, I'll know thy thought.
> *¿Me dirás —¡voto al Cielo!— lo que estás pensando?*

III.iii.37

Como se puede observar, hemos convertido la afirmación de Othello *(¡Por los Cielos, quiero conocer tu pensamiento!)* en una interrogación retórica, que, en nuestra opinión, tiene más fuerza dramática que la traducción literal, al incluir esa nota de impaciencia que produce la interrogación. O, como en el ejemplo siguiente de *Romeo y Julieta:*

> Gregory, on my word.
> *Por mi honor te lo digo, Gregory.*

I.i.1

en el que hemos reforzado el tono dramático mediante la inclusión de «por mi honor» en la expresión.

Otros casos podrían servir de ejemplo de cómo nos hemos visto obligados a alejarnos de la literalidad para expresar la idea con frases más acordes al teatro escrito en castellano. Así, en *Lear:*

> Call France! Who stirs?
> *¡Llamad a France! ¡Moveos!*

I.i.121

Como puede observarse, hemos convertido la aparente interrogación *(¿Quién se mueve?)* en una exclamación imperativa, mucho más adecuada al contexto en que es emitida por incluir el matiz de autoridad del que carecería la interrogación. O, de nuevo en *Othello:*

> Therefore look to't well
> *Haced, pues, por no perderlo.*

III.iv.75

En esta ocasión, la traducción literal *(Por lo tanto, cuidadlo bien)* se han convertido en la negativa inversa porque, en ese

[78]

momento, cuando ya sabemos —como lectores/espectadores— que Desdémona ha perdido el pañuelo, el uso del verbo *perder* puede producir mayor impacto dramático. O, volviendo de nuevo a *Lear*:

You know not why we came to visit you...
Sabed ahora la razón de nuestra presencia aquí...

II.i.117

En esta ocasión, la traducción literal *(Vos no sabéis por qué hemos venido a visitaros...)* nos podría alejar del significado de la frase en el contexto dramático en que es emitida. Cornwall plantea un giro en la conversación, para pasar a interesarse por los asuntos que realmente le han llevado hasta Gloucester, e informar a éste de sus intenciones y de las razones de su visita. En este otro ejemplo, también de *Lear*:

I will not be long from you.
No he de estar mucho tiempo lejos de vosotros.

III.vi.2-3

al traducir de esta forma la frase de Gloucester —en lugar de la, probablemente, más literal, *No tardaré en volver*—, incidimos en la idea de que, más que una vuelta física a ese lugar en el que se encuentran Lear y sus servidores, se trata de una declaración, casi una profecía, de cuál va a ser su futuro, muy parecido al del propio rey. Se trata, por tanto, de una opción de tono dramático incluida en la traducción.

Con estos ejemplos que, en las páginas anteriores, acabamos de citar, y todos aquellos que aparecen en las notas a esta edición de *Romeo y Julieta,* intentamos explicar cuáles son las líneas que rigen nuestras traducciones. Cabría resaltar, a modo de conclusión, que nos hemos basado, fundamentalmente, en la voluntad de reconstruir el espectáculo verbal, teatral, por lo que los aspectos tenidos en cuenta han sido diversos: hacer una propuesta prosódica; hacer funcionar teatralmente los cambios de prosa a verso, y viceversa; intentar recrear el ritmo del original; reconstruir el texto escénico, etc., para así llegar a este *Romeo y Julieta* que aquí presentamos.

Romeo y Julieta es la obra más traducida en toda la historia española de la traducción shakespeariana sumando un total de cuarenta traducciones realizadas por diferentes autores —tanto en castellano como en catalán y vasco—, que abarcan desde 1780 hasta 1987. De estas cuarenta traducciones catorce pertenecen al siglo XIX —una de ellas en catalán— y las veinticinco restantes son trabajos realizados en el siglo XX; de éstas, cuatro son en catalán y una en vasco.

La primera traducción propiamente dicha es la realizada hacia 1870 por Jaime Clark, puesto que las realizadas anteriormente están englobadas dentro de lo que hemos dado en llamar «traducciones falsas», es decir que son traducciones de otras traducciones, en este caso del francés, algo normal dentro del panorama traductor shakespeariano a lo largo del siglo XIX. Así pues Clark es el primero en traducir *Romeo and Juliet* directamente del inglés, y el primero también en amoldarse al verso y prosa shakespearianos, lo que no siempre ocurre con las traducciones de Shakespeare; sin embargo, en ocasiones, Jaime Clark advierte que hace uso de la silva para evitar el martilleo que producen los versos asonantados shakespearianos.

En 1872 Matías de Velasco y Rojas edita su traducción de *Julieta y Romeo* en prosa, directamente del inglés, realizando un gran trabajo bibliográfico y de investigación, consultando gran número de ediciones inglesas como serían las diferentes ediciones en *Folio* y *Quarto, Variorums,* etc., así como distintas traducciones francesas, alemanas e italianas y obras críticas; también en esta edición Matías de Velasco y Rojas ofrece la historia de Bandello, de la que se supone se sirvió Shakespeare para escribir su obra.

Un año después de esta publicación, Guillermo Macpherson edita su traducción adaptándose al verso y prosa del original y traduciendo directamente del inglés aunque en varias ocasiones, y debido a la dificultad del lenguaje usado en esta obra por su autor, se presentan problemas a la hora de verterlo a otro idioma, por lo que Macpherson comenta:

> ... Me he permitido en ciertas ocasiones introducir alguna
> que otra variación, a fin de no desanimar el diálogo ni

desvirtuar en completo el ingenioso tiroteo de la frase o la pertinencia del equívoco[4]

Además de los problemas de traducción, Macpherson presenta un breve estudio sobre las fuentes así como un buen ensayo sobre la psicología de los personajes.

En 1849 Víctor Balaguer hace una refundición de la obra en cuestión y edita su *Julieta y Romeo,* publicando también su traducción catalana en 1879 con el título de *Les esposalles de la morta.* Esta refundición, tanto en su versión castellana como catalana, consta de tres actos y, según Anfós Par:

> Esta tragedia es ejemplo de la conversión de una obra de Shakespeare en drama español de capa y espada[5].

En 1881, y con ocasión del centenario de Calderón de la Barca, Marcelino Menéndez y Pelayo traduce *Romeo y Julieta* en prosa. En numerosas ocasiones Menéndez y Pelayo hace paráfrasis del texto que traduce para, así, evitar «las aberraciones contra el buen gusto en que a veces incurría el gran poeta»[6].

En 1921, Luis Astrana Marín publica su traducción de *Romeo y Julieta* en prosa, al igual que posteriormente hará con el resto de sus publicaciones shakespearianas, ya que como él mismo comenta: «Ninguna versión en verso es buena»[7].

De cualquier forma, la traducción de Astrana Marín es digna de todo encomio por el gran trabajo bibliográfico y de consulta realizado por el autor, y de ahí que, en ocasiones, su trabajo tenga abundancia de notas a pie de página, de carácter filológico, histórico o literario y sobre todo haciendo hincapié en las que hacen referencia a cosas españolas; por ejemplo en

---

[4] «Prólogo» a *Romeo y Julieta,* traducido por Guillermo Macpherson, Madrid, Librería de Perlado, Páez y Cía, 1909, pág. 35.

[5] Anfós Par, *Representaciones shakespearianas en España,* Madrid, Librería general de Victoriano Suárez; Barcelona, Biblioteca Balmes, 1936-1940, vol. I, pág. 224.

[6] Marcelino Menéndez y Pelayo, *Dramas de Guillermo Shakespeare: El mercader de Venecia, Macbeth, Romeo y Julieta, Otelo,* Barcelona, Biblioteca «Arte y Letras», 1881, pág II.

[7] Luis Astrana Marín, *William Shakespeare. Obras completas,* Barcelona, Vergara, 1960, vol. I, pág. 243.

II.iv.25-26 de la edición *New Penguin Shakespeare,* el texto inglés dice:

> Ah, the immortal *passado!* the *punto* reverso! the *hay!*

Astrana presenta la siguiente nota:

> Términos de esgrima españoles, y no italianos, como hasta aquí ha venido diciéndose, ofuscados los comentaristas por la grafía fonética de Shakespeare cuando emplea voces castellanas. El texto del *Folio* no ha lugar a dudas: *Ah the immortal Passado, the Punto reverso, the Hay* [8].

De las cuatro traducciones catalanas publicadas en el siglo XX, pasamos a comentar la realizada por el dramaturgo catalán Josep M.ª de Sagarra en 1935 que publica, patrocinado por un mecenas, ésta y otras treinta y cuatro obras dramáticas. Sagarra adapta el verso blanco shakespeariano al verso blanco catalán y, en la Introducción a sus traducciones comenta la idoneidad del catalán para traducir las obras shakespearianas.

Las traducciones de Sagarra —tanto ésta como las restantes— pueden considerarse como las más idóneas para ser representadas en un escenario, no en balde Sagarra es uno de los mejores dramaturgos en lengua catalana de principios de siglo y, como él mismo dice:

> Las obras teatrales, por su condición natural, no alcanzan la plenitud, la forma adulta y definitiva, hasta que se representan en un escenario [9].

En 1967, José M.ª Valverde publica su traducción de *Romeo y Julieta* en su colección *William Shakespeare. Teatro completo.* Igual que hiciera Astrana anteriormente, José M.ª Valverde traduce a Shakespeare en prosa, aduciendo que:

> poner en verso el teatro completo de Shakespeare requería varias décadas de entrega total [10].

---

[8] *Ibíd.,* vol. I, pág. 804.
[9] Josep M.ª de Sagarra, «Prefaci» a *Romeo i Julieta, Otello, Macbeth,* Barcelona, Alpha, 1959, pág. 7.
[10] José M.ª Valverde, *William Shakespeare. Teatro Completo,* Barcelona, Planeta, 1967, vol. I, pág. XIII.

por lo que obviamente, se deduce que su trabajo está pensado para un público lector y no para el escenario. En ocasiones, José M.ª Valverde comete algunos errores de edición. Basa su trabajo en el del editor de la colección *The Penguin Shakespeare*, G. B. Harrison, que —a su vez— sigue la edición de Q_2 de 1622 y que, por ejemplo, en II.vi,16, en la acotación escénica dice:

> Enter Juliet somewhat fast and embraces Romeo.

Para esta acotación, Valverde dice:

> Entra JULIETA.

y añade en la nota correspondiente:

> Adición posterior: «algo de prisa y abraza a Romeo»[11]

En realidad no se trata de una «adición posterior» sino anterior ya que está sacada del Q_1 de 1597; por lo que deducimos que Valverde no ha consultado las ediciones autorizadas o, en su defecto la «Introducción» a la edición de G. B. Harrison.

En I.i.29-30, y en la misma colección inglesa, el texto dice:

> Tis well thou art not fish; if thou hadst, thou hadst been poor john...

Valverde traduce por:

> Menos mal que no eres pescado, porque entonces habrías sido un merluzo...

Y la nota a pie de página dice:

> *Poor John,* equivalente a *poorjohn,* «pejepalo»; pero hemos preferido modernizar el término [12].

---

[11] *Ibíd.,* vol. I, pág. 804.
[12] *Ibíd.,* vol. I, pág. 765.

Al traducir de esta forma el término *poor-John,* Valverde pierde la alusión sexual de este término, no sólo aquí sino en toda la obra.

En 1979 se constituye en Valencia el Instituto Shakespeare bajo la dirección de Manuel Ángel Conejero. Desde el momento de su fundación este Instituto viene realizando la traducción de las obras dramáticas shakespearianas, habiéndose traducido —hasta el momento— siete de llas: *El rey Lear, Macbeth, El Mercader de Venecia, Como gustéis, Othello* —aparecidas en esta misma colección—, *Noche de reyes* y *Romeo y Julieta*. Esta es la última traducida, y —como ya es habitual en este colectivo— se atiene, en todo momento, al verso y prosa del original, manteniendo —en los parlamentos en verso— el mismo número de líneas para que, así, se produzca el efecto que la simetría lineal tiene, sobre todo en los monólogos que dan significado a la tragedia.

Uno de los objetivos finales de este *Romeo y Julieta* —y de las anteriores traducciones— es la «teatralidad» y puesta en escena de las mismas; buena prueba de ello es el éxito obtenido en las representaciones de esta obra, dirigida por Edward Wilson, director del *National Youth Theatre* de Gran Bretaña, y estrenada en el Teatro Olimpia de Valencia el 27 de febrero de 1987 y representada, entre otras ciudades, en Madrid (Sala Olimpia), el 13 de mayo, y en Londres (en el Shaw Theatre, sede del National Youth Theatre), el 14 de septiembre del mismo año.

La edición y traducción de *Romeo y Julieta* es un trabajo colectivo del Instituto Shakespeare, en el que editó el texto Juan Vicente Martínez Luciano; colaboraron Purificación Ribes Traver, Vicente Forés López, Ángeles Serrano Ripoll, Miguel Teruel Pozas, Carmen Campello Antón, Joan Ripoll Moragón, Jorge Salavert Pinedo; hicieron la versión definitiva Manuel Ángel Conejero y Jenaro Talens; bajo la dirección de Manuel Ángel Conejero.

BIBLIOGRAFÍA

I. EDICONES DE «ROMEO AND JULIET»

a) *Ediciones facsímil*

Edición del *Quarto* de 1597, en la colección *Shakespeare Quarto Facsimiles,* dirigida por W. W. Greg y Charlton Hinman, Oxford, Clarendon Press, 1947.
Edición del *Quarto* de 1599, en la colección *Shakespeare Quarto Facsimiles,* dirigida por W. W. Greg y Charlton Hinman, Oxford, Clarendon Press, 1949.
Edición del *Folio* de 1623, en *The Norton Facsimile of the First Folio of Shakespeare,* preparado por Charlton Hinman, Nueva York, Norton and Company, Inc., 1968.

b) *Otras ediciones*

Cambridge Shakespeare, W. G. Clark y W. A. Wright, Cambridge 1865.
New Shakespeare, J. D. Wilson y G. I. Duthie, Cambridge, 1955. (Esta edición aparece en algunas referencias como *New Cambridge Shakespeare,* puesto que así era conocida en algunas fuentes hasta la aparición de la nueva edición de Cambridge University Press que aparece citada en último lugar en este apartado.)
New Variorum, H. H. Furness, Nueva York, 1963. Existe otra edición en Filadelfia, 1971.
New Penguin Shakespeare, T. J. B. Spencer, Harmondsworth, 1967.
New Arden Shakespeare, B. Gibbons, Londres, 1980.
New Cambridge Shakespeare, G. Blakemore Evans, Cambridge, 1984.

II. Fuentes, concordancias y glosarios

Bartlett, J., *A New and Complete Concordance or Verbal Index to ...the Dramatic Works of Shakespeare*, Londres, 1984; reimpresa en 1980.

Bullough, G., *Narrative and Dramatic Sources of Shakespeare*, Londres, 1957-1975, 8 vols.

Colman, E. A. M., *The Dramatic Use of Bawdy in Shakespeare*, Londres, 1974.

Muir, K., *The Sources of Shakespeare's Plays*, Londres, 1977.

Onions, C. T., *A Shakespeare Glossary*, Londres, 1911; revisada y ampliada en 1938.

Partridge, E., *Shakespeare's Bawdy*, Londres, 1947; revisada en 1968.

Schmidt, A., *Shakespeare-lexicon*, Berlín y Leipzig, 1923; 3.ª edición revisada y ampliada por Gregor Sarrazin, Nueva York, 1971, 2 vols.

Spevack, M., *A Complete and Systematic Concordance to the Works of Shakespeare*, Hildesheim, 1968-1980, 9 vols.

III. Estudios críticos sobre las tragedias de Shakespeare

Bayley, J., *The Characters of Love*, Londres, 1960.
— *Shakespeare and Tragedy*, Londres, 1981.

Bradbrook, M. C., *Themes and Conventions of Elizabethan Tragedy*, Cambridge, 1935.

Bradley, A. C., *Shakespearian Tragedy*, Londres, 1904.

Brodwin, L. L., *Elizabethan Love Tragedy 1587-1625*, Londres y Nueva York, 1972.

Campbell, L. P., *Shakespeare's Tragic Heroes*, Londres, 1930; revisada en 1961.

Charlton, H. B., *Shakespearian Tragedy*, Cambridge, 1948.

Clemen, W. H., *The Development of Shakespeare's Imagery*, Londres, 1904.

Coghill, N., *Shakespeare's Professional Skills*, Cambridge, 1964.

Colie, R. L., *Shakespeare's Living Art*, Princeton, N. Y., 1974.

Conejero, M. A., *Eros Adolescente. La construcción estética en Shakespeare*, Barcelona, 1982.
— *La escena, el sueño, la palabra. Apunte shakespeariano*, Valencia, 1983; segunda edición revisada en 1985.

Crane, M., *Shakespeare's Prose*, Chicago, 1968.

Edwards, P., *Shakespeare and the Confines of Art*, Londres, 1968.

Empson, W., *The Structure of Complex Words*, Londres, 1951.

Flatter, R., *Shakespeare's Producing Hand*, Londres, 1948.

Frye, N., *Fools of Time*, Londres, 1967.

GOLDMAN, M., *Acting and Action in Shakespearean Tragedy,* Princeton, N. J., 1985.

GRANVILLE-BARKER, H., *Prefaces to Shakespeare,* Londres, 1930, 2 vols.

HAZLITT, W., *Character of Shakespeare's Plays,* Londres, 1980.

HOLLOWAY, J., *The Story of the Night,* Londres, 1962.

KNIGHT, G. W., *The Wheel of Fire,* Londres, 1930; revisada en 1940.

LAWLOR, J., *The tragic sense in Shakespeare,* Londres, 1960.

LEECH, C., *Shakespeare's Tragedies and Other Studies in Eighteenth Century Drama,* Londres, 1950.

LEAVIS, F. R., *The Common Pursuit,* Londres, 1952.

LERNER, L., *Shakespeare's Tragedies,* Harmondsworth, 1974.

MUIR, K., *The Great Tragedies,* Londres, 1961.

— *Shakespeare's Tragic Sequence,* Londres, 1972.

NERO, R., *Tragic Form in Shakespeare,* Princeton, 1972.

PÉREZ GALLEGO, C., *Dramática de Shakespeare,* Zaragoza, 1974.

— *El lenguaje escénico de Shakespeare,* Zaragoza, 1982.

RIBNER, I., *Patterns in Shakespearian Tragedy,* Londres, 1960.

SIEGEL, P. N., *Shakespearean Tragedy and the Elizabethan Compromise,* Nueva York, 1957.

SPEAIGHT, R., *Nature in Shakespearian Tragedy,* Londres, 1955.

SPIVACK, B., *Shakespeare and the Allegory of Evil,* Nueva York, 1958.

STEWART, J. I. M., *Character and Motive in Shakespeare,* Londres, 1949.

STIRLING, B., *Unity in Shakespearian Tragedy,* Nueva York, 1956.

STOLL, E. E., *Art and Artifice in Shakespeare,* Nueva York, 1933.

VICKERS, B., *Shakespeare: The Critical Heritage,* Londres, 1975.

WHITAKER, V. K., *The Mirror up to Nature,* San Marino, California, 1965.

WILSON, H. S., *On the Design of Shakespearian Tragedy,* Toronto, 1957.

IV. ESTUDIOS MONOGRÁFICOS SOBRE «ROMEO AND JULIET»

BROOKE, N., *Shakespeare's Early Tragedies,* Londres, 1968.

BROWIN, J. R., «Franco Zeffirelli's *Romeo and Juliet*», en *Shakespeare Survey,* vol. 15, Cambridge, 1962.

CAMDEN, C., *The Elizabethan Woman,* Nueva York, 1975.

CAPECCHI, L., *Romeo and Juliet. La expansión del tema,* Zaragoza, 1982.

CHENEY, D., «Tarquin, Juliet, and other Romei», en *Spencer Studies,* University of Pittsburgh, 1982.

COLE, D., *Twentieth Century Interpretations of Romeo and Juliet,* New Jersey, 1970.

CRIBB, T. J., «The unity of *Romeo and Juliet*», en *Shakespeare Survey,* vol. 34, Cambridge, 1981, págs. 93-104.

DICKEY, F. M., *Not Wisely But Too Well: Shakespeare's Love Tragedies*, San Marino, Cal., 1957.

EVANS, R. O., *The Osier Cage: Rhetorical Devices in «Romeo and Juliet»*, Lexington, Ky., 1966.

HAMILTON, A. C., *The Early Shakespeare*, San Marino, Cal., 1967.

HARRIS, F., *The Women of Shakespeare*, Londres, 1911.

HOTSON, L., *Shakespeare's Sonnets Dated*, Londres, 1949. Incluye un capítulo titulado «In Defence of Mercutio».

JARDINE, L., *Still Harping on Daughters. Women and Drama in the Age of Shakespeare*, Londres, 1983.

KAHN, C., «Coming of Age: Marriage and Manhood in *Romeo and Juliet* and *The Taming of the Shrew*», en *Man's Estate. Masculine Identity in Shakespeare*, Berkeley, University of California Press, 1981, páginas 82-118.

LAWLOR, J., «Romeo and Juliet», en *Early Shakespeare*, editado por J. R. Brown y B. Harris, Londres, 1961.

LEVIN, H., «Form and Formality in *Romeo and Juliet*», en *Shakespeare and the Revolution of the Times*, Nueva York, 1976.

MACKENZIE, A. M., *The Women in Shakespeare's Plays*, Folcroft, 1924.

MASON, H. A., *Shakespeare's Tragedies of Love*, Londres, 1970.

McLUSKIE, K. E., «Shakespeare's "Earth-threading Stars": The Image of the Masque in *Romeo and Juliet*», en *Shakespeare Survey*, vol. 24, Cambridge, 1971.

PÉREZ GALLEGO, C., «El primer encuentro de Romeo y Julieta», en *Cuadernos Hispanoamericanos*, 373, Madrid, 1981.

PITT, A., *Shakespeare's Women*, Londres, 1981.

RABKIN, N., *Shakespeare and the Common Understanding*, Nueva York y Londres, 1967.

SEWARD, J. H., *Tragic Vision in Romeo and Juliet*, Washington, 1973.

SMITH, G. R., «The Balance of Themes in Romeo and Juliet», en *Essays on Shakespeare*, Londres, P. A., 1965.

SMITH, M. B., *Dualities in Shakespeare*, Toronto, 1966.

SPENCER, T. J. B., *Elizabethan Love Stories*, Harmondsworth, 1968.

STAUFFER, D., *Shakespeare's World of Images*, Nueva York, 1949.

THOMAS, S., «The Queen Mab Speech in *Romeo and Juliet*», en *Shakespeare Survey*, vol. 25, Cambridge, 1972.

WILLIAMS, C., *The English Poetic Mind*, Londres, 1932.

V.   TRADUCCIONES ESPAÑOLAS

Los vandos de Verona. Montescos y Capeletes, versión de Francisco de Rojas, Valencia, 1780.

Julia y Romeo, traducción de Manuel García Suelto, manuscrito, 1803.

Romeo y Julieta, traducción de Dionisio Solís, Barcelona, Juan Francisco Piferrer, 1817.

Montescos y Capuletos, versión de Félix Romaní, Cádiz, R. Howe, 1834.

Julieta y Romeo, refundición de Víctor Balaguer, Barcelona, Imprenta y Librería de la señora Viuda e hijos de Mayol, 1849.

Julieta y Romeo, traducción de Angel M.ª Dacarrete, Madrid, Imprenta de José Rodríguez, 1858.

Julieta y Romeo, traducción de Manuel Hiráldez de Acosta, Barcelona, Salvador Manero, 1868.

Romeo y Julieta, traducción de Jaime Clark, Madrid, Medina y Navarro, 1870-76.

Julieta y Romeo, traducción de Matías de Velasco y Rojas, Madrid, Minuesa-Berenguillo, 1872.

Romeo y Julieta, traducción de Guillermo Macpherson, Madrid, Imprenta de Fortanet, 1873.

Romeo y Julieta, traducción de Lucio Viñas Deza y Fabio Suñols, Madrid, Heras, 1875.

Romeo y Julieta, traducción de Rosendo González y Marcial, Barcelona, Saurí, 1875.

Romeo y Julieta, traducción de Marcelino Menéndez y Pelayo, Barcelona, Biblioteca Arte y Letras, 1881.

Romeo y Julieta, adaptación de Ricardo de Miranda, Málaga. Tip. de las Noticias, 1891.

Romeo y Julieta, traducción de Cipriano Montoliu, Barcelona, Seguí, 1908.

Romeo y Julieta, traducción de José Roviralta Borrell, Barcelona, Librería de Antonio López, 1908.

Romeo y Julieta, versión de Francisco de Lombardía, Madrid, Casa editorial «La última moda», 1909.

Romeo y Julieta, traducción de Rafael Martínez Lafuente, Valencia, Prometeo, 1915.

Romeo y Julieta, traducción de Gregorio Martínez Sierra, Imprenta de Juan Pueyo, 1918.

La tragedia de Romeo y Julieta, traducción de Luis Astrana Marín, Madrid, Calpe, 1921.

Romeu i Julieta, traducción al catalán de Magi Morera i Galícia, Barcelona, Imprenta y Editora Catalana, 1923.

Los amantes de Verona, traducción de José M.ª Bello, Barcelona, Biblioteca Lyceum, 1925.

Romeu i Julieta, traducción al catalán de César August Jordana, Barcelona, Barcino, 1930.

Romeo y Julieta, traducción de M. J. Barroso-Bonzón, Madrid, Saez hermanos, 1934.

Romeu i Julieta, traducción al catalán de Josep M.ª de Sagarra, Barcelona, 1935.

Romeo y Julieta, traducción de Luis Linares Lorca y Berta Oberlín Johlman, Barcelona, Metro Goldwyn Mayer Ibérica, 1939.

Romeo y Julieta, traducción de Nicolás González Ruiz, Madrid, Mediterráneo, 1944.

La tragedia de Romeo y Julieta, traducción de Alberto Manent, Barcelona, Juventud, 1960.

Romeo y Julieta, traducción de M. Villanueva de Castro, Barcelona, Mateu, 1963.

Romeo y Julieta, traducción de José Méndez Herrera, Madrid, Aguilar, 1961.

Romeo y Julieta, traducción de José M.ª Valverde, Barcelona, Planeta, 1967.

Romeo y Julieta, traducción de Jaime Navarra Farré, Barcelona, Bruguera, 1970.

Romeo y Julieta, traducción de J. Millás Raurell, Barcelona, Salvat-Alianza, 1971.

Romeo y Julieta, traducción de Enrique Muñoz Latorre, Barcelona, Zeus, 1971.

Romeo y Julieta, traducción de Enrique Chueca y Ramiro Pinilla, Bilbao, Moretón, 1973.

Romeo y Julieta, traducción de José Muñoz Moreno, Madrid, J. Pérez del Hoyo, 1974.

Romeo y Julieta, traducción de Juan Alarcón Benito, Alonso, 1977.

Romeu i Julieta, traducción al catalán de Salvador Oliva, Barcelona, Vicens Vives, 1984.

Romeo y Julieta, traducción de de Manuel Angel Conejero *et al.,* Valencia, Instituto Shakespeare, 1987.

Grabado sobre una pintura de John Francis Rigaud (1724-1810)

ROMEO AND JULIET

ROMEO Y JULIETA

CHARACTERS

ESCALUS, Prince of Verona.
MERCUTIO, kinsman of the Prince and friend of Romeo.
PARIS, a young count, kinsman of the Prince.
Page to Count Paris.

MONTAGUE, head of a Veronese family at feud with the
    Capulets.
LADY MONTAGUE.
ROMEO, son of Montague.
BENVOLIO, nephew of Montague and friend of Romeo and
    Mercutio.
ABRAM, servant of Montague.
BALTHASAR, servant of Montague attending on Romeo.

CAPULET, head of a Veronese family at feud with the Monta-
    gues.
LADY CAPULET.
JULIET, daughter of Capulet.
TYBALT, nephew of Lady Capulet.
An old man of the Capulet family.
NURSE of Juliet, her foster-mother.
PETER, servant of Capulet attending on the Nurse.
SAMPSON
GREGORY
ANTHONY   of the Capulet household.
POTPAN
Servingmen

PERSONAJES

ESCALUS, Príncipe de Verona.

MERCUTIO, joven caballero y pariente del Príncipe; amigo de Romeo.

PARIS, joven noble, pariente del Príncipe.

Paje del conde Paris.

MONTESCO, cabeza de una familia veronesa enemistada con los Capuleto.

LADY MONTESCO.

ROMEO, hijo de Montesco.

BENVOLIO, sobrino de Montesco, y amigo de Romeo y Mercutio.

ABRAHAM, criado de Montesco.

BALTHASAR, criado de Romeo.

CAPULETO, cabeza de una familia veronesa enemistada con los Montesco.

LADY CAPULETO.

JULIETA, hija de Capuleto.

TYBALT, sobrino de Lady Capuleto.

CAPULETO SEGUNDO, primo de Capuleto, un anciano caballero.

NODRIZA de Julieta, criada de los Capuleto.

PEDRO, un criado de Capuleto que sirve a la nodriza.

SAMPSON
GREGORY
ANTHONY   de la casa de Capuleto.
COCINERO
Criados

FRIAR LAURENCE, a Franciscan.
FRIAR JOHN, a Franciscan. An Apothecary of Mantua.
Three Musicians (Simon Catling, Hugh Rebeck, James Sound-
 post).
Members of the Watch.
Citizens of Verona, masquers, torchbearers, pages, servants.

CHORUS.

THE PROLOGUE

Enter CHORUS

CHORUS

Two households, both alike in dignity
In fair Verona, where we lay our scene,
From ancient grudge break to new mutiny,
Where civil blood makes civil hands unclean.
From forth the fatal loins of these two foes
A pair of star-crossed lovers take their life;

1-14 Este prólogo, que procede de *Quarto,* está omitido en *Folio*. Véase «El texto de *Romeo and Juliet*» en la Introducción.

1-14 Se traslada el efecto dramático del soneto original a un tono de oratorio y recitado conjunto, utilizando un estilo sincopado y la enumeración yuxtapuesta de elementos que crearían un espacio escénico solemne, adecuado al momento dramático. Atendiendo a este criterio, no se mantiene la estructura del soneto del original (que como es habitual en nuestra línea de trabajo se desarrolla en verso libre), puesto que este tipo de estrofa remitiría a situaciones de un tono más lírico en la tradición literaria castellana. Nuestra opción, además, articula la vocación declamatoria del inglés en torno a la repetición de términos y estructuras en la traducción. Así, por ejemplo, véase en el verso 3, la repetición de «odio», que recoge dos términos distintos en el original *(grudge* y *mutiny);* la de «sangre» en la línea 4 que imita a la de *civil* en el texto inglés (reforzándose el efecto con el empleo del binomio «ciudad-ciudadano»; o el caso de la línea 7, en la que dos sustantivos yuxtapuestos («su lamentable fin, su desventura») sustituirán a la subordinación del original.

5 *fatal loins; OED, fatal,* 4c, págs. 968 (95): «Foreboding or indicating mischief; ominous»; véase M. Moliner, *Diccionario de uso del español,* pág. 542, *obscuro,* 8.ª acepción «(fig.) Incierto y que infunde temor.»

Fray Lorenzo, de la orden franciscana.
Fray Juan, de la orden franciscana.

Un boticario de Mantua.
Tres músicos (Simón Bordón, Hugo Flautas, Juan el Clavijas).
Miembros de la guardia, ciudadanos de Verona, asistentes al
    baile, portadores de antorchas, pajes, criados.

Coro

PROLOGO

Entra el Coro

Coro

Dos familias de idéntico linaje;
una ciudad, Verona, lugar de nuestra escena,
y un odio antiguo que engendra un nuevo odio.
La sangre de la ciudad mancha de sangre al ciudadano.
Y aquí, desde la oscura entraña de los dos enemigos,
nacieron dos amantes bajo estrella rival.

Whose misadventured piteous overthrows
Doth with their death bury their parents' strife.
The fearful passage of their death-marked love
And the continuance of their parents' rage,   10
Which, but their children's end, naught could remove,
Is now the two hours' traffic of our stage;
The which if you with patient ears attend,
What here shall miss, our toil shall strive to mend.

Exit

Su lamentable fin, su desventura,
entierra con su muerte el rencor de los padres.
El caminar terrible de un amor marcado por la muerte,
y esta ira incesante entre familias
que sólo el fin de los dos hijos conseguirá extinguir,
centrarán nuestra escena en las próximas horas.
Escuchad esta historia con benevolencia,
¡que cuanto falte aquí ha de enmendarlo nuestro empeño!

10

Sale

ACT I

SCENE I

Enter SAMPSON *and* GREGORY, *with swords and bucklers, of the house of Capulet*

SAMPSON

Gregory, on my word, we'll not carry coals.

1-74 En la primera parte de esta escena, que presenta una reyerta entre los criados de ambas casas, y finaliza con la intervención de Príncipe en la línea 75, el enfrentamiento físico entre los criados es la de culminación del desafío verbal que dirimen los personajes desde el comienzo mismo de la obra. Esta suerte de «combate de ingenio» *(combat of wit)* —término normalmente utilizado por la crítica anglosajona— recurrente por otra parte en la dramática shakespeariana, abunda en términos homófonos, polisémicos y expresiones coloquiales hipersemantizadas que, en este caso particular, remiten al ámbito de lo sexual. Observará el lector que, para mantener el juego escénico del original con los términos *coal, collier,* y los homófonos *choler y collar,* se han buscado vocablos que permitan ese mismo juego en el castellano, y no la literalidad. Esto mismo sucede con *draw, strike* y *move,* en cuyas traducciones queda claramente connotado el valor sexual de las palabras. Este es el criterio que rige toda la traducción de *Romeo and Juliet* (y de las otras obras editadas por el Instituto Shakespeare en esta misma colección); lo que significa que, ante todo, y como se advierte en la Introducción, optamos por una solución teatral de la obra shakespeariana y no por la búsqueda de niveles lingüísticos que, en cualquier caso, quedarán también recogidos en esta edición, al no obviar la responsabilidad de ofrecer al lector la clarificación semántica de los diferentes términos.

1 *on my word. OED,* (que cita este ejemplo) *word,* 15, págs. 3817 (282): «On/upon one's word: assuredly, certainly, truly, indeed». Nótese la inclusión de «te lo digo» en la traducción para reforzar el valor dramático de la exclamación. Véase la Introducción.

ACTO I

ESCENA I

Entran SAMPSON *y* GREGORY, *de la casa de los Capuleto, con espadas
y broqueles*

SAMPSON

Por mi honor te lo digo, Gregory: ya está bien de
aguantar malos humores.

GREGORY

No. For then we should be colliers.

SAMPSON

I mean, an we be in choler, we'll draw.

GREGORY

Ay, while you live, draw your neck out of collar.

SAMPSON

I strike quickly, being moved.

1-2 *carry coals [...] colliers.* OED, coal, 12, pág. 448 (550): «To carry or bear coals: To do dirty or degrading work; to submit to humiliation or insult». También OED, collier, 3, pág. 467 (626): «Often used with allusion to the dirtiness of the trade in coal, or the evil repute of the collier for cheating». Por mantener el juego escénico y homofónico, *colliers* se convierte en «malhumorados».

3 *an we be in choler, we'll draw.* OED, choler, 1, pág. 404 (373): «One of the 'four humours' of the early physiology supposed to cause irascibility of temper». El empleo de la opción literal «si nos encolerizamos» resultaría incompatible con el tono procaz de la situación dramática. Para *draw*, OED, draw, 33, pág. 799 (646): «To pull out or extract (a sword or other weapon) from the sheath, etc., for fight or attack». Pero nótese, que Colman, *The Dramatic Use of Bawdy in Shakespeare*, págs. 192, le da el valor, citando este ejemplo, de «By quibble, to uncover (a) sword, (b) penis». La segunda parte de esta línea queda connotada sexualmente al no explicitar el término «espada» y sustituirlo por el artículo «la», que presenta mayor ambigüedad.

4 *Draw your neck out of the collar.* El juego entre *colliers, choler* y *collar* se completa con esta línea, que en el original reúne varios significados literales: «mientras vivas, saca el cuello del collar», i.e., a) evita el collar del verdugo; b) lleva la cabeza bien alta; y c) utiliza el «cuello» (connotado sexualmente).

5 *I strike quickly being moved.* OED, strike, 25, pág. 3095 (1129): «To deal (a person, an animal) a blow, to hit with some force either with the hand or with a weapon» y, además, Colman, *op. cit.*, pág. 216: «As euphemism (via hunting metaphor) for to rape». Asimismo, OED, *move*, v. 6, págs. 1866 (726): «To move (a person's) blood: to make it flow more rapidly, hence, to excite or stir a passion in one [...] to become excited, angry». La traducción tiene en cuenta la aparición del mismo término en la línea siguiente —*To move is to stir and to be valiant is to stand;*—, en la que *move* se combina con *stir:* «To rouse sexually, to move erotically» (Colman, *op. cit.*, pág. 216); y con *stand:* «To confront face, oppose, encounter; to resist, withstand, bear the brunt of (a) an opponent (b) a blow» (OED, 52, pág. 3014 [807]) y que, en esta ocasión, tiene además, el valor, según Colman, *op. cit.*, pág. 216: «Of the penis: to become erect». Obsérvese que estas acepciones dan a todo el fragmento un tono de claros matices sexuales que se ha mantenido, en la traducción, mediante el uso de términos tales como «la sacamos», «la clavo», «moverse es irse», «erguirse», etc.

GREGORY

Y que lo digas, Sampson, pues suelen llamar malhumorados a quienes los aguantan.

SAMPSON

Lo que quiero decir es que si nos coge la perra, la
sacamos...

GREGORY

Sí, bien alta has de llevarla mientras vivas.

SAMPSON

Muy rápido la clavo si me mueven.

Ilustración de Ludovic Marchetti para una edición de Shakespeare
de 1892

GREGORY

But thou art not quickly moved to strike.

SAMPSON

A dog of the house of Montague moves me.

GREGORY

To move is to stir, and to be valiant is to stand.
Therefore, if thou art moved, thou runnest away.

SAMPSON

A dog of that house shall move me to stand. I will take   10
the wall of any man or maid of Montague's.

GREGORY

That shows thee a weak slave. For the weakest goes to
the wall.

SAMPSON

'Tis true; and therefore women, being the weaker
vessels, are ever thrust to the wall. Therefore I will push
Montague's men from the wall, and thrust his maids to
the wall.

GREGORY

The quarrel is between our masters, and us their men.

10-11 *I will take the wall of any man or maid of Montague's. OED, wall,* 16 pág.
3674 (47): «To give a person the wall: to allow a person the right or privilege of
walking next to the wall as the cleaner and safer side of a pavement». Obsérvese,
sin embargo, la aparición del mismo término en la línea siguiente (*For the
weakest gues to the wall; OED, wall,* 13, pág. 3674 (47): «To go the wall: to
give way, succumb in a conflict or struggle»); y en la línea 16-7 *(are ever thurst to
the wall)* en la que la aparición de *thrust* lleva al significado expresado por *OED,*
14, pág. 3674 (47): «To set, thrust or send to the wall: to thrust aside into a
position of neglect», o por Partridge, *Shakespeare's Bawdy,* pág. 201: «Unfasti-
dious courtship and summary copulation».

GREGORY

Muy rápido tendrían que moverte para poder clavarla.

SAMPSON

Cualquier perro de los Montesco me movería.   10

GREGORY

Moverse es irse, y erguirse de valientes; así que si te
mueves... te vas.

SAMPSON

Un perro Montesco hará que me plante. Será mío el lado
del muro, sea hombre o mujer, ese Montesco.

GREGORY

Flojo me parecéis, que es siempre el más débil quien anda
por ese lado.

SAMPSON

¡Cierto! Y al ser las hembras las más débiles, se las arrima
siempre al muro; por tanto, tiraré del muro a los
mancebos y arrimaré contra él a sus mujeres.

GREGORY

La contienda es entre los amos, y entre nosotros, sus   20
criados.

'Tis all one. I will show myself a tyrant. When I have
fought with the men, I will be civil with the maids: I will   20
cut off their heads.

GREGORY

The heads of the maids?

SAMPSON

Ay, the heads of the maids, or their maidenheads. Take it
in what sense thou wilt.

GREGORY

They must take it in sense that feel it.

SAMPSON

Me they shall feel while I am able to stand; and 'tis
known I am a pretty piece of flesh.

---

20 *civil* la edición Q_4 presenta la lectura *cruel* en lugar de *civil,* preferida por
muchos de los editores consultados. Véase la nota al Prólogo 1-14. *OED, civil,*
9, pág. 422 (446): «Educated; well-bred; refined, polished, 'polite' (Obs.)»
«Humane, gentle, kind (Obs.)». La elección de *civil* enfatiza la ironía de
Sampson, explicitada después en la contundencia de *cut off their heads.*

21-3 *heads [...] maidenheads.* El juego que el texto original presenta entre *heads
of the maids y maidenheads* ha sido trasvasado al castellano mediante el uso de
«flores» y «flor», manteniendo así una relación paralela, posibilitada por el
significado de «flor» con el sentido de «virginidad» (María Moliner, *op, cit.,*
pág. 1317).

27-8 *flesh [...] fish. OED, flesh,* 8, 11·pág. 1023 (315): «A piece of flesh: a
human being, sample of humanity». «The sensual appetites and inclinations as
antagonistic to the nobler elements of human nature». Este significado de *flesh*
se contrapone al de *fish* (Colman, *op. cit.,* pág. 194: «As counterpat of male
flesh, fish can be (a) salted and rigid, like dried hake; (b) female, (c) cold-
blooded»), en la respuesta de Gregory en la línea siguiente, *'tis well thou art not
fish* con los claros matices sexuales, y aludiendo también al proverbio *Neither
fish nor flesh* («Ni carne ni pescado»). Asimismo, se relaciona *fish* con *poor-John,*
en la línea siguiente *(OED, poor John,* 1, pág. 2238 (136): «A weapon of war, a
sword». «A bodily organ; esp. the male generative organ». *My naked weapon is
out.* Colman, *op. cit., weapon,* pág. 223: «Quibble, a) sword or dagger, b)
penis». Por último, *Quarrel, I will back there; OED, back,* vb., 4, 11 pág. 153
(610-611): «To support at the back, to uphold aid, second». «To cover (used of
animals in copulation)».

SAMPSON

¡Tanto da! Me portaré como un tirano. Primero acabaré
con los hombres y luego seré «amable» con las vírgenes:
les cortaré flores.

GREGORY

¿Flores, a las vírgenes?

SAMPSON

Sí, les cortaré flores o les cortaré la flor. Tómalo en el
sentido que quieras.

GREGORY

Por donde más lo sientan lo han de tomar.

SAMPSON

Me sentirán mientras pueda tenerme tieso; ya se sabe qué
buena pieza de carne poseo.   30

GREGORY

'Tis well thou art not fish; if thou hadst, thou hadst been
poor-John. Draw thy tool. Here comes two of the
Montagues.   30

Enter ABRAM *and another servingman*

SAMPSON

My naked weapon is out. Quarrel. I will back thee.

GREGORY

How? Turn thy back and run?

SAMPSON

Fear me not.

GREGORY

No, marry. I fear thee!

SAMPSON

Let us take the law of our sides. Let them begin.

GREGORY

I will frown as I pass by, and let them take it as they list.

SAMPSON

Nay, as they dare. I will bite my thumb at them; which is
disgrace to them if they bear it.

ABRAM

Do you bite your thumb at us, sir?

---

37 *I will bite my thumb at them*. Lit: «Me morderé el pulgar ante ellos». En esta
ocasión, la traducción ha sido realizada, de nuevo, atendiendo a aspectos
culturales y teatrales. El significado implícito en el gesto de «morderse el
pulgar» *(OED, bite,* v. 16, pág. 221 (883): «To bite the thumb at: to threaten or
defy by putting the thumb nail into the mouth and with a jerk —from the
upper teeth— make it to knack; to insult») se ha trasladado al gesto de «levantar
el dedo», mejor entendido desde nuestra óptica cultural.

GREGORY

Se sabe que de pescado no es. De ser así te llamarían
«John el escaso». ¡Saca tu arma! Ahí llegan dos de los Montesco.

Entran ABRAHAM *y otro sirviente*

SAMPSON

Sacada está el arma y desnuda. Pelea. ¡Te cubro por la
espalda!

GREGORY

¡Cómo! ¿Me dáis de espaldas y os váis?

SAMPSON

Nada has de temer por mí.

GREGORY

No temo por ti. ¡Te temo a ti!

SAMPSON

Pongamos la ley de nuestra parte. Deja que comiencen
ellos.

GREGORY

Les haré una mueca cuando me los cruce y que lo tomen   40
como quieran.

SAMPSON

Querrás decir como puedan. Les levantaré el dedo, que
es buena afrenta, si la aguantan.

ABRAHAM

Señor, ¿nos levantáis el dedo?

SAMPSON

I do bite my thumb, sir.

ABRAM

Do you bite your thumb at us, sir?

SAMPSON

[Aside to Gregory] Is the law of our side if I say «Ay»?

GREGORY

[Aside to Sampson] No.

SAMPSON

No, sir, I do not bite my thumb at you, sir. But I bite my thumb, sir.

GREGORY

Do you quarrel, sir?

ABRAM

Quarrel, sir? No, sir.

SAMPSON

But if you do, sir, I am for you. I serve as good a man as you.

ABRAM

No better.

SAMPSON

Well, sir.

Enter BENVOLIO

GREGORY

[Aside to Sampson] Say «better». Here comes one of my master's kinsmen.

SAMPSON

Yes, better, sir.

SAMPSON

Señor, os lo levanto, el dedo.

ABRAHAM

¿Qué si nos levantáis el dedo?

SAMPSON

[Aparte a Gregory] ¿Está la ley de nuestra parte si decimos «sí»?

GREGORY

[Aparte a Sampson] No.

SAMPSON

No, señor, no os levanto el dedo a vos; pero lo levanto,   50
sí...

GREGORY

¿Queréis pelea?

ABRAHAM

¿Pelea, señor? ¡No! ¡Señor!

SAMPSON

Si la queréis soy todo vuestro. Sirvo tan bien como vos

ABRAHAM

Pero mejor no.

SAMPSON

Está bien.

Entra BENVOLIO

GREGORY

[Aparte a Sampson] Di «mejor», que aquí llega un pariente del amo.

SAMPSON

Sí, mejor, sí...

[111]

ABRAM

You lie.

SAMPSON

Draw, if you be men. Gregory, remember thy washing
blow.

They fight.

BENVOLIO

Part, fools!
Put up your swords. You know not what you do.

Enter TYBALT

TYBALT

What, art thou drawn among these heartless hinds?   60
Turn thee, Benvolio, look upon thy death.

BENVOLIO

I do but keep the peace. Put up thy sword,
Or manage it to part these men with me.

TYBALT

What, drawn, and talk of peace? I hate the word
As I hate hell, all Montagues, and thee.
Have at thee, coward!

They fight.
Enter three or four CITIZENS *with clubs or partisans*

CITIZENS

Clubs, bills, and partisans! Strike! Beat them down!
Down with the Capulets! Down with the Montagues!

56-7 *thy washing blow.* OED, *washing*, 2, pág. 3696 (133): «Swashing» (OED,
p. pl., 2, pág. 3187 [289]): «Smashing, slashing with great force».

60 *these heartless hinds.* OED, *hind*, sb¹1, pág. 1307 (290): «The female of the
deer without a stag or hart to lead them». También «Household servants»
(OED, sb²1, pág. 1307 [290]). Además, nótese que el juego de palabras entre
hart y *heart* es habitual en el drama elisabethiano. Véase, por ejemplo, *Julius
Caesar*, IV.i. 204-210.

ABRAHAM

Mientes.

SAMPSON

Desenvainad, si es que sois hombres. Gregory, recuerda
tu golpe maestro.   60

Luchan

BENVOLIO

¡Alto, necios!
Deponed los aceros. Ignoráis lo que hacéis.

Entra TYBALT

TYBALT

¿Qué es esto? ¿Lucháis contra estas gacelas? ¡En guardia!
¡Enfréntate a tu muerte!

BENVOLIO

Sólo quiero poner paz. Detén tu acero,
o ayúdame a separar a estos hombres.

TYBALT

¿Es posible hablar de paz con la espada en la mano?
Odio esa palabra y a los Montesco y a ti mismo, como al
  infierno.
En guardia, cobarde.

Luchan.
Entran tres o cuatro CIUDADANOS *con palos y alabardas.*

CIUDADANOS

¡Palos, picas y alabardas! ¡Duro! ¡A tierra con ellos!   70
¡Abajo los Capuleto! ¡Abajo los Montesco!

Enter old CAPULET *and his wife*

CAPULET

What noise is this? Give me my long sword, ho!

LADY CAPULET

A crutch, a crutch! Why call you for a sword?   70

Enter old MONTAGUE *and his wife*

CAPULET

My sword, I say! Old Montague is come
And flourishes his blade in spite of me.

MONTAGUE

Thou villain Capulet! Hold me not. Let me go.

LADY MONTAGUE

Thou shalt not stir one foot to seek a foe.

Enter PRINCE ESCALUS, *with his train*

PRINCE

Rebellious subjects, enemies to peace,
profanes of this neighbour-stainèd steel—
Will they not hear? What, ho —you men, you beasts,
That quench the fire of your pernicious rage
With purple fountains issuing from your veins!
On pain of torture, from those bloody hands   80
Throw your mistempered weapons to the ground
And hear the sentence of your movèd prince.

---

72 *in spite of me. OED, spite,* 5, pág. 2970 (681): «In defiance (scorn or contempt) of».

75 Obsérvese el cambio que se produce en el lenguaje dramático a partir de la intervención del Príncipe, al utilizar este personaje un tono mucho más solemne después del uso, casi abusivo, del lenguaje sexualmente connotado.

81 *your mistempered weapons. OED, mistempered,* pág. 1819 (537): «Of weapons: tempered for an evil purpose».

82 *And hear the sentence of your moved Prince. OED, move,* 9b, pág. 1866 (726): «To provoke to anger, to make angry. (Obs.)»

Entran el viejo CAPULETO *y su esposa.*

CAPULETO

¿Qué ruido es éste? ¡Mi espada de combate!

LADY CAPULETO

Decid mejor muleta. ¿Para qué una espada?

Entran el viejo MONTESCO *y su esposa*

CAPULETO

¡Mi espada digo! El anciano Montesco está aquí y me
provoca con su espada.

MONTESCO

Tú, Capuleto, ruin... Que nadie me sujete.

LADY MONTESCO

Tú no darías un paso ante el enemigo.

Entran el PRINCIPE ESCALUS, *y su séquito*

PRINCIPE

Sois súbditos rebeldes, de la paz enemigos,
que el acero profanáis con una sangre hermana.
¿No hay nadie que me escuche? Vosotros, animales
   u hombres   80
que apagáis el fuego de vuestra ira
con ríos de sangre que brotan, rojos, de las venas.
So pena de tortura, arrojad de las sangrientas manos
las armas que ha templado la cólera,
y escuchad la airada sentencia de vuestro príncipe:

Three civil brawls, bred of an airy word
By thee, old Capulet, and Montague,
Have thrice disturbed the quiet of our streets
And made Verona's ancient citizens
Cast by their grave-beseeming ornaments
To wield old partisans, in hands as old,
Cankered with peace, to part your cankered hate.
If ever you disturb our streets again,   90
Your lives shall pay the forfeit of the peace.
For this time all the rest depart away.
You, Capulet, shall go along with me;
And, Montague, come this afternoon,
To know our farther pleasure in this case,
To old Free-town, our common judgement-place.
Once more, on pain of death, all men depart.

Exeunt all but MONTAGUE, *his wife, and* BENVOLIO

MONTAGUE

Who set this ancient quarrel new abroach?
Speak, nephew, were you by when it began?

BENVOLIO

Here were the servants of your adversary   100
And yours, close fighting ere I did approach.
I drew to part them. In the instant came
The fiery Tybalt, with his sword prepared;
Which, as he breathed defiance to my ears,
He swung about his head and cut the winds,

---

95 *To know our farther pleasure. OED, pleasure,* 2, pág. 2206 (986) y Schmidt,
Shakespeare Lexicon and Quotation Dictionary, pleasure, 2, pág. 873: «Will, choice,
command».

96 *To old Free-town.* Parece referirse a la ciudad italiana de Villafranca (que
aparece en la versión de Bandello), y que fue traducida por Brooke como *Free-
town.* Sin embargo, la definición del lugar como *our common judgement-place* y el
uso de *old* parecen provenir de Painter (véase el apartado referente a «Las
fuentes de *Romeo and Juliet*», en la Introducción).

98 *Who set this ancient quarrel new abroach? OED, abroach,* 1, 2, pág. 9 (33): «To
set abroach: to broach, to pierce and leave running (of liquors).» «To set a-foot,
to publish or diffuse.»

son ya tres las reyertas, fruto de las vanas palabras,
que tú provocas, viejo Capuleto, y tú, Montesco,
tres ya las veces que alteráis el orden en las calles,
obligando así a los ancianos de Verona
a despojarse de sus ropas más solemnes   90
para empuñar, cansados, armas viejas,
gastadas por la paz, y así cesar ese odio que corroe.
Si nuevas luchas provocáis en las calles,
pagaréis con vuestras vidas tal ultraje a la paz.
Marchaos, por esta vez, los aquí presentes.
Vos, Capuleto, venid conmigo
y vos, Montesco, acudid esta tarde
al palacio, donde imparto justicia.
Y conoceréis mi dictamen.
¡Pena de muerte a quien se quede!   100

Salen todos excepto el viejo MONTESCO, *su esposa y* BENVOLIO

MONTESCO

¿Quién avivó de nuevo esta antigua discordia?
Habla, sobrino, ¿estabas tú cuando empezó?

BENVOLIO

No; estaban los criados de vuestro adversario
en lucha franca con los vuestros cuando yo llegué.
Desenvainé con ánimo de separarlos;
llegó Tybalt, entonces, con su espada en alto
y, mientras profería agresivos insultos,
la hizo dar vueltas sobre su cabeza,

Who nothing hurt withal, hissed him in scorn.
While we were interchanging thrusts and blows,
Came more and more, and fought on part and part,
Till the Prince came, who parted either part.

LADY MONTAGUE

O where is Romeo? Saw you him today?   110
Right glad I am he was not at this fray.

BENVOLIO

Madam, an hour before the worshipped sun
Peered forth the golden window of the East,
A troubled mind drive me to walk abroad;
Where, underneath the grove of sycamore
That westword rooteth from this city side,
So early walking did I see your son.
Towards him I made. But he was ware of me
And stole into the covert of the wood.
I, measuring his affections by my own,   120
Which then most sought where most might not be found,
Being one too many by my weary self,
Pursued my humour, not pursuing his,
And gladly shunned who gladly fled from me.

MONTAGUE

Many a morning hath he there been seen
With tears augmenting the fresh morning's dew,

---

112 Obsérvese el cambio que, de nuevo, se produce en el lenguaje de
Benvolio al comenzar a referirse a Romeo. Después del lenguaje sexualmente
connotado del comienzo de la tragedia, y del tono solemne adoptado por el
Príncipe, Benvolio nos describe ahora a Romeo y su estado de ánimo con un
lenguaje que se aproxima mucho más a la lírica. El tono de las primeras
intervenciones de Romeo (líneas 154-231) abunda en contrastes, metáforas y
otros elementos propios del amor cortés que, como veremos, irán evolucionan-
do hacia un tono más agudo, lúcido y lúdico cuando, a lo largo de la obra, se
vaya reafirmando su relación con Julieta.

115 *sycamore*. «Sicómoro»; planta arbórea originaria de Egipto, de fruto
pequeño y blanquecino, y cuya madera es incorruptible.

119 *And stole into the covert of the wood. OED, steal*, v. 10, pág. 3034 (886):
«To go or come secretly or stealthily; to walk or creep softly so as to avoid
observation.»

cortando el viento que silbaba, burlón, sin inmutarse.
Intercambiamos golpes y mandobles;   110
venían más y más, que a uno y otro bando se sumaban;
en eso llego el Príncipe y puso paz entre nosotros.

LADY MONTESCO

Y Romeo, ¿dónde está? ¿Vos le habéis visto?
¡Cómo me alegra saber que no estuvo en la lucha!

BENVOLIO

Una hora antes de que el sol sagrado
asomara por el balcón dorado del Oriente,
mi alma entristecida me movió a salir.
Allí, por entre los sicómoros de una arboleda
que crece en el oeste de la ciudad,
vi paseando a vuestro hijo muy temprano;   120
me dirigí hacia él y, al verme,
corrió a ocultarse en la espesura.
Así, al medir su pena con la mía,
que anhelaba tan sólo un lugar apartado,
esquivando toda compañía mi alma desolada,
seguí mi camino sin molestar el suyo,
y deje de buen grado a quien del mismo modo de mí huía.

MONTESCO

Ha sido visto allí más de una mañana
aumentando el rocío con sus lágrimas

Adding to clouds more clouds with his deep sighs.
But all so soon as the all-cheering song
Should in the farthest East begin to draw
The shady curtains from Aurora's bed,   130
Away from light steals home my heavy son
And private in his chamber pens himself,
Shuts up his windows, locks fair daylight out
And makes himself an artificial night.
Black and portentous must this humour prove
Unless good counsel may the cause remove.

BENVOLIO

My noble uncle, do you know the cause?

MONTAGUE

I neither know it nor can learn of him.

BENVOLIO

Have you importuned him by any means?

MONTAGUE

Both by myself and many other friends.   140
But he, his own affections' counsellor,
Is to himself —I will not say how true—
But to himself so secret and so close,
So far from sounding and discovery,
As is the bud bit with an envious worm
Ere he can spread his sweet leaves to the air

---

135 *Black and portentous must this prove. OED, black,* 8, pág. 223 (890):
«Malignant, baneful, disastrous, sinister»; *OED, portentous,* 1, pág. 2245 (1142):
«Ominous, threatening, warning foreboding some extraordinary and (usually)
calamitous event.»

139 *Have you importuned him by any means? OED, importune,* 3, pág. 1389
(101): «To solicit pressingly and persistently. To ply or beset with requests and
petitions.»

144 *So far from sounding and discovery. OED, sounding,* vbl. sb², vbl. sb¹, pág.
2930 (471): «The action or process of sounding or ascertaining the depth of
water.» «The fact of emitting or giving out sounds [...]; the sound produced or
given out»; *OED, discovery,* 2, pág. 745 (432): «Disclosing or divulging
(anything secret); revelation, disclosure, explanation.»

y oscureciendo las nubes con suspiros.
Mas, cuando apenas resplandece el sol
y corre, en los confines del Oriente,
el opaco dosel del lecho de la aurora,
huye, sombrío, de la luz y vuelve a casa,
y se encierra en su cuarto,
atraca las ventanas, cierra la puerta al día,
y en torno suyo hace una noche artificial.
Este humor ha de tener consecuencias fatales
si con buenas palabras no se extirpa la causa.

BENVOLIO

Mi noble tío, ¿conocéis vos la causa?

MONTESCO

Ni yo la sé ni él quiere revelármela.

BENVOLIO

¿Le habéis sonsacado de algún modo?

MONTESCO

Sí, yo mismo y otros muchos amigos lo intentamos.
Mas él, único consejero para lo que le afecta
—no sé si de esta forma actúa bien—
se muestra impenetrable y sin acceso,
opuesto a confidencias indiscretas
tal una flor mordida por gusano envidioso
antes de abrir sus dulces pétalos al aire

Or dedicate his beauty to the sun.
Could we but learn from whence his sorrows grow,
We would as willingly give cure as know.

Enter ROMEO

BENVOLIO

See, where he comes. So please you step aside.   150
I'll know his grievance, or be much denied.

MONTAGUE

I would thou wert so happy by thy stay
To hear true shrift. Come, madam, let's away.

Exeunt MONTAGUE *and wife*

BENVOLIO

Good morrow, cousin.

ROMEO

Is the day so young?

BENVOLIO

But new struck nine.

ROMEO

Ay me! Sad hours seem long.
Was that my father that went hence so fast?

BENVOLIO

It was. What sadness lengthens Romeo's hours?

ROMEO

Not having that which having makes them short.

BENVOLIO

In love?

ROMEO

Out...   160

o de ofrecer al sol toda su hermosura.
Si pudiéramos saber de dónde nace su tristeza
de buen grado podríamos curarle.

Entra ROMEO

BENVOLIO

Mirad, ahí llega; retiraos, os lo ruego.
Su angustia me ha de revelar, o he de sentirme contrariado.

MONTESCO

Ojalá que a solas con él tengáis la suerte
de escuchar la verdad. Señora, retirémonos.

Salen MONTESCO *y esposa*

BENVOLIO

Feliz mañana, primo mío.

ROMEO

¿Tan joven es el día?

BENVOLIO

Apenás tiene nueve horas.

ROMEO

Largas son las horas tristes.
¿Era mi padre quien se apresuraba?

BENVOLIO

Sí, él era. ¿Tanto alarga la tristeza las horas de Romeo?　160

ROMEO

Eso hace la pena de no poseer lo que puede acortarlas.

BENVOLIO

¿Estáis enamorado...?

ROMEO

Privado...

BENVOLIO

Of love?

ROMEO

Out of her favour where I am in love.

BENVOLIO

Alas that love, so gentle in his view,
Should be so tyrannous and rough in proof!

ROMEO

Alas that love, whose view is muffled, still
Should without eyes see pathways to his will!
Where shall we dine? O me, what fray was here?
Yet tell me not, for I have heard it all.
Here's much to-do with hate, but more with love.
Why then, O brawling love, O loving hate,   170
O anything, of nothing first create!
O heavy lightness, serious vanity,
Misshapen chaos of well-seeming forms,
Feather of lead, bright smoke, cold fire, sick health,
Still-waking sleep, that is not what it is!
This love feel I, that feel no love in this.
Dost thou not laugh?

BENVOLIO

                    No, coz, I rather weep.

ROMEO

Good heart, at what?

BENVOLIO

                    At thy good heart's oppression.

---

175 *feather of lead*. «pluma de plomo». Para evitar la cacofonía se integra la expresión en una enumeración de contrastes, manteniendo la estructura adjetivo + sustantivo del original (*bright smoke*, «humo brillante»), e invirtiendo, en ocasiones, los elementos contrastados (*heavy lightness*, «gravedad liviana», *sick health*, «robusta enfermedad»).

BENVOLIO

¿Del amor?

ROMEO

... del favor de la que amo.

BENVOLIO

¿Por qué el amor será tan dulce en apariencia
y, si se prueba, tan tirano y cruel?

ROMEO

¡Ay de mí! ¿Por qué el amor si es ciego
puede encontrar a oscuras la senda de su antojo?
¿Dónde comeremos ahora? ¿Qué era esa algarada?   170
Mas no, no hables pues todo lo escuché.
Mucho tuvo que ver el odio; pero más el amor.
Así pues, ¡oh, amor de discordia! ¡Oh, tú, odio
      enamorado!
¡Oh, esencia nacida de la nada!
¡Oh, gravedad liviana! ¡Oh, grave vanidad!
¡Oh, informe caos de apariencia hermosa!
¡Oh, carga ligera, humo brillante, gélido
fuego, robusta enfermedad, sueño
de ojos abiertos cuya esencia ignoro!
Este es el amor que siento sin amor.   180
¡Cómo! ¿No te hace reír?

BENVOLIO

                    No, primo mío, pues que lloro.

ROMEO

¿Y por qué, amigo mío?

BENVOLIO

            Por el dolor que tu corazón ha de soportar.

ROMEO

Why, such is love's transgression.
Griefs of mine own lie heavy in my breast,   180
Which thou wilt propagate, to have it pressed
With more of thine. This love that thou hast shown
Doth add more grief to too much of mine own.
Love is a smoke made with the fume of sighs;
Being purged, a fire sparkling in lovers' eyes;
Being vexed, a sea nourished with lovers' tears.
What is it else? A madness most discreet,
A choking gall and a preserving sweet.
Farewell, my coz.

BENVOLIO

Soft! I will go along.
An if you leave me so, you do me wrong.   190

ROMEO

Tut, I have left myself. I am not here.
This is not Romeo, he's some other where.

BENVOLIO

Tell me in sadness, who is that you love?

ROMEO

What, shall I groan and tell thee?

BENVOLIO

Groan? Why, no.
But sadly tell me who.

ROMEO

Bid a sick man in sadness make his will.
Ah, word ill urged to one that is so ill!
In sadness, cousin, I do love a woman.

---

193 *Tell me in sadness.* OED, sadness, 2b, pág. 2619 (26): «In sadness: in earnest, not joking (Obs.). Also quibbling with the condition of being sad», significado que se prolonga a *But sadly tell me who,* dos líneas después.

ROMEO

Sucede siempre así con los excesos del amor.
A las penas que mi pecho ahora abruman
las tuyas han de unirse
para oprimirlo: así, tu amor
más luto añade al que soporto.
El amor es niebla de suspiros hecho humo.
Cuando avivado, chispas en ojos de un amante;
si se le extingue, océano de llanto enamorado.   190
¿Más todavía? Una discreta locura,
miel que alivia, hiel que ahoga.
Queda con Dios, amigo mío.

BENVOLIO

                        Espera, te acompaño,
que sería una ofensa el que aquí me dejaras.

ROMEO

¡Yo mismo me he perdido! ¡Y no me encuentro!
¡No soy Romeo! ¡Romeo no está aquí!

BENVOLIO

Decidme seriamente, ¿a quién amáis?

ROMEO

¿He de llorar para decíroslo?

BENVOLIO

                        ¿Llorar? ¿Por qué?
Decidme en serio, ¿a quién?

ROMEO

Pídele a un enfermo en serio, que haga testamento;   200
sería ruego malsonante para un moribundo.
En serio, primo mío, amo a una mujer.

BENVOLIO

I aimed so near when I supposed you loved.

ROMEO

A right good markman. And she's fair I love.   200

BENVOLIO

A right fair mark, fair coz, is soonest hit.

ROMEO

Well, in that hit you miss. She'll not be hit
With Cupid's arrow. She hath Dian's wit,
And, in strong proof of chastity well armed,
From love's weak childish bow she lives uncharmed.
She will not stay the siege of loving terms.
Nor bide th'encounter of assailing eyes,
Nor ope her lap to saint-seducing gold.
O, she is rich in beauty; only poor
That, when she dies, with beauty dies her store.   210

BENVOLIO

Then she hath sworn that she will still live chaste?

---

201 *A right fair mark, fair coz, is soonest hit.* Partridge, *op. cit., mark,* pág.
146: «A target in archery hence that sexual mark or target at whick a man
sexually aims: the pudent.» También, Partridge, *op. cit., hit it,* pág. 120: «To
attain the sexual target of the pudend.» Benvolio recupera el tono que había
prevalecido en las primeras líneas de esta escena al utilizar, de nuevo, un
lenguaje de dobles sentidos y sexualmente connotado.

203-4 *Diana.* Divinidad itálica que los romanos identificaron con la Artemisa
griega. La Diana primitiva de los italiotas parece haber sido una diosa de la
naturaleza salvaje; también era la diosa protectora de la caza y de la fecundidad.
En la literatura aparece, además, frecuentemente como símbolo de la castidad; y,
de ahí, la referencia a esta diosa cuando, en la línea siguiente, se dice *In strong
proof of chastity well armed.* OED, *proof,* 10b, pág. 2325 (1463): «Armour (Obs.).»

208 *her lap. Lap* es un término que utiliza Shakespeare frecuentemente
(véase, por ejemplo, *Hamlet,* III.ii.114 y ss.) con el significado que ofrece *OED,
lap,* 2b, 4, pág. 1569 (64): «A fold of flesh or skin; occasionally the female
pudendum.»

210 *when she dies, with beauty dies her store.* Es éste uno de los temas recurrentes
en *The Sonnets,* especialmente los primeros diecisiete y, como en ellos, se retoma
el tema clásico del *carpe diem.*

BENVOLIO

Acertado iba yo cuando así lo supuse.

ROMEO

¡Qué buen tino! Y es bella la que amo.

BENVOLIO

Si es bella la diana, antes llegará el tiro, amigo mío.

ROMEO

Mal resultó ese tiro, pues nadie podrá herirla
con las flechas de Amor: tomó el ingenio de Diana,
y, protegida por la coraza fuerte de la castidad,
vive a salvo del pueril y débil dardo del amor.
No ha de exponerse a que la cerquen palabras
   seductoras;
evitará el asedio de ojos tentadores,
y no abrirá sus carnes al engañoso oro;
posee la riqueza de lo bello. Y es pobre;
lo que atesora ha de morir con ella.

BENVOLIO

¿Y ha jurado vivir casta para siempre?

ROMEO

She hath; and in that sparing makes huge waste.
For beauty, starved with her severity,
Cuts beauty off from all posterity.
She is too fair, too wise, wisely too fair,
To merit bliss by making me despair.
She hath forsworn to love; and in that vow
Do I live dead that live to tell it now.

BENVOLIO

Be ruled by me; forget to think of her.

ROMEO

O, teach me how I should forget to think!   220

BENVOLIO

By giving liberty unto thine eyes.
Examine other beauties.

ROMEO

'Tis the way
To call hers, exquisite, in question more.
These happy masks that kiss fair ladies' brows,
Being black, puts us in mind they hide the fair.
He that is strucken blind cannot forget
The precious treasure of his eyesight lost.
Show me a mistress that is passing fair,
What doth her beauty serve but as a note
Where I may read who passed that passing fair?   230
Farewell. Thou canst not teach me to forget.

BENVOLIO

I'll pay that doctrine, or else die in debt.

Exeunt

---

212 *and in that sparing makes huge waste. OED, spare,* 5b, pág. 2941 (514): «To
save, hoard or store up (Obs.).»

228 *passing fair. OED, passing,* B, adv., pág. 2092 (532): «In a passing or
surpassing degree; surpassingly, exceedingly, very (Arch.).»

ROMEO

Cierto, y lo que codicia dilapida,
pues la belleza que severamente ayuna
roba belleza a la posteridad.
Es muy hermosa, discreta, discretamente hermosa.
    Demasiado
para obtener su gloria a costa de mi infierno.
Ha jurado no amar y, por su voto,
estando muerto, vivo. Vivo, para contar mi historia.

BENVOLIO

Olvida. Sigue mi consejo. No pienses más en ella.

ROMEO

Oh, enséñame a olvidar, a no pensar.

BENVOLIO

Dales a tus ojos libertad,
y mira otras bellezas.

ROMEO

        Un camino perfecto
sería ése para evocarla aún más.
El antifaz afortunado que besa apenas la frente de una
    dama,
por ser negro, más nos hace desear su escondida belleza.
Quien, súbitamente, queda ciego no puede olvidar
el preciado tesoro de su vista perdida.
Muéstrame una dama de extremada belleza,
¿Qué sería su hermosura para mí sino un poema escrito
dónde leer a aquella que a todas aventaja?
Adiós, pues que no me enseñas a olvidar.

BENVOLIO

He de enseñarte, o en deuda contigo he de morir.

Salen

SCENE II

Enter CAPULET, COUNTY PARIS, *and a* SERVANT

CAPULET

But Montague is bound as well as I,
In penalty alike; and 'tis not hard, I think,
For men so old as we to keep the peace.

PARIS

Of honourable reckoning are you both,
And pity 'tis you lived at odds so long.
But now, my lord, what say you to my suit?

CAPULET

But saving o'er what I have said before:
My child is yet a stranger in the world;
She hath not seen the change of fourteen years.
Let two more summers wither in their pride   10
Ere we may think her ripe to be a bride.

PARIS

Younger than she are happy mothers made.

CAPULET

And too soon marred are those so early made.
Earth hath swallowed all my hopes but she;
She's the hopeful lady of my earth.
But woo her, gentle Paris, get her heart.
My will to her consent is but a part,
And, she agreed, within her scope of choice
Lies my consent and fair according voice.
This night I hold an old accustomed feast,   20
Where to I have invited many a guest,
Such as I love; and you among the store,

1-37 Obsérvese en el primer diálogo de esta escena, el tono arcaizante de
Capuleto, construido con abundancia de rimas (pareados) y sentencias.
Encontraremos una correlación escénica en el lenguaje, también proverbial pero
más popular, de la Nodriza. Véase nota a I.iii.2-40.

[132]

ESCENA II

Entran CAPULETO, *el conde* PARIS, *y un* SIRVIENTE

CAPULETO

Pero Montesco está sujeto, como yo,
a una idéntica pena. Pienso que no es difícil
que hombres de nuestra edad vivan en concordia.

PARIS

Ambos tenéis renombre y honor
y resulta penoso que el ser rivales se eternice.
¿Qué respondéis, señor, a mi demanda?

CAPULETO

Repetiré lo que antes ya os he dicho:
mi hija todavía es ajena a las cosas del mundo;
pasó apenas la frontera de los catorce años.
Dejad que dos nuevos estíos consuman su esplendor   10
hasta que esté en sazón para las nupcias.

PARIS

Otras de menor edad son ya madres felices.

CAPULETO

También pierden precoces su frescura.
La tierra ya engulló todas mis esperanzas.
Ella, sólo ella, es ahora mi tierra prometida.
Cortéjala, noble Paris, y gana su corazón
pues que mi voluntad es sólo parte de la suya.
Si ella consiente, con su misma elección
irá la nuestra y nuestro beneplácito.
Esta noche, según vieja costumbre, doy una fiesta   20
a la que he invitado, de entre nuestros amigos,
a los que más estimo, tú entre ellos.

One more, most welcome, makes my number more.
At my poor house look to behold this night
Earth-treading stars that make dark heaven light.
Such comfort as do lusty young men feel
When well-apparelled April on the heel
Of limping winter treads, even such delight
Among fresh female buds shall you this night
Inherit at my house. Hear all; all see;   30
And like her most whose merit most shall be;
Which, on more view of many, mine, being one,
May stand in number, though in reckoning none.
Come, go with me. *[To Servant]* Go, sirrah, trudge about
Through fair Verona; find those persons out
Whose names are written there, and to them say,
My house and welcome on their pleasure stay.

Exeunt CAPULET *and* PARIS

SERVANT

Find them out whose names are written here! It is written
that the shoemaker should meddle with his yard and the
tailor with his last, the fisher with his pencil and the   40
painter with his nets. But I am sent to find those persons
whose names are here writ, and can never find what
names the writing person hath here writ. I must to the
learned. In good time!

---

29 *female buds.* En las ediciones Q_1 y F_2 aparece la lección *fennel* («hinojo»)
que no parece la más adecuada para este contexto, aunque se relacionaba esta
planta, fundamentalmente, con las parejas de recién casados por cuanto se
suponía que ayudaba a despertar las pasiones. La opción de *female* proviene de
las ediciones Q_{24} y F_1.

39-41 *the shoemaker [...] with his nets.* Esta intervención del sirviente nos
devuelve al tono de lenguaje sexualmente connotado que ya veíamos al
comienzo de la escena anterior. El uso de *meddle* —Colman, *op. cit.*, pág. 203:
«To masturbate and/or copulate»— y *yard* —Colman, *op. cit.*, pág. 224:
«Quibble: a) clothier's measuring-rod, b) penis»— marcan el tono que fuerza
los sentidos siguientes: «el su lapicero», «el su instrumento de pescar», similares
a los del ya mencionado *yard,* y que se prolongan hasta la línea 44.

44 *In good time!* Esta frase está omitida en Q_1, y ello ha llevado a algunos
comentaristas a considerarla como una acotación teatral para indicar la entrada
en escena de Romeo y Benvolio. La traducción, en cambio, opta —tal y como

[134]

Tu presencia, muy bienvenida, hace más rico el número.
Esta noche, en mi humilde casa, podréis ver
luceros terrestres que a los del cielo cegarían
y un placer tal como el que sienten los mancebos
cuando abril florido pisa los talones
a invierno perezoso. Como ése que se goza
rodeado por pimpollos de mujer, sentirás
tú esta noche en mi casa. Óyelo todo, míralo   30
todo y haz la corte a aquella de mayores dotes.
Juzgada entre las otras, la mía puede ser
una en número, sin que por ello entre en la cuenta.
Ea, venid conmigo [*Al sirviente*]. Id, recorred
la hermosa Verona. Encontrad las personas
cuyos nombres van escritos aquí, y decidles
que serán en mi casa bienvenidos.

Salen CAPULETO *y* PARIS

CRIADO

«Encontrad a las personas cuyos nombres van escritos
aquí». Está escrito aquí que el zapatero se las componga
con la vara suya de medir, el sastre con la suya horma, el   40
pescador con el su lapicero, y el pintor con su instrumento de pescar... y a mí se me envía a encontrar a las
personas cuyos nombres van aquí escritos cuando no
puedo leer los nombres que la persona escribiente ha
escrito aquí. He de buscar pues a alguien que la tenga
buena la letra. ¡Eso haré!

Enter BENVOLIO *and* ROMEO

BENVOLIO

Tut, man, one fire burns out another's burning.
One pain is lessened by another's anguish.
Turn giddy, and be holp by backward turning.
One desperate grief cures with another's languish.
Take thou some new infection to thy eye,
And the rank poison of the old will die.   50

ROMEO

Your plantain leaf is excellent for that.

BENVOLIO

For what, I pray thee?

ROMEO

                    For your broken shin.

BENVOLIO

Why, Romeo, art thou mad?

---

indican otras ediciones— por otro sentido que mantiene el tono escéptico y
jocoso y permite gran variedad de registros en el tono del actor, según el
significado que aparece en *OED, time*, 42c, pág. 3325 (40): «Used as an
expression of ironical acquiescence, incredulity, amazement or the like: to be
sure!; indeed; very well! (Obs.).»

46-48 *One pain is lessened by another's anguish* [...] *One desperate grief cures with
another's languish*. Nótese que, para mantener el tono sentencioso, casi proverbial,
del original, se han traducido cuatro sinónimos —*pain, grief, anguish* (*OED,
anghish*, sb. 2, pág. 83 [330]: «Severe mental suffering, excruciating or oppresive
grief or distress») y *languish* (*OED, languish*, v. 3, pág. 1568 [59]: «To droop in
spirits, to pine with love, grief, or the like»)— por un único término en
castellano: «pena».

51 *Your plantain leaf*. Las hojas de plátano solían utilizarse para cubrir
pequeñas heridas, cortes, golpes, etc. Romeo utiliza el sentido literal de
infección, y se burla de la solución sugerida por Benvolio, como poco efectiva
para sus males, al tiempo que su respuesta —*For your broken shin*— nos permite
reflexionar sobre el uso que Shakespeare hace de las acotaciones escénicas
intratextuales (en este momento, probablemente, Benvolio recibe una patada en
la espinilla por parte de Romeo, sin necesidad de que una acotación escénica
explícita así lo indique).

[136]

Entran BENVOLIO *y* ROMEO

BENVOLIO

¡Eh, hombre! Que un incendio a un fuego devora,
y las penas se ahogan con las penas.
Nada hay mejor para el mareo que el girar
al otro lado, y una nueva pena ahoga a la antigua.　50
Si por el ojo una infección nueva se te mete,
la infección vieja te la cura lo que mete.

ROMEO

Tu hoja de plátano es muy buena para eso.

BENVOLIO

¿Para qué decís que sirve?

ROMEO

Para la espinilla.

BENVOLIO

¿Os habéis vuelto loco?

ROMEO

Not mad, but bound more than a madman is;
Shut up in prison, kept without my food,
Whipped and tormented and... Good-e'en, good fellow.

SERVANT

God gi'good-e'en. I pray, sir, can you read?

ROMEO

Ay, mine own fortune in my misery.

SERVANT

Perhaps you have learned it without book. But I pray,
can your read anything you see?   60

ROMEO

Ay, if I know the letters and the language.

SERVANT

Ye say honestly. Rest you merry.

ROMEO

Stay, fellow. I can read.
                    He reads the letter

*Signor Martino and his wife and daughters. County Anselm and
his beauteous sisters. The lady widow of Utruvio. Signor Pla-
centio and his lovely nieces. Mercutio and his brother Valentine.
Mine uncle Capulet, his wife, and daughters. My fair niece
Rosaline and Livia. Signor Valentio and his cousin Tybalt.
Lucio and the lively Helena.*

A fair assembly. Whither should they come?   70

---

62 *Rest you merry.* Fórmula de despedida que se ha traducido atendiendo al
contexto dramático en el que es utilizada. Obsérvese, sin embargo, que, en la
línea 79, la misma fórmula —*Rest you merry*— ha sido traducida por «Que
podréis divertiros. Adiós», de nuevo por razones puramente teatrales, mostran-
do así dos traducciones distintas como equivalentes escénicos de una misma
frase. Para el significado de *rest* en estos contextos, véase *OED, rest,* 3b, 7b y 8c,
pág. 2515 (546-547).

ROMEO

No, loco no. Y sin embargo más atado,
cerrado en una prisión, hambriento,
azotado, atormentado y... Buenas noches amigo.

CRIADO

Buenas y muy buena nos la dé Dios. Os lo ruego, señor,
¿sabéis leer?   60

ROMEO

Sí, sé leer mi futuro en mi miseria

CRIADO

Para eso no hacen falta libros. Os lo ruego, ¿sabéis leer
todo lo que véis?

ROMEO

Sí, siempre que sepa de qué letras se trata y cuál sea el
idioma.

CRIADO

¡Cuánta sabiduría! Dios os conserve el humor.

ROMEO

Esperad, mancebo, mira cómo leo.
Lee la carta

«*Signor Martino, y su esposa e hijos; el Conde Anselmo y sus
bellas hermanas; la señora viuda de Vitruvio; el señor Placentio
y sus encantadoras sobrinas; Mercutio y su hermano Valentín;
mi tío Capuleto, su esposa e hijas; la hermosa Rosalina, mi*   70
*sobrina, y Livia; Signor Valentio y su primo Tybalt; Lucio y
la gentil Helena*».

Buena es la comitiva. ¿Dónde es la fiesta?

SERVANT

Up.

ROMEO

Whither?

SERVANT

To supper. To our house.

ROMEO

Whose house?

SERVANT

My master's

ROMEO

Indeed I should have asked thee that before.

SERVANT

Now I'll tell you without asking. My master is the great
rich Capulet; and if you be not of the house of Montagues, I pray come and crush a cup of wine. Rest you
merry.   80

Exit

BENVOLIO

At this same ancient feast of Capulet's
Sups the fair Rosaline whom thou so loves,
With all the admirèd beauties of Verona.
Go thither, and with unattainted eye
Compare her face with some that I shall show,
And I will make thee think thy swan a crow.

71-3 La distribución de estas dos líneas procede de Theobald (1740), a partir
de una conjetura de Warburton. Los originales en *Quarto* y *Folio* presentan la
siguiente distribución, que nos parece menos lógica: SERVANT: Up. ROMEO:
Whither? To supper? SERVANT: To our house.

CRIADO

Arriba se hace.

ROMEO

¿Arriba? ¿Dónde?

CRIADO

Allí donde la cena, en nuestra casa.

ROMEO

¿Qué casa?

CRIADO

La de mi amo.

ROMEO

En efecto, tenía que haberlo preguntado antes.

CRIADO

Os lo diré sin que tengáis que preguntarlo. Mi amo es el   80
noble y rico Capuleto. Y si vos no sois de la casa de los
Montesco, os ruego vengáis a beber un vaso de vino.
Que podréis divertiros. Adiós.

Sale

BENVOLIO

A esta fiesta tradicional de los Capuleto.
irá vuestra bella Rosalina, la que amáis,
y otras admiradas beldades de Verona.
Id pues allí y que el ojo imparcial
compare su rostro con otros que os enseñaré
de modo que vuestro cisne un cuervo os parecerá.

When the devout religion of mine eye
Maintains such falsehood, then turn tears to fires;
And these, who, often drowned, could never die,
Transparent heretics, be burnt for liars!
One fairer than my love? The all-seeing sun   90
Ne'er saw her match since first the world begun.

BENVOLIO

Tut, you saw her fair, none else being by,
Herself poised with herself in either eye.
But in that crystal scales let there be weighed
Your lady's love against some other maid
That I will show you shining at this feast,
And she shall scant show well that now seems best.

ROMEO

I'll go along, no such sight to be shown,
But to rejoice in splendour of mine own.   100

Exeunt

SCENE III

Enter LADY CAPULET *and* NURSE

LADY CAPULET

Nurse, where's my daughter? Call her forth to me.

NURSE

Now, by my maidenhead at twelve year old,
I bade her come. What, lamb! What, ladybird!
—God forbid!— Where's this girl? What, Juliet!

2-40 Obsérvense, a lo largo de este fragmento, las sucesivas expresiones que sirven de muestra del lenguaje popular y celestinesco de la nodriza que abunda en exclamaciones religiosas, y expresiones picantes: *By my maidenhead at twelve year old* (línea 2), *God forbid* (4), *God rest all Christian souls!* (19), *But as I said* (21), *That shall she be, marry, I remember it well* (23), *I never shall forget it* (25), *By th'rood* (37), *God be with his soul* (40).

3 *ladybird.* OED, *ladybird*, 2, pág. 1559 (24): «Sweetheart, often used as a

[142]

ROMEO

Si mis ojos fieles y devotos me traicionaran   90
de ese modo, conviértanse mis lágrimas en fuego.
Y que estos herejes —inundados en lágrimas otrora—
transparentes, y nunca prestos a morir, ardan por falsos.
¿Más hermosa que la que amo? Nunca el sol, que lo ve todo,
tal encontró desde que el mundo existe.

BENVOLIO

¡Bah! Bella os pareció por no poderla comparar,
imagen de sí misma en vuestros ojos,
pero cuando sopesado, en la balanza cristalina, ese amor
    ·vuestro
con el de otras doncellas que en la fiesta
resplandezcan, la que ahora juzgáis la mejor   100
apenas si mediocre habrá de pareceros.

ROMEO

Iré, y no por lo que vais a mostrarme
sino por ver, esplendoroso, lo que amo.

Salen

ESCENA III

Entran LADY CAPULETO *y la* NODRIZA

LADY CAPULETO

Ama, ¿dónde estará mi hija? Di que venga.

NODRIZA

Ya la llamé, os lo juro por mi virginidad
de doceañera. ¡Pimpollo! ¡Corderito mío!
¿Dónde estás? ¡Válgame el cielo! ¿Julieta?

Enter JULIET

JULIET

How now? Who calls?

NURSE

Your mother.

JULIET

Madam, I am here. What is your will?

LADY CAPULET

This is the matter... Nurse, give leave awhile.
We must talk in secret... Nurse, come back again.
I have remembered me, thou's hear our counsel.   10
Thou knowest my daughter's of a pretty age.

NURSE

Faith, I can tell her age unto an hour.

LADY CAPULET

She's not fourteen.

NURSE

        I'll lay fourteen of my teeth
—And yet, to my teen be it spoken, I have but four—
She's not fourteen. How long is it now
To Lammastide?

---

term of endearment.» Sin embargo, para algunos comentaristas (entre los que
podríamos mencionar a Partridge, *op. cit.,* pág. 131), *ladybird* es un arcaísmo
para «mujer lasciva», lo que justificaría la exclamación posterior *God forbid!*

16 *Lammastide.* La Iglesia de Inglaterra, en sus comienzos, celebraba el
primero de agosto la fiesta de la cosecha en la que se cocía pan con los primeros
granos de maíz recogidos. T.J.B. Spencer, en su edición para *The New Penguin
Shakespeare,* y puesto que Julieta nació la víspera del primero de agosto,
propone cierta relación entre su nombre y el mes de julio. Véase también, al
respecto, M.J. Levith, *What's in Shakespeare's Names,* pág. 47.

[144]

Entra JULIETA

JULIETA

¿Quién me llama?

NODRIZA

Vuestra madre.

JULIETA

Aquí, madre. Estoy aquí. ¿Qué me queréis?

LADY CAPULETO

Se trata de... Ama, permitidme un momento.
Tenemos que hablar a solas... Ama, vuelve;
pensándolo mejor, queda, y escucha.
Mi hija, lo sabes, está en una edad crítica.   10

NODRIZA

Calcularía su edad sin error de una hora.

LADY CAPULETO

Todavía no cumplió los catorce...

NODRIZA

Apuesto
catorce dientes —¡Ay, y sólo tengo cuatro!—
a que catorce no tiene. ¿Cuánto falta
para las fiestas de agosto?

LADY CAPULET

A fortnight and odd days.

NURSE

Even or odd, of all days in the year,
Come Lammas Eve at night shall she be fourteen.
Susan and she —God rest all Christian souls!—
Were of an age. Well, Susan is with God.   20
She was too good for me. But, as I said,
On Lammas Eve at night shall she be fourteen.
That shall she, marry! I remember it well.
'Tis since the earthquake now eleven years;
And she was weaned —I never shall forget it—
Of all the days of the year, upon that day.
For I had then laid wormwood to my dug,
Sitting in the sun under the dovehouse wall.
My lord and you were then at Mantua.
Nay, I do bear a brain. But, as I said,   30
When it did taste the wormwood on the nipple
Of my dug and felt it bitter, pretty fool,
To see it tetchy and fall out wi'th' dug!
Shake, quoth the dovehouse! 'Twas no need, I trow,
To bid me trudge.
And since that time it is eleven years.
For then she could stand high-lone. Nay, by th'rood,
She could have run and waddled all about.
For even the day before she broke her brow.
And then my husband —God be with his soul!   40
'A was a merry man— took up the child.
«Yea», quoth he, «dost thou fall upon thy face?

---

27 *my dug*. Según Partridge, *op. cit.*, pág. 97, el término *dug* «Now applied only to animals, is by Shakespeare applied to a woman's nipple; nipple and entire breast». Obsérvese que este mismo término ha sido traducido en la línea 31 por «pecho», y en la 33 por «teta», términos todos apropiados al lenguaje de la nodriza.

37 *high-lone. OED, high-lone*, pág. 1305 (281): «Quite alone, without support (Obs.).»

LADY CAPULETO

Dos semanas o más.

NODRIZA

Día de más o día de menos, entre los días
del año, la víspera de la fiesta cumplirá catorce.
Ella y Susana (¡Dios la tenga en su gloria!)
tendrían la misma edad. Quede Susana con Dios.   20
Demasiada bendición era para mí. Como iba diciendo,
la víspera de la fiesta cumplirá los catorce.
Vaya que sí. No se me olvida, no. Lo recuerdo muy bien.
Once años hace ya de lo del terremoto,
cuando la destetamos. Me acordaré toda la vida.
Mismamente ese día, entre todos los del año.
Acababa de darme yo acíbar en los pezones,
allí, sentada al sol, bajo el palomar.
Vuestras señorías se habían ido a Mantua.
¡Tengo yo una memoria! Como iba diciendo,   30
cuando probó el acíbar del pezón,
y encontró mi pecho amargo, había que ver a la muy tonta,
¡qué furiosa se puso con mi teta!
¡Crac!, hizo el palomar. No fue preciso,
os lo juro, otra señal para que corriera.
Once años hace ya de aquello ¡Por la cruz de Cristo!
Si hasta se tenía sola de pie y podía
correr y saltar, ya lo creo, por allí.
Si incluso el día antes casi se rompe la crisma,
y fue mi esposo (Dios lo tenga en su gloria)   40
—¡bien alegre que era!— quien la recogió.
«¡Vaya! —le dice— ¿así que te caes de morros?»

Thou wilt fall backward when thou hast more wit.
Wilt thou not, Jule?» And, by my holidam,
The pretty wretch left crying and said «Ay».
To see now how a jest shall come about!
I warrant, an I should live a thousand years,
I never should forget it. «Wilt thou not, Jule?» quoth he,
And, pretty fool, it stinted and said «Ay».

LADY CAPULET

Enough of this. I pray thee hold thy peace.   50

NURSE

Yes, madam. Yet I cannot choose but laugh
To think it should leave crying and say «Ay».
And yet, I warrant, it had upon it brow
A bump as big as a young cockerel's stone,
A perilous knock. And it cried bitterly.
«Yea», quoth my husband, «fallest upon thy face?
Thou wilt fall backward when thou comest to age.
Wilt thou not, Jule?» It stinted, and said «Ay».

---

43 *fall backward*. Partridge, *op. cit.*, pág. 103: «To fall, and then lie, on her back; the time-honoured and most usual posture *(figure Veneris prima)* of a woman inviting or preparing for sexual intercourse.»

44 *By my holidam*. El término *holidam* (que normalmente debiera transcribirse como *halidam*) proviene del término anglosajón *haligdom* con el significado de *holiness* («santidad»), si bien se utilizaba erróneamente con el significado de *holy dame*.

49 *it stinted and said «Ay»*. OED, stint, vb, 1a, c, pág. 3055 (971): «To cease action, to leave off (doing something), to desist, forbear», y, especialmente, en este contexto, «To cease to speak (Obs.).»

51 *Yet I cannot chouse but laugh*. OED, choose, 3, pág. 405 (377): «The notion of a choice between alternatives is often left quite in the background, and the sense is little more than an emphatic equivalent of to will, to wish, to exercise one's own pleasure in regard to a matter in which one is a free agent.»

54 *a young cockerel's stone*. Aunque la traducción literal de *stone* sea la de «huevo» —y así se recoge en la traducción—, habría de tenerse en cuenta el significado que, para su uso en lenguaje vulgar, ofrece OED, stone, 11, pág. 3065 (1009): «A testicle (chiefly in plural)»; significado que también apoya Colman, *op cit.*, pág. 216.

55 *A perilous knock*. OED, perilous, 2, pág. 2134 [697]: «[...] dreadful, terrible, awful».

Ya caerás boca arriba cuando tengas juicio,
¿verdad que sí, Juli?» Y por la Virgen,
que la pobrecilla salió corriendo y dijo «Sí».
¡Faltaría ahora que la broma resultara cierta!
¡Mil años que viviera, lo juro, y no lo olvidaría!
«¿Verdad que sí, Juli?», le dice él,
y la pobrecilla se calla, y dice luego: «sí».

LADY CAPULETO

¡Basta, ya está bien! ¡Te lo ruego!   50

NODRIZA

Sí, señora, pero deje que ría a gusto.
Pensar que salió llorando y diciendo «sí».
Juro que tenía en su frente un chichón
tan grande como el huevo de un gallipollo.
Valiente batacazo. ¡Cómo lloraba de amargura!
«Sí», contesta mi marido, «te caíste de morros.
Ya caerás boca arriba cuando tengas juicio,
¿verdad que sí, Juli?» Ella se calmó y dijo «Sí».

JULIET

And stint thou too, I pray thee, Nurse, say I.

NURSE

Peace, I have done. God mark thee to his grace!   60
Thou wast the prettiest babe that e'er I nursed.
An I might live to see thee married once,
I have my wish.

LADY CAPULET

Marry, that «marry» is the very theme
I came to talk of. Tell me, daughter Juliet,
How stands your dispositions to be married?

JULIET

It is an honour that I dream not of.

NURSE

An honour! Were not I thine only nurse,
I would say thou hadst sucked widom from thy teat.

LADY CAPULET

Well, think of marriage now. Younger than you,   70
Here in Verona, ladies of esteem
Are made already mothers. By my count,
I was your mother much upon these years
That you are now a maid. Thus then in brief:
The valiant Paris seeks you for his love.

---

66 *How stands your dispositions to be married?* El significado del término
disposition —*OED,* 7, pág. 761 (493): «State or quality of being disposed,
inclined or "in the mind"; sometimes, desire, purpose, intention»— ha sido
asimilado al del verbo en la traducción, y esto permite la conversión en negativa
de la pregunta de Lady Capulet que se convierte, de este forma, en interrogación retórica con el mismo valor dramático que el original. Véase Introducción.
67-8 *honour*. Obsérvese el juego basado en la doble acepción del término
honour «Distinction, privilege, dignity» *(OED, honour,* 4, pág. 1326 [367]), que
es probablmente el significado que le atribuye Julieta; y «Chastity; (of a woman)
purity, reputation» *(OED, honour,* 3, pág. 1326 [367]), con un doble juego entre
honour y *on,* («Lying, in sexual intercourse, on» [Partridge, *op. cit., honour, on,*
págs. 122 y 155]), significado que le asigna la nodriza.

JULIETA

Lo que ahora digo, ama, es que te calmes tú.

NODRIZA

Muy bien, ya terminé. Que Dios te asista.   60
Eras la criatura más hermosa que he criado
y he de verte casada un día. Cumpliré
así mi deseo.

LADY CAPULETO

¡Casada! De eso quería yo hablaros,
de matrimonio. Decid, querida Julieta,
¿qué pensáis? ¿No deseáis casaros?

JULIETA

Es ese un honor en el que nunca pensé.

NODRIZA

¿Un honor? No fuera yo tu única ama
y te dijera que mucha discreción mamaste.

LADY CAPULETO

Pues ya puedes ir pensándolo. De más jóvenes   70
hay aquí en Verona, damas de rango,
que ya son madres. En cuanto a mí,
a tu edad tú ya eras hija mía,
y tú sigues doncella. Seré más breve:
el gallardo Paris pretende tu mano.

NURSE

A man, young lady! Lady, such a man!
As all the world.-. why, he's a man of wax.

LADY CAPULET

Verona's summer hath not such a flower.

NURSE

Nay, he's flower; in faith, a very flower.

LADY CAPULET

What say you? Can you love the gentleman?   80
This night you shall behold him at our feast.
Read o'er the volume of young Paris' face,
And find delight writ there with beauty's pen.
Examine every married lineament,
And see how one another lends content.
And what obscured in this fair volume lies
Find written in the margent of his eyes.
This precious book of love, this unbound lover,
To beautify him only lacks a cover.
The fish lives in the sea, and 'tis much pride   90
For fair without the fair within to hide.
That book in many's eyes doth share the glory,

---

77 *a man of wax*. Obsérvese la acepción de *wax* en esta intervención de la
nodriza *(OED, wax*, 3c, pág. 3711 [194]: «Used as a term of emphatic
commendation. The origin of this expression is not clear. It may have meant: as
faultless, as if modelled in wax») y compárese su aparición en III.iii.126 —*Thy
noble shape is but a form of wax*— en palabras del fraile, en la que adquiere un
significado distinto: *(OED, wax*, 3, pág. 3711 [194]: «Referring to the easy
fusibility of wax, its softness and readiness to receive impressions; its adhesive-
ness». Este ejemplo, además, nos daría pie para apuntar el paralelismo de
funciones entre estos dos personajes y su posible complementariedad entre lo
terrenal (nodriza) y lo espiritual (fraile).
82-83 La metáfora que identifica al hombre con el libro es recurrente en la
dramática shakespeariana. Para ello, el autor utiliza, por ejemplo, las diferentes
acepciones de *lineament* —«Line (of a book, etc)». «A portion of the face viewed
with respect to its outline: a feature» *(OED, lineament*, 1, 3, pág. 1631 [311])—;
content —«Subject, matter» y «Satisfaction, pleasure» *(OED, content*, sb₁, sb₂,
pág. 535[897])—; *margent, unbound, cover*, etc. Véase también la intervención de
Lady Capuleto en III.ii.83.

NODRIZA

¡Un hombre, mi niña! ¡Un hombre
a quien todas...! ¡Moldeado en cera parece!

LADY CAPULETO

No tiene flor tan bella el estío de Verona.

NODRIZA

Sí, eso es: una flor, una flor, ciertamente.

LADY CAPULETO

¿Qué decís? ¿Podéis amar a un caballero así?   80
Le veréis esta noche en nuestra fiesta.
Su rostro es como un libro abierto, léelo
bien y encontrarás placer escrito con amorosa pluma.
Observa cada uno de sus rasgos,
y verás cómo son de armoniosos, y lo oscuro
que pueda contenerse en libro tal está
escrito sobre el margen de sus ojos.
Este precioso libro de amor, este amante incompleto,
tan sólo precisa ligaduras para ser más hermoso.
Como sucede con el pez y el agua, así la belleza   90
interior precisa de la exterior para envolverla.
El libro con mil ojos comparte su esplendor

That in gold clasps locks in the golden story.
So shall you share all that he doth possess,
By having him making yourself no less.

NURSE

No less? Nay, bigger! Women grow by men.

LADY CAPULET

Speak briefly, can you like of Paris' love?

JULIET

I'll look to like, if looking liking move.
But no more deep will I endart mine eye
Than your consent gives strength to make it fly.   100

Enter SERVINGMAN

SERVINGMAN

Madam, the guests are come, supper served up, you
called, my young lady asked for, the Nurse cursed in the
pantry, and everything in extremity. I must hence to
wait. I beseech you follow straight.

LADY CAPULET

We follow thee.

94-5 *So shall you share [...] making yourself no less.* Aparece aquí el interés de
Lady Capulet en este matrimonio por razones económicas; interés ya insinuado
en los versos anteriores con *gold clasps* y *golden story* (línea 93); y que aparecerá de
nuevo en la urgencia que Capulet demuestra por la boda, en III.iv., aun cuando
las circunstancias no sean propicias (muerte de Tybalt). Nótese que aparece,
también en este momento, otro de los temas recurrentes en *The Sonnets*: el del
enriquecimiento espiritual mutuo en el amor. La nodriza interpretará este
enriquecimiento en su forma física (línea 96), aludiendo al «aumento» implícito
en el embarazo.

98 *I'll look to like, if looking move.* Nótese el juego basado en la doble acepción
de *look*: «To direct the intellectual eye». «To consider, ascertain; to try, to
consider a matter». *(OED, look,* v. 3 a, d, pág. 1659 [424]), y «To direct one's
sight» *(OED, look,* v.1, pág. 1659 [423]).

101 Obsérvese el contraste entre la prosa atropellada, que caracteriza la
intervención del sirviente en estas líneas, y el verso empleado por Lady Capulet.

si con broches de oro encierra su áurea historia.
Así compartirás tú todo lo que posee él,
no disminuyéndote a ti al poseerte.

NODRIZA

¿Disminuir? Aumentar es lo que nos hacen los hombres.

LADY CAPULETO

Díme, pues, ¿puedes amar a Paris?

JULIETA

Lo intentaré, si intentarlo me mueve al amor.
Pero los dardos de mis ojos volarán
hasta donde vuestro consentimiento lo permita.

Entra un CRIADO

CRIADO

Madam, los invitados ya han llegado, la cena está servida,
vos avisada, mi joven señora solicitada, el ama, insultada
en la cocina, y, en fin, todo en orden, salvo yo mismo,
que corriendo sirvo la cena si me acompañáis corriendo.

LADY CAPULETO

Corriendo te acompañamos.

Exit SERVINGMAN

Juliet, the County stays.

NURSE

Go, girl, seek happy nights to happy days.

Exeunt

SCENE IV

Enter ROMEO, MERCUTIO, BENVOLIO, *with five or six other maskers, and torchbearers*

ROMEO

What, shall this speech be spoke for our excuse?
Or shall we on without apology?

BENVOLIO

The date is out of such prolixity.
We'll have no Cupid hoodwinked with a scarf,
Bearing a Tartar's painted bow of lath,
Scaring the ladies like a crowkeeper,
Nor no without-book prologue, faintly spoke
After the prompter, for our entrance.
But, let them measure us by what they will,
We'll measure them a measure and be gone.   10

---

1 *excuse*. Los invitados a una fiesta, que normalmente portaban máscaras, a menudo llevaban preparadas unas «palabras de cortesía» que pronunciaban para explicar su asistencia a la misma. Véanse, además, por ejemplo, *Timon of Athens*, I.ii.116; *Love's Labour's Lost*, V.ii.158; y *Henry VIII*, I.iv.65.

5 *bow of lath*. El término *lath* viene definido por *OED*, sb1, pág. 1576 (94) como «A thin, narrow strip of wood used to form a groundwork upon which to fasten the slates or tiles of a roof». La traducción «arco de latón» opta por el significado transferido de «[...] Material of a counterfeit weapon» (*OED*, *lath*, sb2, pág. 1576 (94).

9-10 *measure [...] measure*. El juego de palabras viene provocado por la doble acepción de measure: «To judge or estimate the greatness or value of (a person, a quality, etc.), by a certain standard or rule» (*OED*, *measure*, vb.6, pág. 1755 [281]); y «A dance, esp. a grave or stately dance» (*OED*, *measure*, sb.20, página 1755 [280]).

[156]

Sale el CRIADO

Julieta, el conde espera.

NODRIZA

Venga, niña. Que a días felices sigan unas noches felices.

Salen

ESCENA IV

Entran ROMEO, MERCUTIO *y* BENVOLIO, *con cinco o seis con
máscaras, portadores de antorchas*

ROMEO

¿Qué? ¿Les decimos las palabras de cortesía,
o entramos sin más ceremonias?

BENVOLIO

No están de moda ya los circunloquios,
ni queremos Cupidos vendados con pañuelos
—con arco de latón pintado a la Tártara—
asustando doncellas como espantapájaros,
ni tampoco prólogos dichos en voz baja
y de memoria, siguiendo al apuntador,
para la entrada. Que nos canten lo que quieran
que ya les daremos baile y nos iremos.   10

ROMEO

Give me a torch. I am not for this ambling.
Being but heavy, I will bear the light.

MERCUTIO

Nay, gentle Romeo, we must have you dance.

ROMEO

Not I, believe me. You have dancing shoes
With nimble soles. I have a soul of lead
So stakes me to the ground I cannot move.

MERCUTIO

You are a lover. Borrow Cupid's wings
And soar with them above a common bound.

ROMEO

I am too sore empiercéd with his shaft
To soar with his light feathers; and so bound   20

---

12 *Being but heavy, I will bear the light*. El juego, en esta ocasión, viene marcado
por utilizar *heavy* («pesado») y *light* («ligero») precisamente utilizando los
significados de ambas que no se contraponen. Así, en esta ocasión *heavy*
significaría: «Weighed down with sorrow or grief, sorrowful, sad grieved,
despondent» *(OED, heavy*, 27, pág. 1279 [18o]); y *light* «A body which emits
illuminating rays». «An ignited candle, lamp, etc. *(OED, light*, sb5, a,b, página 1620 [270]).

15 Nótese el juego basado en la homofonía entre *sole* («suela») y *soul* («alma»).
La traducción opta por cargar de significado alusivo la primera parte del verso,
mediante la anteposición del artículo «la».

18-26 Es este un fragmento cuya efectividad dramática reside en el hecho de
que Mercutio y el público interpretan como sexualmente connotadas («bawdy»)
las intervenciones de Romeo en este diálogo. El autor consigue mantener un
difícil equilibrio entre la lírica melancólica de Romeo y las alusiones sexuales
desarrolladas por Mercutio. Estas últimas se basan en el significado de términos
como *soar* (línea 18) —«Of birds: to fly or mount upwards; to ascend to a
towering height». «(fig.) To mount, ascend or rise to a a higher or more exalted
level in some respect (with sexual pun)» *(OED, soar*, v.1,3, pág. 2901 [353])—;
burden (línea 22) —«To apply weight, and perhaps pressure, during coitus»—;
sink in it (línea 23) —«To achieve coitus, to penetrate a woman»—; *prick* (línea
26) —«With phallic play on other senses of *prick,* including a) puncture, b) turn
sour, c) vex, d) mark (a name) on a list, e) insert needle»— (Véase Colman, *op.
cit.,* para estos últimos ejemplos).

[158]

ROMEO

Dadme una antorcha. No estoy para bailes.
Que bien cuadra la cruz a quien anda sombrío.

MERCUTIO

No, gentil Romeo, tienes que bailar.

ROMEO

No, yo no, vosotros que lleváis los zapatos de baile,
que os la pone ligera, la suela. Tengo el alma de plomo
y tanto me sujeta al suelo que ni puedo moverme.

MERCUTIO

Tu estás enamorado. Toma alas de Cupido
y empínate hasta donde puedas.

ROMEO

Tanto me hiere su flecha
que su plumaje ligero ya ni me levanta;   20

I cannot bound a pitch above dull woe.
Under love's heavy burden do I sink.

MERCUTIO

And, to sink in it, should you burden love:
Too great oppression for a tender thing.

ROMEO

Is love a tender thing? It is too rough,
Too rude, too boisterous, and it pricks like thorn.

MERCUTIO

If love be rough with you, be rough with love.
Prick love for pricking, and you beat love down.
Give me a case to put my visage in.
A visor for a visor! What care I   30
What curious eye doth quote deformities?
Here are the beetle brows shall blush for me.

BENVOLIO

Come, knock and enter; and no sooner in
But every man betake him to his legs.

ROMEO

A torch for me! Let wantons light of heart
Tickle the senseless rushes with their heels.
For I am proverbed with a grandsire phrase:
I'll be a candle-holder and look on;
The game was ne'er so fair, and I am done.

---

32 *beetle brows*. Aunque el término se utiliza para describir a individuos de cejas prominentes, en esta ocasión la referencia es la antifaz.

36 *rushes*. Hasta el siglo XVII existía la costumbre de esparcir juncos verdes sobre el suelo de las casas, y posiblemente también sobre los escenarios de los teatros. en la traducción se ha sustituido el objeto por el efecto provocado, («cosquillas»).

37 *grandsire*. OED, grandsire, I, 4, pág. 1189 (352): «Grandfather (Arch.); a man of an age, befitting a grandfather; an old man».

39-41 *game [...] Dun*. Se juega, en esta línea, con varios significados posibles del término *game* —OED, game, sb.1, 3b, 9, 10, pág. 1110-1 (36-37): «Amusement, delight, fun, mirth [...]», «Amorous sport or play (Obs.)».

tal me ata, que no sobrepaso el límite
de mi dolor. Bajo la pesada carga del amor desfallezco.

MERCUTIO

Sí, para desfallecer tendrás que soportarlo.
Mucho es el agobio para una cosa así de tierna.

ROMEO

¿Una cosa tierna el amor? Cruel y bien duro.
Y rudo, y violento, hiere como el espino.

MERCUTIO

Si contigo es cruel el amor sé tú cruel también.
Hiérelo pues él hiere y así podrás vencerle.
Un antifaz quiero para cubrir mi rostro
y cubrirá una máscara a la otra. ¿Qué importa   30
si un ojo curioso quiere ver mis defectos?
¡Mi antifaz —¡miradlo!— se ruborizará por mí!

BENVOLIO

¡Vamos, llama y entra! Y una vez allí
que cada quien se cuide de sus piernas.

ROMEO

¡Una antorcha! Que los mancebos de cascos
ligeros a la insensible estera hagan cosquillas
con los talones, y, como dice el refrán del abuelo,
«A mirar, que en eso está la fiesta».
Una fiesta tan hermosa y yo, como el sereno, a solas.

Tut, dun's the mouse, the constable's own word!   40
It thou art Dun, we'll draw thee from the mire
Of —save your reverence— love wherein thou stickest
Up to the ears. Come, we burn daylight, ho!

ROMEO

Nay, that's not so.

MERCUTIO

I mean, sir, in delay
We waste our lights in vain, like lamps by day.
Take our good meaning, for our judgement sits
Five times in that ere once in our five wits.

ROMEO

And we mean well in going to this masque,
But 'tis no wit to go.

MERCUTIO

Why, may one ask?

ROMEO

I dreamt a dream tonight.

«Sport derived from the chase». «The object of the chase»— y con la homofonía
done-dun, este último término con el significado de «dusky, gloomy» (*OED, dun,*
adj.2, pág. 816 [715]). *Dun*, al ser traducido, como «a solas» recoge el sentido de
I am done, y la introducción de la comparación con «el sereno» permite mantener
los juegos verbales de los tres versos siguientes. Así, en la línea 40 se ha
utilizado el tópico castellano de «Doce en punto, y sereno» para traducir el
proverbio *Dun's the mouse;* («A phrase alluding to the colour of the mouse, but
frequently employed with no other intent than that of quibbling on the word
"done") y en la 41, se amplía el significado de *dun* a «sereno y hundido» para
combinarlo así con *mire* («lodazal»). *Dun*, en este contexto, viene explicado por
OED, sb 5, pág. 816 [715]) como: «Dun (the horse) is in the mire: a) an old
Christmas game (called also drawing dun out of the mire) in which a heavy log
was lifted and carried off by the players».

42 *save your reverence*. Existe, en esta expresión, un juego con una de las
acepciones de *reverence*, apoyada en la aparición de *mire* en la línea anterior:
«(Dung), human excrement». Además, también, «With all respect for, with
apologies to...» (*OED, sirreverence,* 1 y 2, pág. 2838 [104]).

MERCUTIO

«Doce en punto, y sereno», dijo el alguacil.
Si tan sereno y hundido estás, te sacaremos
del lodazal o del amor reverendísimo
que te hundió hasta los ojos. Vamos. Se hace de día.

ROMEO

¿Qué queréis decir?

MERCUTIO

          Quiero decir que si nos retrasamos
gastaremos la luz inútilmente tal si ardiera de día.
Buena es nuestra intención, y el buen sentido,
mayor que nuestros cinco sentidos es por cinco veces.

ROMEO

Sí, y aunque no tenga sentido, creo que hacemos bien
viniendo a esta mascarada.

MERCUTIO

          ¿Y por qué, si puede saberse?

ROMEO

Soñé un sueño esta noche.

MERCUTIO

And so did I.

ROMEO

Well, what was yours?

MERCUTIO

That dreamers often lie.

ROMEO

In bed asleep, while they do dream things true.

MERCUTIO

O, then I see Queen Mab hath been with you.
She's the fairies' midwife, and she comes
In shape no bigger than an agate stone
On the forefinger of an alderman,
Drawn with a team of little atomies
Over men's noses as they lie asleep.
Her chariot is an empty hazelnut,
Made by the joiner squirrel or old grub,   60
Time out o'mind the fairies' coachmakers.

---

53 *Mab*. Personaje de la literatura fantástica inglesa principalmente, aunque podemos encontrarla también en la literatura de otros países. Shelley escribió un poema sobre este personaje *(Queen Mab*, 1813), y, Rubén Darío una narración *(El velo de la reina Mab*, 1888), incluida en *Azul*. El origen del nombre no es del todo cierto, aunque parece estar relacionado con el céltico Mabh, nombre por el que se conocía a la reina de las hadas irlandesas (W. J. Thomas, *Three Notelets*, 1865). Shakespeare es el primero que lo atribuyó a la reina de las hadas en Inglaterra.

54 *midwife*. Dentro del contexto aquí utilizado, *midwife* es aquella de entre las hadas, normalmente su reina, que se encarga de llevar a cabo, cual celestina, las ilusiones de los hombres.

59-61 *Her chariot [...] coachmakers*. Estos tres versos no aparecen en la edición del *First Quarto*. En los *Quartos* restantes, y en todas las ediciones de *Folio*, aparecen después de la línea 69: *Pricked from the lazy finger of a maid*. Las ediciones contemporáneas suelen colocarlos en este lugar a partir de una conjetura de Lettsom, introducida por P.A. Daniel (1875).

59-66 Obsérvese que la descripción del carruaje de la reina Mab avanza con un ritmo muy marcado debido a la yuxtaposición y la repetición sintáctica de la estructura de las enumeraciones. La traducción opta, sin embargo, por variar los esquemas sintácticos y recurrir al encabalgamiento con el fin de evitar la monotonía y dar fluidez a la descripción.

60 *grub*. «Gorgojo»; nombre dado a diversas especies de coleópteros que, en su mayoría, atacan las semillas, frutos y tallos de diversas especies vegetales.

MERCUTIO

Y yo también.   50

ROMEO

¿Y qué soñaste?

MERCUTIO

Que mienten los que sueñan.

ROMEO

Muchas veces cuando dormimos, en la cama, los sueños
    son verdad.

MERCUTIO

Ya veo que Mab te ha visitado.
Ella es la reina de las ilusiones.
Llega —su forma no mayor que un ágata
en el dedo de un rico regidor—
rodeada por una corte de seres diminutos,
a introducirse por las narices de los hombres dormidos;
los radios de su carroza son como largas patas
de araña; la cubierta, alas de saltamontes;   60
las riendas, de telaraña fina; y de rayos

El primer encuentro de Romeo y Julieta, grabado de una pintura del
siglo XVIII, de William Miller

Her wagon spokes made of long spinners' legs;
The cover, of the wings of grasshoppers;
Her traces, of the smallest spider web;
Her collars, of the moonshine's watery beams;
Her whip, of cricket's bone; the lash, of film;
Her wagoner, a small grey-coated gnat,
Not half so big as a round little worm
Pricked from the lazy finger of a maid.
And in this state she gallops night by night   70
Through lovers' brains, and then they dream of love;
O'er courtiers' knees, that dream on curtsies straight;
O'er lawyers' fingers, who straight dream on fees;
O'er ladies' lips, who straight on kisses dream,
Which oft the angry Mab with blisters plagues,
Because their breaths with sweetmeats tainted are.
Sometime she gallops o'er a courtier's nose,
And then dreams he of smelling out a suit.
And sometime comes she with a tithe-pig's tail
Tickling a parson's nose as 'a lies asleep;   80
Then he dreams of another benefice.
Sometime she driveth o'er a soldier's neck;
And then dreams he of cutting foreign throats,
Of breaches, ambuscados, Spanish blades,
Of healths five fathom deep; and then anon
Drums in his ear, at which he starts and wakes,
And being thus frighted, swears a prayer or two
And sleeps again. This is that very Mab
That plaits the manes of horses in the night
And bakes the elf-locks in foul sluttish hairs,   90
Which once untangled much misfortune bodes.
This is the hag, when maids lie on their backs,
That presses them and learns them first to bear,
Making them women of good carriage.
This is she...

93-4 *learns [...] carriage. OED, learn,* 4, pág. 1592 (156): «To teach (now
vulgar)». *OED, carriage,* 6, 14, pág. 343 (131): «Capacity for carrying a burden
(Obs.). «With play on bear [...] deportment, behaviour».

de luna húmedos los arneses son;
el látigo, de huesos de grillo; la cuerda, de hebra
sutil; el cochero, un ridículo mosquito con librea
gris, la mitad más chico que un gusanillo de esos
que dicen se extraen las doncellas de los perezosos
dedos. Su carroza es una cáscara de avellana
labrada por ardilla laboriosa o el gorgojo anciano,
pues ambos son, desde tiempos antiguos, carpinteros
de las hadas. De tal suerte galopa tras la noche   70
por los cerebros enamorados, que sueñan con amor,
y por cortesanas rodillas, que sueñan súbitas finezas;
y por los dedos del abogado que sueña en sus minutas;
y por los labios de mujer que sueñan con los besos,
labios que la airada Mab condena poblándolos de llagas
por infectar sus alientos con el dulzor del almíbar.
También, a veces, por narices palaciegas
pues suelen soñar, a veces, en lo dulce de un favor;
y otras, al cura, dormido, hace cosquillas por la nariz
con el rabo de uno de esos cerdos del diezmo,   80
mientras él sueña con su inminente ascenso;
y otras pasa por el cuello del soldado,
y esto le hace soñar en degollar extraños,
en brechas, emboscadas, aceros españoles,
y en mares de cerveza... y, de pronto,
¡tambores en su oído! Y se levanta de un salto,
y se asusta, y reza una oración, o dos
y se duerme otra vez. Esta es Mab.
La que de noche enreda las crines de los potros,
la que amasa las greñas de los duendes en nudos   90
    pegajosos
que, peinados, anuncian grandes males.
Esta es la bruja que, cuando ve doncellas tendidas boca
    [arriba,
la fuerza, y les enseña a soportar la carga «lo primero»,
y hace de ellas hembras de buen fuste.
Esta es la que...

ROMEO
Peace, peace, Mercutio, peace!
Thou talkest of nothing.

MERCUTIO
True. I talk of dreams;
Which are the children of an idle brain,
Begot of nothing but vain fantasy;
Which is as thin of substance as the air,
And more inconstant than the wind, who woos   100
Even now the frozen bosom of the North
And, being angered, puffs away from thence,
Turning his side to the dew-dropping South.

BENVOLIO
This wind you talk of blows us from ourselves.
Supper is done, and we shall come too late.

ROMEO
I fear, too early. For my mind misgives
Some consequence, yet hanging in the stars,
Shall bitterly begin his fearful date
With this night's revels and expire the term
Of a despiséd life, closed in my breast,   110
By some vile forfeit of untimely death.
But He that hath the steerage of my course
Direct my sail! On, lusty gentlemen!

---

96 *nothing*. Evans recoge la opinión de Colman, *op. cit., nothing,* pág. 205:
«Vulva, rounded during coitus».

100 *woos. OED, woo,* 1, pág. 3811 (259): «To solicit or sue a woman in love;
to court, make love.» La traducción utiliza «acariciar» en el sentido cortesano de
«cortejar»: el viento es «rechazado» por la frialdad del Norte, y busca el calor del
Sur en los versos siguientes.

106 *misgives. OED, misgive,* 1, pág. 1813 (513) «Of one's heart or mind: to
incline to suspición or foreboding», y de este sentido se derivan «nefasto» y
«presagio» en el siguiente verso.

108 *his fearful date. OED, date,* sb2.4, pág. 648 (42): «The time during which
something lasts: period, season; duration; term of life or existence.»

113 *On, lusty gentlemen!* Atendiendo al significado primitivo de *lusty:* «Full of
healthy vigour (often in early use, valiant, courageus, active...)» (*OED, lusty,* 5
a, pág. 1682 [516]). Obsérvese que en la traducción se ha convertido el adjetivo
en exclamación independiente para mantener la fuerza de la exhortación: «¡Sin
miedo! ¡Amigos míos, adelante!». Véase Introducción.

ROMEO
¡Alto, Mercutio!
Hablas sin decir nada.

MERCUTIO
¡Hablo de sueños!
Que hijos son de las mentes ociosas
nacidas de la vaga fantasía,
en sustancia, liviana como el aire,
e inconstante, más todavía que el viento   100
que ahora acaricia el seno gélido del Norte
para, encolerizado, esfumarse bramando,
y volver la cara al Sur que destila rocío.

BENVOLIO
Ese viento del que hablas nos aventa a nosotros.
¡Venga! La cena ha terminado. Llegamos tarde.

ROMEO
Temprano, creo yo. Mi corazón presiente
nefastas consecuencias, presagio de los astros,
cuyo cruel y fatal progreso comenzará
esta noche, en esta fiesta; y pondrá fin
a mi vida despreciable —ésa que mi pecho   110
encierra— un golpe vil de muerte repentina.
Mas aquél que es faro de mi ruta
sabrá guiarme. ¡Sin miedo! ¡Amigos míos, adelante!

BENVOLIO

Strike, drum.

They march about the stage

SCENE V

SERVINGMEN *come forth with napkins*

FIRST SERVINGMAN

Where's Potpan, that he helps not to take away? He shift a trencher! He scrape a trencher!

SECOND SERVINGMAN

When good manners shall lie all in one or two men's hands, and they unwashed too, 'tis a foul thing.

FIRST SERVINGMAN

Away with the joint-stools; remove the court-cupboard; look to the plate. Good thou, save me a piece of marchpane; and, as thou loves me, let the porter let in Susan Grindstone and Nell, Anthony, and Potpan!

SECOND SERVINGMAN

Ay, boy, ready.

FIRST SERVINGMAN

You are looked for and called for, asked for and sought   10
for, in the Great Chamber.

---

1 *Potpan*. El nombre procede, probablemente de *Potpanion* (probable contracción de *pot companion*). Como en la escena de los músicos (que veremos al final de IV.v) se buscan equivalentes de los nombres que, en castellano, resulten cómicos también y denoten el carácter vulgar (así como las profesiones) de los personajes que inician esta escena.

6 *plate*. OED, *plate*, 15, pág. 2200 (963): «Utensils for table and domestic use, ornaments, etc., originally of silver or gold.»

¡Tambor, redobla!

Marchan avanzando por la escena

ESCENA V

Entran criados de los CAPULETO, *con servilletas*

SIRVIENTE PRIMERO

¿Dónde está el Cacerola? ¿Por qué no ayuda a quitar la mesa? ¡Quitar él un plato! ¡Fregar él un plato!

SIRVIENTE SEGUNDO

Lástima es que los buenos modos estén en una o dos manos, y que éstas están sucias. ¡Lástima!

SIRVIENTE PRIMERO

¡Fuera bancos! ¡Apartad el armario! ¡Ojo con la plata! Eh, tú, guárdame un trozo de mazapán, y ya que tanto me estimas, di al portero que deje pasar a Susan la del molino, y a Elena, y a Antonio, y al Cacerola...

SIRVIENTE SEGUNDO

¡Todo listo, muchacho!

SIRVIENTE PRIMERO

Eh, tú, sí, a ti, te buscan, te llaman, te requieren,   10
preguntan por ti en el salón.

THIRD SERVINGMAN

We cannot be here and there too. Cheerly, boys! Be brisk
a while, and the longer liver take all.

Exeunt

Enter CAPULET, *his wife,* JULIET, TYBALT, NURSE, *and all the*
guests and gentlewomen to the maskers

CAPULET

Welcome, gentlemen! Ladies that have their toes
Unplagued with corns will walk a bout with you.
Ah, my mistresses, which of you all
Will now deny to dance? She that makes dainty,
She, I'll swear, hath corns. Am I come near ye now?
Welcome, gentlemen! I have seen the day
That I have worn a visor and could tell   20
A whispering tale in a fair lady's ear,
Such as would please. 'Tis gone, 'tis gone, 'tis gone!
You are welcome, gentlemen! Come, musicians, play.
A hall, a hall! Give room! And foot it, girls.

Music plays, and they dance

More light, you knaves! And turn the tables up;
And quench the fire, the room is grown too hot.
Ah, sirrah, this unlooked-for sport comes well.
Nay, sit, nay, sit, good cousin Capulet,
For you and I are past our dancing days.

---

15 *walk a bout...* Schmidt, *op. cit., walk,* vb.2, pág. 1329: «*Walk a bout,* a tour
in dancing (at a masquerade).»

18 *come near.* OED, *near,* adv.², 16 pág. 1904 (55): «*Come near:* to touch or
affect deeply.» Evans añade el significado metafórico de «to hit the target».

24 *A hall [...] and foot it:* Schmidt, *op. cit.,* pág. 507: «A cry to make room in
a crowd.» OED, *foot,* v., pág. 1045 (404): «To move the foot, step, or tread to
measure or music; to dance, esp. in the phrase "to foot it".»

27 *Ah, sirrah.* Capell y Kittredge interpretan *sirrah* como dirigido a Capuleto
segundo. Sin embargo, *sirrah* es un tratamiento para subordinados (de inferior
rango social); y según Schmidt, *op. cit.,* pág. 1066: «Sometimes forming part of
a soliloquy and addressed to an imaginary person or rather to the speaker
himself (always preceded by "Ah").» De aquí la traducción «Eh, oye»,
diferenciada claramente del tratamiento con «vos» dirigido a Capuleto segundo.

No podemos estar en todas partes a la vez. Venga,
muchachos. Ánimo, y que lo herede todo quien más
aguante.

Salen
Entran CAPULETO, *su esposa,* JULIETA, TYBALT, *la* NODRIZA,
los que portan máscaras e invitados

CAPULETO

Bienvenidos, señores. Y aquellas entre las damas
que no tengan callos bailarán un baile con vosotros.
Venga, venga, señoras, ¿quién se negará
ahora a bailar? De la melindrosa
diremos que tiene juanetes. ¿No es verdad que acerté?
¡Bienvenidos seáis, señores! Solía yo llevar   20
antaño, también, antifaz, y contar cuentos
al oído de alguna mujer hermosa,
de esos que les gustan. Y ahora se acabó, se acabó.
¡Señores, sed bienvenidos! Vosotros, músicos, a tocar.
¡Paso, dejad paso! Muchachas, esos pies.

Suena la música. Bailan

Más luz, mancebos. Quitad las mesas.
Apagad el fuego. Hace mucho calor.
Eh, oye, ¿va bien esta fiesta improvisada, eh?
Aquí, sentaos aquí, querido primo Capuleto,
que a ambos nos pasó el tiempo de la danza.   30

How long is't now since last yourself and I   30
Were in a mask?

COUSIN CAPULET

By'r Lady, thirty years.

CAPULET

What, man? 'Tis not so much, 'tis not so much.
'Tis since the nuptial of Lucentio,
Come Pentecost as quickly as it will,
Some five-and-twenty years; and then we masked.

COUSIN CAPULET

'Tis more, 'tis more. His son is elder, sir.
His son is thirty.

CAPULET

Will you tell me that?
His son was but a ward two years ago.

ROMEO

[To Servingman] What lady's that, which doth enrich the
                    hand
Of yonder knight?

SERVINGMAN

I know not, sir.   40

ROMEO

O, she doth teach the torches to burn bright!
It seems she hangs upon the cheek of night
As a rich jewel in an Ethiop's ear:
Beauty too rich for use, for earth too dear!
So shows a snowy dove trooping with crows
As yonder lady o'er her fellows shows.
The measure done, I'll watch her place of stand

---

38 *a ward.* OED, *WARD*, 6, 7, pág. 3684 (85): «A minor under the control
of a guardian.» «An orphan under age.»

¿Cuánto hace ahora que fuimos tú y yo
de máscaras por última vez?

CAPULETO SEGUNDO

¡Virgen Santa! ¡Treinta años!

CAPULETO

No tanto, hombre, no tanto.
Fue en la boda de Lucentio.
Ahora, muy pronto, en Pentecostés,
hará veinticinco años a lo sumo.

CAPULETO SEGUNDO

Más, mucho más. Su hijo tiene más años que
    eso: treinta por lo menos.

CAPULETO

A mí me lo diréis.
Su hijo era menor de edad hace dos años.

ROMEO

[*A un sirviente*] ¿Qué dama es la que adorna   40
la mano de aquel caballero?

SIRVIENTE

No lo sé, señor.

ROMEO

Hasta las antorchas, de ella, aprenden a brillar.
Se diría que adorna el rostro de la noche
como preciado colgante que portara una etíope.
Belleza demasiado rica para usarse, o para la tierra.
Parece una paloma nívea que avanza entre los cuervos,
tal ocurre con esa doncella entre las demás.
Tras el baile he de observar dónde se queda,

And, touching hers, make blesséd my rude hand.
Did my heart love till now? Forswear it, sight!
For I ne'er saw true beauty till this night.   50

TYBALT

This, by his voice, should be a Montague.
Fetch me my rapier, boy. What, dares the slave
Come hither, covered with an antic face,
To fleer and scorn at our solemnity?
Now, by the stock and honour of my kin,
To strike him dead I hold it not a sin.

CAPULET

Why, how now, kinsman? Wherefore storm you so?

TYBALT

Uncle, this is a Montague, our foe.
A villain, that is hither come in spite
To scorn at our solemnity this night.   60

CAPULET

Young Romeo is it?

TYBALT

'Tis he, that villain Romeo.

CAPULET

Content thee, gentle coz, let him alone.
'A bears him like a portly gentleman.
And, to say truth, Verona brags of him
To be a virtuous and well-governed youth.
I would not for the wealth of all this town

---

53 *an antic face*. La traducción, en esta ocasión, utiliza términos teatrales
gracias al significado de estos dos vocablos: *antic* («Grotesque, bizarre».
«Uncouthly ludicrous (in gesture, etc.)» [*OED*, 1, 2, pág. 92 (365)] y *face* («A
representation of a human visage.» [*OED*, 1c, pág. 945 (4)].

64 *a portly gentleman. OED, portly*, pág. 2246 (1145): «(Old use) stately,
dignified, handsome, majestic; imposing.»

para que, con el roce de la suya, mi ruda mano quede
  bendecida.
Corazón, ¿amé yo antes de ahora? ¡Ojos, negadlo!   50
Nunca hasta ahora conocí la belleza. Nunca antes.

TYBALT

Por la voz éste parece un Montesco.
Trae mi espada, mancebo. ¿Se atrevió el infame
a llegar hasta aquí con máscara de comediante,
para burlarse y hacer escarnio a nuestra fiesta?
Ahora, por el honor y la sangre de mi raza,
he de matarle sin cometer pecado.

CAPULETO

¿Qué ocurre, sobrino? ¿A qué tanta ira?

TYBALT

¡Aquél es un Montesco, un enemigo!
Un miserable que vino hasta aquí esta noche   60
para nuestro escarnio y el de nuestra fiesta.

CAPULETO

¿No es ése Romeo?

TYBALT

Sí, Romeo el infame.

CAPULETO

Calmaos, gentil sobrino. Dejadle estar.
Se comporta como buen caballero.
A fe mía que Verona siente orgullo,
y dicen de él que es virtuoso y muy discreto.
Ni por toda la riqueza de esta ciudad

Here in my house do him disparagement.
Therefore be patient; take no note of him.
It is my will, the which if thou respect,
Show a fair presence and put off these frowns,   70
An ill-beseeming semblance for a feast.

TYBALT

It fits when such a villain is a guest.
I'll not endure him.

CAPULET

He shall be endured.
What, goodman boy! I say he shall. Go to!
Am I the master here, or you? Go to!
You'll not endure him! God shall mend my soul!
You'll make a mutiny among my guests!
You will set cock-a-hoop! You'll be the man!

TYBALT

Why, uncle, 'tis a shame.

CAPULET

Go to, go to!
You are a saucy boy. Is't so, indeed?   80
This trick may chance to scathe you. I know what.
You must contrary me! Marry, 'tis time.
Well said, my hearts! You are a princox, go!

___

74-5 Nótese la omisión en ambos versos, en la traducción, de la expresión *Go to!* (Schmidt, *op. cit.,* pág. 482: «A phrase of exhortation or reproof») si bien el sentido queda recogido en el tono de las aseveraciones.

78 *You will set cock-a-hoop!* De entre las varias opiniones que dan los críticos sobre el significado de esta frase, la más acertada parece ser la de Schmidt cuando la explica como «"you will pick a quarrel", "you will play the bully" (Perhaps with allusion to the custom of making cocks fight within a broad hoop, to prevent their quitting each other)». Schmidt *op. cit.,* pág. 211.

81 *to scathe you.* Es esta una de las ocasiones en las que la traducción puede recoger los diferentes significados de un término en el original: «To injure, hurt, damage.» «To subject to pecuniary loss.» *(OED, scathe,* vb. 1, 1b, pág. 2661 [193]).

83 *princox.* OED, *princox,* 1, pág. 2304 (1377): «A pert, forward, saucy boy or youth, a conceited young fellow.»

le ofendería yo en mi propia casa.
Tened, pues, paciencia. Dejadle.
Así lo deseo, respetad mi decisión.   70
Vestíos de amable apariencia y quitaos
ese ceño vuestro que tan mal se acomoda en esta noche.

TYBALT

Bien está mi ceño, si es un infame el invitado:
no he de tolerarlo.

CAPULETO

Lo toleraréis.
¿Lo oís, joven caballero? Eso es lo que he dicho.
¿Quién es quien manda aquí, vos o yo?
¿Que no lo toleraréis? ¡Dios me asista!
¿Un motín entre mis invitados? ¿Eso queréis?
Dejaos de bravatas. ¡Os creéis muy hombre!

TYBALT

Pero es vergonzoso...

CAPULETO

¡Ea, ea, a callar!   80
¡Mancebo insolente! ¿Vergonzoso os parece?
Broma muy cara podría ser ésta. Bien lo sé.
¿Qué queréis? ¿Contrariarme? ¡Magnífica ocasión!
...¡Amigos, bravo, bravo!...¡Sois un insolente! ¡Venga!

Be quiet, or... More light, more light! For shame!
I'll make you quiet, what! Cheerly, my hearts!

TYBALT

Patience perforce with wilful choler meeting
Makes my flesh tremble in their different greeting.
I will withdraw. But this intrusion shall,
Now seeming sweet, convert to bitterest gall.

Exit

ROMEO

If I profane with my unworthiest hand   90
This holy shrine, the gentle sin is this.
My lips, two blushing pilgrims, ready stand
To smooth that rough touch with a tender kiss.

JULIET

Good pilgrim, you do wrong your hand too much,
Which mannerly devotion shows in this.
For saints have hands that pilgrims' hands do touch,
And palm to palm in holy palmers' kiss.

ROMEO

Have not saints lips, and holy palmers too?

JULIET

Ay, pilgrim, lips that they must use in prayer.

90-107 Se produce, en estas líneas, el encuentro y primer diálogo entre
Romeo y Julieta, y las intervenciones de ambos personajes reproducen la forma
estrófica del soneto isabelino (líneas 90-103). En la línea 104 se inicia otro
soneto, pero la intervención de la nodriza (en la 108) rompe el esquema
estrófico. Cabría hacer mención especial de la imaginería religiosa —*holy shrine,
sin, devotion, saints, prayer,* etc.—, utilizada por los dos jóvenes, como expresión
del amor humano, en contraste con las imágenes profanas (Cupido, por
ejemplo) de la relación Romeo-Rosalina que veíamos al principio de este acto.
También habría que resaltar, en este fragmento, lo que los críticos han dado en
llamar *verbal fencing* («esgrima verbal») entre Romeo y Julieta, en la que se
enfrentan la audacia masculina frente al tono más reservado de la doncella.

¡No, tened calma!...¡Luz, más luz!...¡Vergonzoso!
¡Yo te pondré en tu sitio!.. ¡Ánimo, amigos!

TYBALT

¡Paciencia impuesta contra violenta ira
que, al encontrarse, tiembla toda mi carne!
Debo marchar, pero ése que es intruso,
y que dulcísimo parece, en hiel se habrá de convertir.   90

Sale

ROMEO

Si profanara con mi mano indigna
este sagrado altar, sacro pecado fuera.
Ruborosos peregrinos, mis labios prestos estarían
para borrar tan brusco tacto con un beso.

JULIETA

En poco estimáis vuestra mano, buen peregrino,
que sólo muestra humilde devoción.
Las manos del santo toca el que es peregrino,
palma con palma, es beso santo del palmero.

ROMEO

Y los santos, ¿no tienen labios? ¿Tampoco el peregrino?

JULIETA

Sí, peregrino, labios para decir oraciones.   100

ROMEO

O, then, dear saint, let lips do what hands do!   100
They pray: grant thou, lest faith turn to despair.

JULIET

Saints do not move, though grant for prayer's sake.

ROMEO

Then move not while my prayer's effect I take.

He kisses her

Thus from my lips, by thine my sin is purged.

JULIET

Then have my lips the sin that they have took.

ROMEO

Sin from my lips? O, trespass sweetly urged!
Give me my sin again.

He kisses her

JULIET

You kiss by th' book.

NURSE

Madam, your mother craves a word with you.

ROMEO

What is her mother?

NURSE

Marry, bachelor,
Her mother is the lady of the house,   110
And a food lady, and a wise and virtuous.
I nursed her daughter that you talked withal.
I tell you, he that can lay hold of her
Shall have the chinks.

---

114 *the chinks*. Nótese el doble sentido del término: «A humorous colloquial

ROMEO

Que hagan, oh mi buen santo, igual los labios
que las manos: que recen y que la fe no desespere.

JULIETA

Los santos no se mueven sino por las plegarias.

ROMEO

No os mováis hasta que llegue mi plegaria,

La besa

y que vuestros labios limpien los míos de pecado.

JULIETA

Venga a mis labios el pecado que los vuestros tenían.

ROMEO

¿Un pecado? ¿De mis labios? Oh dulce urgencia de pecado.
Dadme el pecado, dádmelo otra vez.

La besa

JULIETA

¡Sabiamente besáis!

NODRIZA

Señora, vuestra madre quiere hablaros.

ROMEO

¿Quién es su madre?

NODRIZA

¿Cómo, mancebo?   110
Su madre es la señora de esta casa.
Toda una señora, y muy sabia y virtuosa.
Yo amamanté a su hija, con la que platicáis
ahora. Y yo os lo digo: aquel que la consiga
su tesoro consigue.

ROMEO

Is she a Capulet?
O dear account! My life is my foe's debt.

BENVOLIO

Away, be gone. The sport is at the best.

ROMEO

Ay, so I fear. The more is my unrest.

CAPULET

Nay, gentlemen, prepare not to be gone.
We have a trifling foolish banquet towards.

They whisper in his ear

Is it e'en so? Why then, I thank you all.   120
I thank you, honest gentlemen. Good night.
More torches here! Come on then, let's to bed.
Ah, sirrah, by my fay, it waxes late.
I'll to may rest.

Exeunt all but JULIET *and* NURSE

JULIET

Come hither, Nurse. What is yond gentleman?

NURSE

The son and heir of old Tiberio.

JULIET

What's he that now going is out of door?

---

term for money in the form of coin, ready cash.» «(Perhaps with bawdy
quibble) A fissure or crack in the skin.» «A long and narrow aperture through
the depth or thickness of an object: a slit...» (*OED, chink,* sb³.4, sb².1bm 2, pág.
399 [354]).

116 *The sport is at the best.* Esta frase procede, según los críticos, del
proverbio «Leave off while the play is good». (Tilley, *English Proverbs,* pág.
399).

ROMEO

¡Es una Capuleto!
¡Cuán alto es el precio! Mi enemigo es dueño de mi vida.

BENVOLIO

¡Vámonos! La fiesta ya se acaba.

ROMEO

Sí, eso temo. Grande es mi inquietud...

CAPULETO

Eh, caballeros, no os dispongáis a marchar.
Hemos preparado un pequeño banquete.   120

Le hablan al oído

Ah, bien, siendo así... Os doy, pues, las gracias.
Gracias, gentiles caballeros. Buena noche tengáis.
¡Luz, más luz! Venga, todos al lecho.
Por mi fe, mancebo, que ya es tarde.
¡A dormir!

Salen todos, excepto JULIETA *y la* NODRIZA

JULIETA

Ven, ama, ¿aquel gentilhombre quién es?

NODRIZA

El hijo y heredero del anciano Tiberio.

JULIETA

¿Y ése que sale en este instante?

NURSE

Marry, that, I think, be young Petruchio.

JULIET

What's he that follows here, that would not dance?

NURSE

I know not.   130

JULIET

Go ask his name. If he be marrièd,
My grave is like to be my wedding bed.

NURSE

His name is Romeo, and a Montague,
The only son of your great enemy.

JULIET

My only love, sprung from my only hate!
Too early seen unknown, and known too late
Prodigious birth of love it is to me
That I must love a loathèd enemy.

NURSE

What's this, what's this?

JULIET

A rhyme I learnt even now
Of one I danced withal.

One calls within: «Juliet»

NURSE

Anon, anon!
Come, let's away. The strangers all are gone.   140

Exeunt

---

132 *My grave is like to be my wedding bed*. Nótese el carácter profético de lo que se podría definir como presentimiento irónico de Julieta, así como la introducción del tema de la muerte como amante de Julieta. Véanse, además, III.ii.136, III.v.200, IV.v.35-6 y V.iii.102-6.

NODRIZA

Yo diría que es el joven Petruchio.

JULIETA

¿Y ese otro que le sigue... aquel que no bailaba?   130

NODRIZA

No lo sé...

JULIETA

Ve y pregunta su nombre, y, si ya está casado,
conviértase la tumba en mi lecho nupcial.

NODRIZA

Es Romeo su nombre, es un Montesco,
el hijo único de vuestro peor enemigo.

JULIETA

Mi amor único, nacido de mi único odio.
No ha mucho te desconocía; ahora te conozco,
y ya es tarde. ¡Nace mi amor, la fuerza
que me obliga a amar a quien es mi enemigo!

NODRIZA

¿Cómo? ¿Qué decís?

JULIETA

Versos aprendidos   140
de uno con el que he danzado.

Alguien llama desde dentro: «Julieta»

NODRIZA

                    ¡Venga vamos!
¡Deprisa, que ya se han ido todos!

Salen

ACT II

Enter CHORUS

CHORUS

Now old desire doth in his deathbed lie,
And young affection gapes to be his heir.
That fair for which love groaned for and would die,
With tender Juliet matched, is now not fair.
Now Romeo is beloved and loves again,
Alike bewitchèd by the charm of looks.
But to his foe supposed he must complain,
And she steal love's sweet bait from fearful hooks.
Being held a foe, he may not have access
To breathe such vows as lovers use to swear,   10
And she as much in love, her me much less
To meet her new belovèd anywhere.
But passion lends them power, time means, to meet,
Tempering extremities with extreme sweet.

Exit

1-14 Este fragmento, que aparece al principio del acto II, y que algunos
editores consideran un prólogo, parece cumplir la función que, en el teatro
clásico y neoclásico, tenía el coro. Parafraseando a Johnson, «no añade nada al
progreso de la obra, sino que se relaciona con lo que ya sabemos de ella o con lo
que descubriremos en la escena siguiente, y todo ello sin añadir nada al
desarrollo de los sentimientos morales».

[188]

ACTO II

Entra el CORO

CORO

Yace ahora la antigua pasión en su lecho de muerte,
pugna por sucederle un nuevo afecto;
aquélla por cuyo amor alguien quiso morir
no es nadie, comparada con la hermosa Julieta.
De nuevo, ama Romeo, y es correspondido,
embrujados, los dos, al encontrar sus ojos.
Pero él ha de sufrir, pues ella es su enemiga;
y ella, apartar la dulce tentación de los cebos terribles,
pues, siendo él adversario, no deberá acceder
a promesas de amor que los amantes hacen;   10
y, estando enamorada, se le niega
la ocasión de encontrar a su amado en parte alguna;
mas el tiempo da medios, y fuerzas la pasión
para encontrarse; dolor y ventura, en extremo, atemperan.

Sale

SCENE I

Enter ROMEO *alone*

ROMEO

Can I go forward when my heart is here?
Turn back, dull earth, and find thy centre out.

ROMEO *withdraws. Enter* BENVOLIO *with* MERCUTIO

BENVOLIO

Romeo! My cousin Romeo! Romeo!

MERCUTIO

                He is wise,
And, on my life, hath stolen him home to bed.

BENVOLIO

He ran this way and leapt this orchard wall.
Call, good Mercutio.

MERCUTIO

            Nay, I'll conjure too.
Romeo! Humours! Madman! Passion! Lover!
Appear thou in the likeness of a sight.
Speak but one rhyme, and I am satisfied.
Cry by «Ay me!» Pronounce but «love» and «dove».   10
Speak to my gossip Venus one fair word,
One nickname for her purblind son and heir,
Young Abraham Cupid, he that shot so trim
When King Cophetua loved the beggar maid.

---

3 *my cousin Romeo.* Schmidt, *op. cit., cousin*, 2, pág. 255: «Any kinsman or kinswoman.»

11 *Venus.* En la mitología romana, divinidad del amor y de la belleza, asimilación de la Afrodita de los griegos. Antes de ser identificada con ésta, fue una diosa itálica, protectora de la naturaleza floreciente, de los marinos y, especialmente, del encanto femenino. En la época helenística, Venus aparece con frecuencia acompañada de un niño, Eros, que pasa a ser Cupido, su hijo, en la mitología romana; de ahí la mención a Abraham Cupido en la línea siguiente.

14 *When King Cophetua loved the beggar-maid.* Se trata de una referencia a una balada —que se conserva en el libro *Crowne of Garland of goulden roses,* de Richard

ESCENA I

Entra ROMEO *solo*

ROMEO

¿Puedo avanzar si aquí mi corazón desea detenerse?
Tierra, ¡vuélvete atrás y halla tu centro!

Se esconde. Entran BENVOLIO *y* MERCUTIO

BENVOLIO

¡Romeo! ¡Gentil Romeo!

MERCUTIO

A fe mía
que, siendo hombre prudente, habrá ido a acostarse.

BENVOLIO

Iba hacia allí corriendo, y ha saltado la tapia...
Llámale, buen Mercutio.

MERCUTIO

Sí, le conjuraré.
¡Loco! ¡Pasión! ¡Caprichos! ¡Amante! ¡Mi Romeo!
¿Por qué no te apareces en forma de suspiro,
o en forma de poema, para satisfacerme?
Di, al menos, «¡ay de mí!». Rima amor   10
con ruiseñor. Di una palabra hermosa
a mi comadre Venus, un apodo para su heredero,
su hijo, Abraham Cupido que, aun a ciegas, acertó el
        disparo
cuando se enamoraba un rey de una mendiga...

He heareth not, he stirreth not, he moveth not.
The ape is dead, and I must conjure him.
I conjure thee by Rosaline's bright eyes,
By her high forehead and her scarlet lip,
By her fine foot, straight leg, and quivering thigh,
And the demesnes that there adjacent lie,   20
That in thy likeness thou appear to us!

BENVOLIO

An if he hear thee, thou wilt anger him.

MERCUTIO

This cannot anger him. 'Twould anger him
To raise a spirit in his mistress' circle
Of some strange nature, letting it there stand
Till she had laid it and conjured it down.
That were some spite. My invocation
Is fair and honest. In his mistress' name,
I conjure only but to raise up him.

BENVOLIO

Come, he hath hid himself among these trees   30
To be consorted with the humorous night.
Blind is his love and best befits the dark.

MERCUTIO

If love be blind, love cannot hit the mark.
Now will he sit under a medlar tree
And wish his mistress were that kind of fruit

Johnson (publicado en 1612)— que Shakespeare también menciona en *Love's Labour's Lost, Richard II* y *Henry IV*, part II. Si bien los personajes no son fácilmente reconocibles para el lector español, el tema es también recurrente en la tradición folklórica española.

24-26 *To raise [...] down.* Al igual que ha ocurrido en otros momentos a lo largo del acto anterior (véase la nota a I.i.1-74), volvemos a encontrarnos ahora con una serie de términos que apuntan hacia un lenguaje de dobles significados: *raise* («conjure» y «to cause an erection»), *spirit* («ghost» y «semen»), *circle* («magic circle» y «vagina»), etc. Véanse Partridge, *op. cit.*, y Colman, *op. cit.*

31 *the humorous night. OED, humorous,* 1, 2, pág. 1347 (452): «Damp, humid, moist» (Obs.) y «Pertaining to the bodily humours» (Obs.).

¡Eh! ¿No me oyes? No se agita, ni mueve.
Se murió el simio. Habrá que conjurarlo.
Yo te conjuro, por los brillantes ojos
de Rosalina, y por su hermosa frente y labios escarlata,
y por sus finos pies, su pierna en flor, su muslo trémulo
y todo el territorio que lo envuelve,   20
para que ante nosotros, tal como eres, te aparezcas.

BENVOLIO

Si nos oye, se encolerizará.

MERCUTIO

No creo que se enoje. Tal vez le irritaría
que hiciese penetrar dentro del hueco de su amada
un espíritu extraño a su naturaleza, y, alzado, allí
        permaneciese
hasta que ella lo hiciese descender con sus conjuros.
Eso, ofensa sería. Pero mi invocación es honrada y es
        justa.
Yo sólo hago conjuros en nombre de su amada
porque él pueda elevarse, hasta allá arriba.

BENVOLIO

Vamos. Se habrá ocultado entre los árboles   30
buscando compañía de una noche tan húmeda.
Su amor es ciego y quiere oscuridad.

MERCUTIO

¿Cómo amor, siendo ciego, puede acertar el blanco?
Ahora estará sentado a la sombra del níspero,
queriendo que su amada sea la fruta

As maids call medlars when they laugh alone.
O, Romeo, that she were, O that she were
An open-arse and thou a poppering pear!
Romeo, good night. I'll to my truckle-bed.
This field-bed is too cold for me to sleep.   40
Come, shall we go?

BENVOLIO

Go then, for 'tis in vain
To seek him here that means not to be found.

Exeunt

SCENE II

Enter ROMEO

ROMEO

He jests at scars that never felt a wound.

Enter JULIET

But soft! What light through yonder window breaks?
It is the East, and Juliet is the sun!
Arise, fair sun, and kill the envious moon,
Who is already sick and pale with grief

---

36 *medlars*. Literalmente «nísperos», pero también usado como vulgarismo para los genitales femeninos. Véase Partridge, *op. cit.*, pág. 147.

37-38 *O, Romeo [...] a poppering pear!* La exclamación *O* ha sido interpretada por Colman, *op. cit.*, pág. 205 como: «(a) Echo of an orgasmic sigh or grunt; (b) euphemism for vagina»; según Evans, *op. cit.*, págs. 91, *open-arse* (con el mismo significado que *medlars*, en la nota anterior) es utilizado como vulgarismo para referirse a los genitales femeninos; y *poppering pear* (pera que recibía este nombre porque procedía de Poperinghe, en Flandes) es utilizada, a su vez, como vulgarismo para «pene», a causa de la forma del fruto. Véase Partridge, *op. cit., poppering pear*, pág. 164.

3 *Juliet is the sun*. Obsérvese la recurrencia de términos relativos a la dicotomía luz/oscuridad con relación a Romeo y, sobre todo, Julieta. Véanse, por ejemplo, II.ii.19 y 155; III.ii.17 y V.iii.84-6.

que nombran las doncellas, entre risas, cuando están a
    solas.
¡Ay, mi Romeo, si así fuera! ¡Ay si ella fuese
un fruto abierto, y tú, una pera en dulce!
¡Que tengas buena noche, mi Romeo! Yo me voy a mi
    cama,
pues que este tálamo en batalla es frío para mí.   40
¿Nos vamos?

BENVOLIO

Sí; vayámonos; absurdo
es buscar a quien quiere estar perdido.

Salen

ESCENA II

Entra ROMEO

ROMEO

Ríese de la cicatriz quien nunca tuvo herida.

Entra JULIETA

¿Qué luz es la que asoma por aquella ventana?
¡Es el Oriente! ¡Y Julieta es el sol!
Amanece tú, sol, mata a la envidiosa luna.
Está enferma, y cómo palidece de dolor,

That thou her maid art far more fair than she.
Be not her maid, since she is envious.
Her vestal livery is but sick and green,
And none but fools do wear it. Cast it off.
It is my lady. O, it is my love!   10
O that she knew she were!
She speaks. Yet she says nothing. What of that?
Her eye discourses. I will answer it.
I am too bold. 'Tis not to me she speaks.
Two of the fairest stars in all the heaven,
Having some business, do entreat her eyes
To twinkle in their spheres till they return.
What if her eyes were there, they in her head?
The brightness of her cheek would shame those stars
As daylight doth a lamp. Her eyes in heaven   20
Would through the airy region stream so bright
That birds would sing and think it were not night.
See how she leans her cheek upon her hand!
O that I were a glove upon that hand,
That I might touch that cheek!

JULIET

Ay me!

ROMEO

She speaks.
O, speak again, bright angel! For thou art
As glorious to this night, being o'er my head,

---

5 *sick and pale with green. OED, green,* adj., 3, pág. 1201 (397): «Having a pale,
sickly, or bilious hue, indicative of fear, jealousy, ill-humour or sickness»,
definición a la que Evans, *op. cit.,* añade: «Green-sickness, a kind of anaemia,
producing a greenish skin tone, to which girls of marriageable age were
supposed to be subject.» Véase III.v.155.

8 *vestal.* Dícese de las doncellas romanas consagradas a la diosa Vesta, y, por
extensión, significa «mujer casta». A las vestales se las reconocía por su
indumentaria: una túnica gris y blanca, y sobre ella un manto purpúreo.

25 *She speaks.* Es este uno de los ejemplos que mencionábamos en la
Introducción, en los que una oración afirmativa se transforma en interrogación
retórica enfatizando, en este caso, los elementos deícticos del monólogo. Véase
introducción.

pues que tú, su doncella, en primor la aventajas.
¡No la sirvas ya más, que ella te envidia!
Su manto de vestal es verde y enfermizo,
lo propio de bufones. ¡Aléjalo de ti!
¡Es ella, sí, mi dama! ¡Es, ay, mi amor!   10
¡Si al menos ella lo supiera!
Habla y no dice nada. Mas, ¡qué importa!
Lo hacen sus ojos, y he de responder.
¡Mi esperanza qué necia, pues no es a mí a quien habla!
Dos estrellas del cielo entre las más hermosas
han rogado a sus ojos que en su ausencia
brillen en las esferas hasta su regreso.
¡Oh, si allí sus ojos estuvieran! ¡Y si habitaran su rostro
    las estrellas
la luz de sus mejillas podría sonrojarlas
como hace el sol con una llama! ¡Sus ojos en el cielo   20
alumbrarían tanto los caminos del aire
que hasta los pájaros cantaran ignorando la noche!
Mirad cómo sostiene su mano la mejilla.
¡Fuera yo guante de esa mano,
para poder acariciar su rostro!

JULIETA

¡Ay de mí!

ROMEO

¿Habla acaso?
¡Habla, ángel mío, de nuevo! Pues que das
tanta gloria a esta noche sobre mi cabeza,

As is a wingèd messenger of heaven
Unto the white-upturnèd wondering eyes
Of mortals that fall back to gaze on him   30
When he bestrides the lazy, puffing clouds
And sails upon the bosom of the air.

JULIET

O Romeo, Romeo! Wherefore art thou Romeo?
Deny thy father and refuse thy name.
Or, if thou wilt not, be but sworn my love,
And I'll no longer be a Capulet.

ROMEO

Shall I hear more, or shall I speak at this?

JULIET

'Tis but thy name that is my enemy.
Thou art thyself, though not a Montague.
What's Montague? It is not hand nor foot   40
Nor arm nor face nor any other part
Belonging to a man. O, be some other name!
What's in a name? That which we call a rose
By any other word would smell as sweet.
So Romeo would, were he not Romeo called,
Retain that dear perfection which he owes
Without that title. Romeo, doff thy name;
And for thy name, which is no part of thee,
Take all myself.

ROMEO

                I take thee at thy word.
Call me but love, and I'll be new baptized.   50
Henceforth I never will be Romeo.

---

33 *Wherefore art thou Romeo?* Obsérvese que esta frase y *O, be some other name!*
—que aparece en la línea 42— han sido traducidas de igual forma: «¡Si otro
fuera tu nombre!». Con la repetición se subraya la importancia del tema del
nombre de Romeo que, más adelante, será desarrollado por Julieta. Véase
Introducción.

como un celeste alado mensajero
sobre la blanca atónita mirada
de los mortales que tendidos miran   30
cómo galopan nubes perezosas,
y navegan los senos del espacio.

JULIETA

¡Oh Romeo, Romeo! ¡Si otro fuese tu nombre!
¡Reniega de él! ¡Reniega de tu padre!
O jura al menos que me amas,
y dejaré de ser yo Capuleto.

ROMEO

¿Debo escuchar aún, o hablarte ahora?

JULIETA

Sólo tu nombre es mi enemigo. Tú
eres tú mismo, seas Montesco o no.
¿Qué es Montesco? La mano no, ni el pie,   40
ni el brazo ni la cara ni cualquier otra parte
de un mancebo. ¡Si otro fuese tu nombre!
¿En un nombre qué hay? Lo que llamamos rosa
aun con otro nombre mantendría el perfume;
de ese modo Romeo, aunque Romeo nunca se llamase,
conservaría la misma perfección, la misma,
sin ese título. Romeo, dile adiós a tu nombre,
pues que no forma parte de ti; y, a cambio de ese
    nombre,
tómame a mí, todo mi ser.

ROMEO

          Te tomo la palabra.
Llámame sólo «amor», será un nuevo bautismo.   50
De ahora en adelante, ya no seré Romeo.

[199]

JULIET

What man art thou that, thus bescreened in night,
So stumblest on my counsel?

ROMEO

By a name
I know not how to tell thee who I am.
My name, dear saint, is hateful to myself,
Because it is an enemy to thee.
Had I it written, I would tear the word.

JULIET

My ears have yet not drunk a hundred words
Of thy tongue's uttering, yet I know the sound.
Art thou not Romeo, and a Montague?   60

ROMEO

Neither, fair maid, if either thee dislike.

JULIET

How camest thou hither, tell me, and wherefore?
The orchard walls are high and hard to climb,
And the place death, considering who thou art,
If any of my kinsmen find thee here.

ROMEO

With love's light wings did I o'erperch these walls.
For stony limits cannot hold love out,
And what love can do, that dares love attempt.
Therefore thy kinsmen are no stop to me.

---

53 *So stumblest on my counsel? OED, stumble,* vb. 2c, pág. 3110 (1190): «To
come on by chance and unexpectedly.» Y, *OED, counsel,* sb., 5b, pág. 574
(1053): «A matter of confidence as secrecy; a secret; a confidence.»

55 *dear saint.* Véase la nota a I.v.90-107 en la que hacemos referencia a la
imaginería religiosa.

62 *How camest thou hither, tell me, and wherefore?* T.J.B. Spencer, *op. cit.,* apunta,
refiriéndose a este momento de la obra —véanse también las líneas 74 y 79—, el
contraste entre el lenguaje directo y práctico de Julieta frente al de Romeo, vago
y fantástico.

JULIETA

¿Quién eres tú, cubierto por la noche,
que me sorprendes en mis confidencias?

ROMEO

No,
no basta con un nombre para decir quién soy.
Mi nombre —cielo mío— yo mismo lo detesto,
pues sé que es tu enemigo.
Fuera palabra escrita y yo la rompería.

JULIETA

Aún no han bebido mis oídos cien palabras
salidas de tus labios y ya conozco su rumor.
¿No eres Romeo? ¿No eres un Montesco?   60

ROMEO

Ninguno de los dos, si a ti te desagrada.

JULIETA

¿Cómo llegaste aquí? ¿Por qué razón?
Es alto el muro del jardín; difícil de escalar;
una muerte segura, siendo quien eres tú,
si alguien de los míos alcanzara a encontrarte.

ROMEO

Con las alas livianas de amor salté estos muros,
pues que para el amor no hay límites de piedra,
y lo que el amor puede, lo ha de intentar amor.
Tus parientes no han de poder intimidarme.

JULIET

It they do see thee, they will murder thee.   70

ROMEO

Alack, there lies more peril in thine eye
Than twenty of their swords! Look thou but sweet,
And I am proof against their enmity.

JULIET

I would not for the world they saw thee here.

ROMEO

I have night's cloak to hide me from their eyes.
And but thou love me, let them find me here.
My life were better ended by their hate
Than death proroguèd, wanting of thy love.

JULIET

By whose direction foundest thou out this place?

ROMEO

By love, that first did prompt me to inquire.   80
He lent me counsel, and I lent him eyes.
I am no pilot; yet, wert thou as far
As that vast shore washed with the farthest sea,
I should adventure for such merchandise.

JULIET

Thou knowest the mask of night is on my face,
Else would a maiden blush bepaint my cheek
For that which thou hast heard me speak tonight.
Fain would I dwell on form; fain, fain deny
What I have spoke. But farewell compliment!
Dost thou love me? I know thou wilt say «Ay».   90
And I will take thy word. Yet, if thou swearest,

_____

88 *Fain would I dwell on form.* OED, *dwell,* 5, pág. 821 (733): «To remain with
the attention fixed on, to linger over a thought.» Y OED, *form,* sb. 15, pág.
1059 (460): «Behaviour, according to prescribed or customary rules; observance
of etiquette, ceremony or decorum.»

JULIETA

Si te encuentran aquí te matarán.   70

ROMEO

¡Ay de mí! Temo el peligro de tus ojos,
más, mucho más, que a veinte espadas. Si así, dulce, me
        miras,
resistiré su enemistad.

JULIETA

El mundo yo daría por que no os descubrieran.

ROMEO

La noche con su manto me oculta a las miradas;
que me encuentren aquí si no llegas a amarme.
Antes morir a manos de su odio
que prorrogar la muerte sin tu amor.

JULIETA

¿Quién te ha guiado a este lugar?

ROMEO

Fue el amor quien lo hizo;   80
tomé consejo de él. A él le presté mis ojos.
No sé llevar el rumbo, pero, aunque tú estuvieras
sobre la inmensa orilla de unos mares lejanos,
por una joya así me arriesgaría.

JULIETA

La máscara de la noche, lo sabéis, cubre mi rostro,
o un rubor virginal cubriera mis mejillas
por cuanto en esta noche me has oído decir.
¡Si pudiera guardar la compostura! ¡Oh, si pudiera
negar lo que ya he dicho! ¡Fuera, tú, fingimiento!
¿Me amáis? ¡Sí! Ya lo sé, diréis que sí,   90
y os tomo la palabra, y juraréis

Thou mayst prove false. At lovers' perjuries,
They say, Jove laughs. O gentle Romeo,
If thou dost love, pronounce it faithfully.
Or if thou thinkest I am too quickly won,
I'll frown, and be perverse, and say thee nay,
So thou wilt woo. But else, not for the world.
In truth, fair Montague, I am too fond,
And therefore thou mayst think my 'haviour light.
But trust me, gentleman, I'll prove more true   100
Than those that have more cunning to be strange.
I should have been more strange, I must confess,
But that thou overheardest, ere I was ware,
My true-love passion. Therefore pardon me,
And not impute this yielding to light love,
Which the dark night hath so discoverèd.

ROMEO

Lady, by yonder blessèd moon I vow,
That tips with silver all these fruit-tree tops-

JULIET

O, swear not by the moon, th'inconstant moon,
That monthly changes in her circled orb,   110
Lest that thy love prove likewise variable.

ROMEO

What shall I swear by?

JULIET

                              Do not swear at all.
Or if thou wilt, swear by thy gracious self,
Which is the god of my idolatry,
And I'll believe thee.

---

93 *Jove*. En la mitología romana, hijo de Saturno y Rea; homólogo de la
divinidad etrusca Tinia, fue posteriormente asimilada al Zeus griego.

101-2 *strange*. *OED, strange,* adj. 11b, pág. 3082 (1078): «Distant or cold in
demeanour; reserved; not affable, familiar or encouraging; uncomplying,
unwilling to accede to a request or desire.»

y juraréis en falso. Del perjurio de amor,
¡lo dicen!, Júpiter se burla. ¡Oh, Romeo gentil!
Di que me amas, dímelo en verdad,
y, si piensas que soy tu presa fácil,
el ceño fruncíré, seré perversa, te diré que no,
y tú tendrás que cortejarme. ¡Será así!
Verdad, bello Montesco, ¡os amo tanto!
Me pensaréis voluble, mas, creedme,   100
yo seré más sincera, mucho más, que todas esas
que conocen el arte de parecer esquivas.
Tendría que haber sido más cauta, lo confieso.
Oíste mi pasión y mis palabras, sin que yo lo advirtiera.
Perdóname; no pienses
que esta inconsciencia pruebe que es liviano mi amor
surgido de las sombras de la noche.

ROMEO

Señora, por la sagrada luna, juro...
Por quien cubre de plata las copas de los árboles...

JULIETA

No jures por la luna, no, la luna inconstante,   110
que cambia cada mes en su órbita redonda,
no sea que tu amor, como ella, se vuelva caprichoso.

ROMEO

¿Por quién he de jurar?

JULIETA

                        ¡No has de jurar por nadie!
O si lo haces, hazlo por ti mismo;
tú eres el dios que adoro. Sólo entonces
te creeré.

ROMEO

If my heart's dear love...

JULIET

Well, do not swear. Although I joy in thee,
I have no joy of this contract tonight.
It is too rash, too unadvised, too sudden;
Too like the lightning, which doth cease to be
Ere one can say «It lightens». Sweet, good night!   120
This bud of love, by summer's ripening breath,
May prove a beautous flower when next we meet.
Good night, good night! As sweet repose and rest
Come to thy heart as that within my breast!

ROMEO

O, wilt thou leave me so unsatisfied?

JULIET

What satisfaction canst thou have tonight?

ROMEO

Th'exchange of thy love's faithful vow for mine.

JULIET

I gave thee mine before thou didst request it.
And yet I would it were to give again.

ROMEO

Wouldst thou withdraw it? For what purpose, love?   130

JULIET

But to be frank and give it thee again.
And yet I wish but for the thing I have.
My bounty is as boundless as the sea,
My love as deep. The more I give to thee,

---

121   *This bud of love.* OED, *bud,* sb.¹, 3a,b, pág. 289 (1154): «a) (fig.) Anything
in an immature or undeveloped state; b) Said of children or young person, or as
a term of endearment.»

ROMEO

Si el amor sagrado de mi alma...

JULIETA

¡No, no jures! Aunque seas mi alegría
no encuentro goce en este pacto nocturno,
tan repentino, tan sin aviso y temerario
como un relámpago que muere
antes de que digamos «¡Un relámpago!». Amor,   120
buenas noches; este amor tierno, madurado
por el aliento del estío, será una hermosa flor
cuando nos encontremos otra vez. Buenas noches.
Tenga tu corazón dulce reposo como el que cabe en mí.

ROMEO

¿Así de insatisfecho me dejáis?

JULIETA

¿Cabe esta noche otra satisfacción?

ROMEO

Dame tu amor, que yo te daré el mío.

JULIETA

Te lo he entregado antes de que tú lo pidieras;
quisiera, sin embargo, otra vez entregártelo.

ROMEO

¿Por qué, pues, me lo quitas? ¿Con qué fin?   130

JULIETA

Para ser generosa y poder ofrecértelo dos veces,
aunque sólo eso que ya tengo ansío.
Tan pródiga soy como el mar,
y tan hondo mi amor. Tanto como te doy

The more I have, for both are infinite.
I hear some noise within. Dear love, adieu!

NURSE *calls within*

Anon, good Nurse! Sweet Montague, be true.
Stay but a little, I will come again.

Exit

ROMEO

O blessèd, blessèd night! I am afeard,
Being in night, all this is but a dream,   140
Too flattering-sweet to be substantial.

Enter JULIET *above*

JULIET

Three words, dear Romeo, and good night indeed.
If that thy bent of love be honourable,
Thy purpose marriage, send me word tomorrow,
By one that I'll procure to come to thee,
Where and what time thou wilt perform the rite,
And all my fortunes at thy foot I'll lay
And follow thee my lord throughout the world.

NURSE

[Within] Madam!

JULIET

I come, anon. But if thou meanest not well,   150
I do beseech thee...

NURSE

[Within] Madam!

---

141 *substantial. OED, substantial,* 15, pág. 3129 (55): «Not imaginary, unreal or apparent only; true, solid, real.»

recibo yo, pues son uno y otro infinitos...
Oigo rumores en la casa. Adiós, amor.

Voces de la NODRIZA *desde dentro*

¡Ya voy, ama, ya voy! Sé fiel, dulce Montesco,
y espérame, pues vuelvo presta a ti.

Sale

ROMEO

¡Oh, feliz, bendita noche! Sólo temo
que todo sea esta noche un sueño sólo   140
demasiado dulce para ser verdad.

Vuelve a asomarse JULIETA

JULIETA

Tres palabras aún, Romeo, y me despido.
Si he de creer en tus votos de amor,
si me deseas como esposa, dímelo mañana,
que te enviaré a alguno,
así como el lugar y día de la ceremonia.
Pondré a tus pies cuanto poseo,
y te seguiré, amor mío, mi dueño, por el ancho mundo.

NODRIZA

[*Desde dentro.*] ¡Señora! ¡Julieta!

JULIETA

¡Ya voy! ¡Que ya voy!... Pero si tu amor no fuera   150
honesto te suplico...

NODRIZA

[*Desde dentro.*] ¡Señora!

[209]

JULIET

By and by I come...
To cease thy strife and leave me to my grief.
Tomorrow will I send.

ROMEO

So thrive my soul...

JULIET

A thousand times good night!

Exit

ROMEO

A thousand times the worse, to want thy light!
Love goes toward love as schoolboys from their books;
But love from love, toward school with heavy looks.

Enter JULIET *above again*

JULIET

Hist! Romeo, hist! O for a falconer's voice,
To lure this tassel-gentle back again!
Bondage is hoarse and may not speak aloud,   160
Else would I tear the cave where Echo lies
And make her airy tongue more hoarse than mine
With repetition of «My Romeo!»

ROMEO

It is my soul that calls upon my name.
How silver-sweet sound lovers's tongues by night,
Like softest music to attending ears!

---

152 *To cease thy strife.* OED, strife, 4, pág. 3093 (1124): «The act of striving; strong effort». OED, strive, 5, pág. 3100 (1149): «To contend in words, dispute».

158 *Hist, Romeo, hist! Hist* es el grito con el que el halconero llamaba al animal. Evans, *op. cit.,* en la nota a esta línea, cita textualmente a George Turbeville, *The Booke of Faulconrie,* 1575: «The lewre at length of the string and cast[ing] it about your heede, crying and lewering alowde».

JULIETA

¡Ya voy, digo!...
Que ya no me hables, que me abandones a mi llanto.
Te enviaré mañana a alguien.

ROMEO

¡Hacedlo, por mi alma!

JULIETA

¡Mil buenas noches tengas!

Sale

ROMEO

¡Malditas sean las mil si me falta tu luz!
Como rapaz que sale de la escuela, así el amor
al amor tiende, pero, como el niño que a su libro regresa
triste, el amor se aleja del amor.

Vuelve a entrar JULIETA

JULIETA

¡Eh, Romeo! Voz yo tendría de halconero
y llamara a este azor con cascabel;   160
mas ronco está el cautivo y no puede gritar,
o rompería en dos la cueva donde habita el eco
hasta hacer callar, ronca, a su lengua de aire,
de tanto gritar el nombre de Romeo.

ROMEO

Es mi alma quien me llama por mi nombre.
Dulce sonido de plata tiene la voz nocturna del amante,
el más dulce que un oído pueda nunca escuchar.

JULIET

Romeo!

ROMEO

My nyas?

JULIET

What o'clock tomorrow
Shall I send to thee?

ROMEO

By the hour of nine.

JULIET

I will not fail. 'Tis twenty year till then.
I have forgot why I did call thee back.   170

ROMEO

Let me stand here till thou remember it.

JULIET

I shall forget, to have thee still stand there,
Remembering how I love thy company.

ROMEO

And I'll still stay, to have thee still forget,
Forgetting any other home but this.

JULIET

'Tis almost morning. I would have thee gone.
And yet no farther than a wanton's bird,
That lets it hop a little from his hand,
Like a poor prisoner in his twisted gyves,
And with a silken thread plucks it back again,   180
So loving-jealous of his liberty.

---

167 *My nyas? OED, nyas,* pág. 1959 (275): «A young hawk». Por medio de la
traducción «¿Amor?» se recoge la imagen complementaria de Romeo al
imaginar a su amada en la ventana como una cría de halcón que se asomara
desde su nido.

JULIETA

¡Romeo!

ROMEO

¿Amor?

JULIETA

¿A qué hora he de enviarte
un mensaje mañana?

ROMEO

Hacia las nueve   170

JULIETA

Ahí estará, parece que faltan veinte años.
No puedo recordar por qué llamaba.

ROMEO

Aquí me quedaré hasta que os acordéis.

JULIETA

Yo podría olvidarlo y así te quedarías para siempre,
guardando para siempre tu presencia.

ROMEO

Me quedaré y haré que os olvidéis para siempre
de cualquier otro lugar excepto éste.

JULIETA

Debes marcharte... Ya amanece...
Pero no más lejos que el pajarillo que el rapaz sujeta
y deja que salte de su mano   180
—tal prisionero atado por cadenas—
y tira de él, haciéndolo volver, con un hilo de seda,
amorosamente, celoso de su libertad.

I would I were thy bird.

JULIET

Sweet, so would I.
Yet I should kill thee with much cherishing.
Good night, good night! Parting is such sweet sorrow
That I shall say goodnight till it be morrow.

Exit

ROMEO

Sleep dwell upon thine eyes, peace in thy breast!
Would I were sleep and peace, so sweet to rest!
Hence will I to my ghostly Friar's close cell,
His help to crave and my dear hap to tell.   190

Exit

SCENE III

Enter FRIAR LAURENCE *alone, with a basket*

FRIAR LAURENCE

The grey-eyed morn smiles on the frowning night,
Chequering the eastern clouds with streaks of light,
And darkness fleckled like a drunkard reels
From forth day's pathway made by Titan's wheels.
Now, ere the sun advance his burning eye
The day to cheer and night's dank dew to dry,
I must up-fill this osier cage of ours
With baleful weeds and precious-juicèd flowers.

---

4 *Titan*. En la mitología griega, los titanes, divinidades primitivas hijos de
Urano y Gea, fueron seis varones y seis hembras. Urano arrojó al Tártaro a sus
hijos, y Gea instigó a los titanes para que se rebelasen contra su padre, para lo
cual dio una hoz de diamante a Cronos, el más joven de todos ellos. Este se
adueñó del cielo, pero uno de sus hijos, Zeus, lo destronó y se proclamó rey del
Olimpo. En este caso, Shakespeare se refiere al titán Helios (dios del Sol), y a las
ruedas ardientes de su carro, citado por Ovidio, *Metamorfosis*, II, 129-37.

ROMEO

Quisiera ser yo ese pajarillo.

JULIETA

Amor, también yo,
aunque te mataría con excesos.
Buenas noches, buenas noches... Es tan dulce la pena
al despedirse que así diría hasta el amanecer.

Sale

ROMEO

Repose el sueño en tus ojos, y la paz en tu pecho.
¡Sueño y pecho fuera yo, y en ellos descansaras!
Iré a la celda de mi confesor. He de pedirle   190
su ayuda y le hablaré de mi fiel encuentro.

Sale

ESCENA III

Entra FRAY LORENZO *con una cesta*

FRAILE

El alba de ojos grises se burla de la torva noche;
los rayos de luz doran las nubes de Oriente,
y la tiniebla, ebria y manchada, se retira
del camino de la mañana trazado por ruedas de Titán.
Y ahora, antes que el sol avance su mirada ardiente,
y salude al día, secando el húmedo rocío de la noche,
he de llenar mi cesto con las yerbas dañinas
y con las flores de precioso jugo.

The earth that's nature's mother is her tomb.
What is her burying grave, that is her womb;   10
And from her womb children of divers kind
We sucking on her natural bosom find,
Many for many virtues excellent,
None but for some, and yet all different.
O mickle is the powerful grace that lies
In plants, herbs, stones, and their true qualities.
For naught so vile that on the earth doth live
But to the earth some special good doth give;
Nor aught so good but, strained from that fair use,
Revolts from true birth, stumbling on abuse.   20
Virtue itself turns vice, being misapplied,
And vice sometime's by action dignified.
Within the infant rind of this weak flower
Poison hath residence, and medicine power.
For this, being smelt, with that part cheers each part;
Being tasted, stays all senses with the heart.
Two such opposèd kings encamps them still
In man as well as herbs, grace and rude will.
And where the worser is predominant,
Full soon the canker death eats up that plant.   30

Enter ROMEO

ROMEO

Good morrow, father.

FRIAR LAURENCE

Benedicite!
What early tongue so sweet saluteth me?
Young son, it argues a distempered head

---

15 *mickle.* El arcaísmo *mickle* —*OED,* 1e, pág. 1787 (408): «Great, with reference to power or importance»— es un ejemplo del uso del lenguaje letrado y arcaico que hace el fraile. Obsérvese, además, la concepción de la Naturaleza como madre benefactora.

26 *stays all senses with the heart.* Schmidt (*op. cit.,* stay, vb. 1b, pág. 1118) explica *stay with* como: «To stand still, to stop; hence, to cease, to have an end». Algunos editores, con este significado en mente, prefieren la lección *slays,* que aparece en el *First Quarto.*

[216]

La tierra, madre de la Naturaleza, es su tumba también;
su fosa y sepulcro, su vientre maternal,   10
de ese mismo vientre nacen hijos de diversa especie,
hijos alimentados en sus propias ubres,
muchos de ellos, de grandes excelencias y gran mérito;
ninguno, falto de ellos. Todos distintos, sin embargo.
¡Oh, cuán grandes y poderosos son los dones,
plantas, yerbas, minerales...! Sí, ¡cuán grandes!
Pues que nada hay tan vil sobre la tierra
que en la tierra no dé fruto preciado.
Nada tan bueno que, al desviarse de su digno uso,
contra su origen no se alce; cayendo en el exceso,   20
la virtud misma, si mal aplicada, en vicio se convierte,
y el vicio se ennoblece con acciones.
En el cáliz interno de esta débil flor
habita un veneno que es, medicina, a un tiempo,
que al olerse deleita al cuerpo todo,
y que al probarse mata el corazón y los sentidos;
como en las yerbas, se enfrentan gracia, instinto,
tal reyes enemigos, se apoderan del hombre.
Y si la peor llegara a dominar,
pronto el gusano de la muerte devoraría la planta.   30

Entra ROMEO

ROMEO

Buen día tengáis, padre.

FRAY LORENZO

Benedicite.
¿Qué dulce voz me saluda, tan de mañana?
¡Hijo mío, señal es de intranquilidad

So soon to bid good morrow to thy bed.
Care keeps his watch in every old man's eye,
And where care lodges, sleep will never lie.
But where unbruisèd youth with unstuffed brain
Doth couch his limbs, there golden sleep doth reign.
Therefore thy earliness doth me assure
Thou art uproused with some distemperature.   40
Or if not so, then here I hit it right...
Our Romero hath not been in bed tonight.

ROMEO

The last is true. The sweeter rest was mine.

FRIAR LAURENCE

God pardon sin! Wast thou with Rosaline?

ROMEO

With Rosaline, my ghostly father? No.
I have forgot that name and that name's woe.

FRIAR LAURENCE

That's my good son! But where hast thou been then?

ROMEO

I'll tell thee ere thou ask it me again.
I have been feasting with mine enemy,
Where on a sudden one hath wounded me   50
That's by me wounded. Both our remedies
Within thy help and holy physic lies.
I bear no hatred, blessèd man, for, lo,
My intercession likewise steads my foe.

FRIAR LAURENCE

Be plain, good son, and homely in thy drift.
Ridding confession finds but riddling shrift.

---

55 *thy drift.* OED, *drift,* 4, pág. 803 (664): «The conscious direction of action or speech to some end; purpose, intention; meaning, scope (of the speech or writing)».

el dar los buenos días tan temprano!
El cuidado vela, constante, en ojos que son viejos;
donde inquietud habita jamás descansa el sueño.
Pero donde los jóvenes gallardos de mente clara
extienden sus miembros, reina un sueño dorado.
Tu madrugar me dice
que alguna agitación te despertó.   40
Si no es así, y creo que acierto,
Romeo no durmió anoche en su cama.

ROMEO

Bien cierto es eso último; dulce descanso el mío.

FRAY LORENZO

¡Dios te perdone! ¿Has vuelto a estar con Rosalina?

ROMEO

¿Con Rosalina? No, mi reverendo padre.
Olvidé ya ese nombre, con sus amarguras.

FRAY LORENZO

¡Ése es mi hijo Romeo! ¿Dónde estuviste entonces?

ROMEO

Os lo diré antes que me lo preguntéis otra vez:
haciendo fiestas con mi enemigo estuve,
y, de repente, fui herido por alguien   50
a quien herí yo del mismo modo.
Remedio para ambos ha de ser vuestra ayuda,
y medicina. Odio no tengo, padre, y como veis,
por mi propio enemigo intercedo yo mismo.

FRAY LORENZO

Habla claro, hijo mío, sé breve en lo que digas,
pues la confusa confesión, confusa absolución merece.

ROMEO

Then plainly know my heart's dear love is set
On the fair daughter of rich Capulet.
As mine on hers, so hers is set on mine,
And all combined, save what thou must combine   60
By holy marriage. When, and where, and how
We met, we wooed, and made exchange of vow,
I'll tell thee as we pass. But this I pray,
That thou consent to marry us today.

FRIAR LAURENCE

Holy Saint Francis! What a change is here!
Is Rosaline, that thou didst love so dear,
So soon forsaken? Young men's love then lies
Not truly in their hearts, but in their eyes.
Jesu Maria! What a deal of brine
Hath washed thy sallow cheeks for Rosaline!   70
How much salt water thrown away in waste
To season love, that of it doth not taste!
The sun not yet thy sighs from heaven clears.
Thy old groans yet ring in mine ancient ears.
Lo, here upon thy cheek the stain doth sit
Of an old tear that is not washed off yet.
If e'er thou wast thyself, and these woes thine,
Thou and these woes were all for Rosaline.
And art thou changed? Pronounce this sentence then:
Women may fall when there's no strengh in men.   80

ROMEO

Thou chidst me oft for loving Rosaline.

FRIAR LAURENCE

For doting, not for loving, pupil mine.

ROMEO

And badest me bury love.

FRIAR LAURENCE

                    Not in a grave
To lay one in, another out to have.

Lo diré llanamente: puse todo mi amor
en la hermosa hija del rico Capuleto.
Y así como mi amor es suyo, lo mismo el de ella es
todo mío. Todo está ya unido entre nosotros. Falta   60
que nos unáis en matrimonio. Cuándo, dónde, y cómo
nos encontramos, hablamos de amor e intercambiamos
            votos,
os lo diré por el camino. Sólo os ruego
que consintáis en bendecirnos hoy.

FRAY LORENZO

Oh, San Francisco bendito, el cambio es grande.
¿Y qué hay de Rosalina, ésa que tanto amabas?
¿Ya la olvidaste? El amor de los jóvenes
no habita el corazón sino los ojos.
¡Jesús, María! Cuánto y cuán copioso fue el llanto
por Rosalina, y cómo lavó tus pálidas mejillas.   70
¡Cuánta agua salada vertida inútilmente
para sazonar un amor que ya no sabe a nada!
El sol aún no ha limpiado el cielo de suspiros.
En mi gastado oído aún resuenan tus antiguos lamentos.
Contemplo en tus mejillas las antiguas señales
de una lágrima que aún no se ha secado.
Si alguna vez fuiste tú mismo, si los suspiros eran tuyos,
tú y tus suspiros erais para Rosalina.
¡Y ahora has cambiado! Repite esta sentencia:
«Jamás sucumbe la mujer si no sucumbe el hombre.»   80

ROMEO

¡Nunca aprobasteis mi amor por Rosalina!

FRAY LORENZO

El delirio reprobaba, hijo mío, no el amor.

ROMEO

¡Y queríais que enterrara este amor!

FRAY LORENZO

                            No en una tumba
de donde surgiría un nuevo amor.

ROMEO

I pray thee chide me not. Her I love now
Doth grace for grace and love for love allow.
The other did not so.

FRIAR LAURENCE

      O, she knew well
Thy love did read by rote, that could not spell.
But come, young waverer, come, go with me.
In one respect I'll thy assistant be.   90
For this alliance may so happy prove
To turn your households' rancour to pure love.

ROMEO

O, let us hence! I stand on sudden haste.

FRIAR LAURENCE

Wisely and slow. They stumble that run fast.

Exeunt

SCENE IV

Enter BENVOLIO *and* MERCUTIO

MERCUTIO

Where the devil should this Romeo be? Came he not
home tonight?

BENVOLIO

Not to his father's. I spoke with his man.

MERCUTIO

Why, that same pale hard-hearted wench, that Rosaline,
Torments him so that he will sure run mad.

BENVOLIO

Tybalt, the kinsman to old Capulet, hath sent a letter
to his father's house.

[222]

ROMEO

No me reprendáis, os lo ruego. La que ahora amo
me regala con amor y gracia; la gracia y el amor
no eran así con la otra.

FRAY LORENZO

                    Porque sabía que amabas de memoria
aunque de letra no supieras.
Pero, ven mancebo veleidoso, ven conmigo.
Te ayudaré sólo por esto: porque esta unión   90
puede llegar a ser, y tornar en amor
el odio entre familias.

ROMEO

Vayamos pues con toda urgencia.

FRAY LORENZO

Con tiento y poco a poco, no sea que tropecemos.

Salen

ESCENA IV

Entran BENVOLIO *y* MERCUTIO

MERCUTIO

¿Dónde demonios puede estar este Romeo? ¿No volvió a
casa anoche?

BENVOLIO

No a casa de su padre. Hablé con su criado.

MERCUTIO

Esa pálida joven de duro corazón, esa Rosalina, tanto le
atormenta que le quitará el sentido.

BENVOLIO

Tybalt, el pariente del viejo Capuleto, ha enviado una
carta a casa de Romeo.

[223]

MERCUTIO

A challenge, on my life.

BENVOLIO

Romeo will answer it.

MERCUTIO

Any man that can write may answer a letter.   10

BENVOLIO

Nay, he will answer the letter's master, how he dares,
being dared.

MERCUTIO

Alas, poor Romeo, he is already dead! Stabbed with a
white wench's black eye; run through the ear with a love
song; the very pin of his heart cleft with the blind
bowboy's butt-shaft. And is he a man to encounter
Tybalt?

BENVOLIO

Why, what is Tybalt!

MERCUTIO

More than Prince of Cats, I can tell you. O, he's the
courageous captain of compliments. He fights as you   20
sing pricksong: keeps time, distance, and proportion. He

---

19 *Prince of Cats.* Según Evans, *op. cit.*, Tybert es el nombre del gato en
History of Reynard the Fox (traducida por William Caxton, en 1481, a partir de
una versión holandesa). En III.i.71-3, Mercutio llama a Tybalt *ratcatcher* y *king of
cats,* burlándose de sus «nueve vidas».

20 *captain of compliments.* Obsérvese el valor, en este contexto, de esta
expresión: «Complete master of all the laws of ceremony (formalities of the
duel)», según definición de Johnson —en su edición de 1765— recogida por
Evans, *op. cit.*

20-6 *He fights [...] the «hay».* En este fragmento se desarrolla por parte de
Mercutio, con gran ironía con respecto a Tybalt, la analogía entre las artes de la
esgrima y de la música. Evans cita como fuentes utilizadas por Shakespeare para
el uso de términos relativos al duelo a George Silver, *Paradoxes of Defence* (1599)
y Sir William Segar, *The Book of Honour and Armes* (1590). La ironía de la que,

MERCUTIO

¡Un desafío, por mi vida!

BENVOLIO

Romeo tendrá que dar respuesta.

MERCUTIO

Cualquiera que sepa escribir puede dar respuesta.   10

BENVOLIO

No, él será quien conteste, y desafiará al autor, ya que lo
desafían.

MERCUTIO

¡Pobre Romeo, entonces! ¡Muerto es! ¡Apuñalado por el
ojo oscuro de una blanca doncella! ¡Traspasado su oído
por una canción de amor! ¡Herido en el centro mismo de
su corazón por el dardo ciego de Cupido! ¿Es hombre
ése para enfrentarse a Tybalt?

BENVOLIO

¿Pues quién es ese Tybalt?

MERCUTIO

Algo más que el príncipe de los gatos, te lo digo en
verdad; es un valeroso maestro de armas. ¡Y cómo se   20
bate! Como quien te canta en solfa... guardando el

rests his minim rests, one, two, and the third in your
bosom. The very butcher of a silk button. A duellist, a
duellist. A gentleman of the very first house, of the first
and second cause. Ah, the immortal *passado!* the punto
reverso! the *hay!*

BENVOLIO

The what?

MERCUTIO

The pox of such antic, lisping, affecting fantasticoes,
these new tuners of accent! 'By Jesu, a very good blade! a
very tall man! a very good whore!' Why, is not this a   30
lamentable thing, grandsire, that we should be thus
afflicted with these strange flies, these fashion-mongers,
these 'pardon-me's', who stand so much on the new
form that they cannot sit at ease on the old bench? O
their bones, their bones!

Enter ROMEO

BENVOLIO

Here comes Romeo, here comes Romeo!

MERCUTIO

Without his roe, like a dried herring. O flesh, flesh, how

---

una vez más, Mercutio hace gala se basa en el uso de ciertos términos que
relacionan ambas artes, por ejemplo: *pricksong* —«Music sung from notes
written or "pricked", as distinguished rom that sung from memory or by ear;
written vocal music» (*OED, pricksong,* 1, pág. 2297 [1350]).

25-6 *Ah, the immortal «passado»! the «punto reverso»! the «hay».* Obsérvese el
uso de términos relativos a la esgrima, expecialmente el tercero de ellos, *hay* (del
italiano «hai»), cuya primera aparición es la literatura inglesa, según *OED,* es
precisamente ésta.

37 *Without his roe, like a dried herring.* Un ejemplo más de la maestría con la
que Shakespeare utiliza los diferentes significados de un mismo término, en este
caso por boca de Mercutio. Según Evans, *op. cit.,* la expresión *without a roe*
tendría, en este contexto, un triple significado: a) «sin su virilidad» (entendiendo
roe como «huevas de pescado»); b) «sin su amada» (entendiéndolo como
«corza»); y c) «sin la RO de su nombre», que quedaría así convertido en *Me oh!*
(suspiro de amante).

tiempo, distancia y... ¡ritmo! Descansa un par de fusas, ¡un, dos! ¡Clavada a la de tres! Es un arrancabotones de seda, un duelista, un caballero de alta escuela, ¡de mucho mérito! ¡Del mérito primero y del segundo mérito! ¡Ah! ¡Cómo es su inmortal *passado*! ¡Qué *punto reverso* tiene! ¡Y qué *hai*!

BENVOLIO

¿Cómo? ¿Qué hay?

MERCUTIO

Caiga la peste sobre estos petimetres ridículos, afectados, fantásticos... los nuevos reformadores del acento. «¡Ay, 30 Jesús, qué acero tan bueno tienes! ¡Hum, qué mancebo tan alto! ¡Qué buenas las pécoras!» ¿No es una desgracia, señores nuestros, que vengan a molestarnos estos moscones tan *à la mode*, estos *pardonnez moi* que tanto le dan... a lo que es nuevo... que no se hacen luego al banco viejo? Ay, las *bons*. Ay, ay, las *bons, bons*.

Entra ROMEO

BENVOLIO

¡Ahí llega Romeo!

MERCUTIO

¡Viene escurrido! ¡Como un arenque desovado! ¡Oh,

art thou fishified! Now is he for the numbers that
Petrarch flowed in. Laura, to his lady, was a kitchen
wench —marry, she had a better love to berhyme her—   40
Dido a dowdy, Cleopatra a gypsy, Helen and Hero
hildings and harlots, Thisbe a grey eye or so, but not to
the purpose. Signor Romeo, *bon jour*. There's a French
salutation to your French slop. You gave us the counterfeit fairly last night.

ROMEO

Good morrow to you both. What counterfeit did I give
you?

MERCUTIO

The slip, sir, the slip. Can you not conceive?

ROMEO

Pardon, good Mercutio. My business was great, and in   50
such a case as mine a man may strain courtesy.

MERCUTIO

That's as much as to say, such a case as yours constrains
a man to bow in the hams.

38-9 *Now is he for the numbers that Petrarch flowed in.* Mercutio se burla en estas
líneas del tipo de versos petrarquistas que Romeo usaba al principio de la obra.
Obsérvese el significado de number en este contexto: «Metrical periods of feet;
hence, lines, verses» (*OED, number, sb.* 18b, pág. 1954 [257]).

39 *Laura.* Dama provenzal, celebrada e inmortalizada por Petrarca en su
Cancionero, aun habiendo rechazado el amor del poeta. Nótese que, en la relación
de nombres femeninos que aparecen en estas líneas, Laura es la única que no
pertenece a la galería de personajes de la literatura clásica.

41 *Dido [...] Cleopatra.* Dido, princesa de Tiro y fundadora de Cartago,
cuyos amores desgraciados cantó Virgilio en la *Eneida,* y, también, Marlowe en
Dido, Queen of Carthage. Cleopatra, reina de Egipto, hija de Tolemeo XII Auletes
que la hizo su heredera, fue sin duda alguna uno de los personajes más notables
de la dinastía de los Lágidas.

41-2 *Helena [...] Hero [...] Thisbe.* Helena, mujer de Menelao, una de las
principales heroínas de la *Ilíada* y de los poemas del ciclo troyano, famosa por su
belleza. Hero, hermosa sacerdotisa griega, heroína del poema *Hero y Leandro*
(del que Marlowe hizo también una versión, *Hero and Leander*). Tisbe, joven
babilonia que protagonizó una trágica historia de amor con Píramo.

50-4 *a case [...] hit it.* De nuevo, y al igual que ocurría en Liv., en los diálo-

[228]

carne! ¡Oh, carne, carne! ¡Pero si te has vuelto pescado! 40
Parece recién salido de un verso de Petrarca. Una fregona
es Laura al lado de su dama, aunque ella tuviera mejor
amante que la rimase... y Dido, una «didona»; y Cleopatra, una gitana; y Helena y Hero, unas busconas; y
Tisbe, una ojitos azules, y luego... nada. ¡*Bonjour,* señor
Romeo! ¡Un saludo en francés para unos calzones france-
ses! ¡Bien nos la diste anoche, con moneda falsa!

ROMEO

Buenos días a los dos. ¿Y qué decís que os di?

MERCUTIO

La moneda, la moneda falsa. ¿Entiendes?

ROMEO

Pardon, buen Mercutio. Tenía que resolver algo de
importancia, y ¡ya se sabe!, en un caso así, un hombre se 50
tiene que constreñir... la cortesía.

MERCUTIO

Eso es como decir que en casos como el tuyo bien puede
un hombre doblar... la corva...

ROMEO

Meaning, to curtsy.

MERCUTIO

Thou hast most kindly hit it.

ROMEO

A most courteous exposition.

MERCUTIO

Nay, I am the very pink of courtesy.

ROMEO

Pink for flower.

MERCUTIO

Right.

ROMEO

Why, then is my pump well-flowered.

MERCUTIO

Sure wit, follow me this jest now till thou hast worn out   60
pump, that, when the single sole of it is worn, the jest
may remain, after the wearing, solely singular.

ROMEO

O single-soled jest, solely singular for the singleness!

MERCUTIO

Come between us, good Benvolio! My wits faint.

---

gos entre Romeo y Mercutio abundan los juegos lingüísticos y ambigüedades
connotadas sexualmente. Véanse, por ejemplo, los significados de *case* —«1)
Circumstance; 2) The privities (of man, or woman)» (Colman, *op. cit.*, pág. 187)
o Partridge, *op. cit.*, pág. 76: «Pudend»—, *to bow in the hams*—, «1) To make a
bow; 2) to show the debilitating effects of sexual indulgence or venereal
disease» (Evans, *op. cit.*, pág. 108) —o *hit* —«1) to take the point; 2) to effect
sexual connection» (Evans, *op. cit.* pág. 108).

ROMEO

... o cortésmente doblarse.

MERCUTIO

¡Mira con cuánta gracia entiende!

ROMEO

... Resulta tan cortés tu exposición.

MERCUTIO

Soy la nata de la cortesía.

ROMEO

La flor y la nata diría yo.

MERCUTIO

Eso es.

ROMEO

¡Mira! ¡Si llevo floridos hasta los zapatos!   60

MERCUTIO

¡Cierto! Continúa con ese tono de broma hasta que el
calzado se haya roto, que cuando se gaste la suela,
quedará la broma, por el desgaste, singular y sola.

ROMEO

¡Suela singular por su poca singularidad!

MERCUTIO

Separadnos, buen Benvolio. Mis sentidos comienzan a
desfallecer.

ROMEO

Swits and spurs, swits and spurs! or I'll cry a match.

MERCUTIO

Nay, if our wits run the wild-goose chase, I am done.
For thou hast more of the wild goose in one of thy wits
than, I am sure, I have in my whole five. Was I with you
there for the goose?

ROMEO

Thou wast never with me for anything when thou wast   70
not there for the goose.

MERCUTIO

I will bite thee by the ear for that jest.

ROMEO

Nay, good goose, bite not.

MERCUTIO

And is it not, then, well served in to a sweet goose?

MERCUTIO

O, heres a wit of cheverel, that stretches from an inch
narrow to an ell broad!

ROMEO

I strech it out for that word «broad», which added to the
goose, proves thee far and wide a broad goose.

MERCUTIO

Why, is not this better now than groaning for love?
Now art thou sociable. Now art thou Romeo. Now art   80
thou what thou art, by art as well as by nature. For this
drivelling love is like a great natural that runs lolling up
and down to hide his bauble in a hole.

[232]

ROMEO

¡Fusta! ¡Espuelas! ¡Fusta y espuelas, o cantaré victoria!

MERCUTIO

La verdad, si ponemos nuestros sentidos a correr como
se corre a la oca muerto soy, pues más tienes tú de salvaje   70
y de ganso en uno solo de tus sentidos que yo en los
cinco. ¿Estuve o no a la altura en eso de la oca?

ROMEO

Tú nunca estuviste a la altura de nada que no fuese la
propia altura de la oca.

MERCUTIO

Te morderé en la oreja por esa argucia.

ROMEO

¡Oh, no me mordáis, oca mía, no!

MERCUTIO

¡Qué sabor tan agridulce! ¡Y qué picante vuestra salsa!

ROMEO

¡Perfecta, y bien servida para una dulce oca!

MERCUTIO

¡Oh, ingenio de cabritillo! ¡Cómo se le estira de lo
estrecho de una pulgada a lo ancho de una vara!

ROMEO

Lo estiro hasta lo que indica la palabra «ancho». Y, si lo   80
añadimos a la oca, demuestra, por lo largo y por lo
ancho, que eres una ancha oca.

MERCUTIO

¡Así me gustas! ¿No es mejor esto que ir lloriqueando
por amores? Ese es mi amigo, así es Romeo. Así es como
te hicieron el arte y la naturaleza. Ese amor absurdo tuyo
semejaba a uno de esos necios que corren, arriba y abajo,
buscando dónde clavar... el acero.

BENVOLIO

Stop there, stop there!

MERCUTIO

Thou desirest me to stop in my tale against the hair.

BENVOLIO

Thou wouldst else have made thy tale large.

MERCUTIO

O, thou art deceived! I would have made it short; for I
was come to the whole depth of my tale, and meant
indeed to occupy the argument no longer.

ROMEO

Here's goodly gear!   90

Enter NURSE *and her man,* PETER

A sail, a sail!

MERCUTIO

Two, two. A shirt and a smock.

NURSE

Peter!

PETER

Anon.

NURSE

My fan, Peter.

MERCUTIO

Good Peter, to hide her face. For her fan's the fairer face.

NURSE

God ye good-morrow, gentlemen.

MERCUTIO

God ye good-e'en, fair gentlewoman.

[234]

BENVOLIO

Basba, basta, detente.

MERCUTIO

Ahora me quieres cortar el hilo del argumento, cuando
ya llegaba a los pelos... y señales.   90

BENVOLIO

Largo se hacía ya, muy largo el cuento tuyo.

MERCUTIO

¡Que tontería! Se habría acortado, pues ya llegaba al
fondo de la historia y no quería fondear más.

ROMEO

Una vela a la vista...

Entran la NODRIZA *y su hombre,* PEDRO

¡Vela, vela!

MERCUTIO

¡No una, sino dos! ¡Una camisa y un camisón!

NODRIZA

¡Pedro!

PEDRO

Aquí estoy.

NODRIZA

Pedro... mi abanico.

MERCUTIO

Sí, Pedro, para que se tape la cara. ¡Por lo menos el   100
abanico es hermoso!

NODRIZA

Buenos días tengáis, mis caballeros.

MERCUTIO

Y a vos, muy buenas tardes, nobilísima señora.

NURSE

Is it good e'en?

MERCUTIO

'Tis no less, I tell ye. For the bawdy hand of the dial is
now upon the prick of noon. 100

NURSE

Out upon you! What a man are you!

ROMEO

One, gentlewoman, that God hath made for himself to
mar.

NURSE

By my troth, it is well said. «For himself to mar»,
quoth'a? Gentlemen, can any of you tell me where I may
find the young Romeo?

ROMEO

I can tell you. But young Romeo will be older when you
have found him than he was when you sought him. I am
the youngest of that name, for fault of a worse. 110

NURSE

You say well.

MERCUTIO

Yea, is the worst well? Very well took, i'faith, wisely,
wisely!

NURSE

If you be he, sir, I desire some confidence with you.

BENVOLIO

She will endite him to some supper.

MERCUTIO

A bawd, a bawd, a bawd! So ho!

[236]

NODRIZA

¿Cómo «buenas tardes»?

MERCUTIO

Y tan buenas, ya lo creo. Tocando está la caliente mano
del reloj las partes del mediodía.

NODRIZA

¡Quita, quita! ¡Menudo hombre!

ROMEO

Un hombre, nobilísima señora, a quien Dios creó para
que él mismo se perdiera.

NODRIZA

Bien dicho, por mi vida, «para que él mismo se perdiera». 110
Caballeros, ¿alguno de los presentes puede decirme por
dónde se ha perdido el joven Romeo?

ROMEO

Yo mismo os lo diré, aunque cuando lo encontréis, el
joven Romeo ya será más viejo que cuando lo estabáis
buscando. Yo soy el más joven con ese nombre, a falta
de otro peor.

NODRIZA

Muy bien habláis.

MERCUTIO

¿Encontrabáis bien al peor? Buen razonamiento es ése, a
fe mía. Muy bien, muy bien, muy bien.

NODRIZA

Si sois el que busco, os tengo que decir algo aparte. 120

BENVOLIO

Le querrá «incitar» a una cena.

MERCUTIO

Atención, ¡una celestina, una alcahueta, atención, atención!

[237]

ROMEO

What hast thou found?

MERCUTIO

No hare, sir; unless a hare, sir, in a lenten pie, that is
something stale and hoar ere it be spent.

He sings:

> *An old hare hoar,*
> *And an old hare hoar,*   120
> *Is very good meat in Lent.*
> *But a hare that is hoar*
> *Is too much for a score*
> *When it hoars ere it be spent*

Romeo, will you come your father's? We'll to dinner
thither.

ROMEO

I will follow you.

MERCUTIO

Farewell, ancient lady. Farewell. Lady, lady, lady.   130

Exeunt MERCUTIO *and* BENVOLIO

NURSE

I pray you, sir, what saucy merchant was this that was so
full of his ropery?

ROMEO

A gentleman, Nurse, that loves to hear himself talk and
will speak more in a minute than he will stand to in a
month.

NURSE

An 'a speak anything against me, I'll take him down,
an 'a were lustier than he is, and twenty such Jacks; and if
I cannot, I'll find those that shall. Scurvy knave! I am
none of his flirt-gills. I am none of his skains-mates. *[She*

ROMEO

¿Habéis encontrado algo?

MERCUTIO

Ni liebre, ni coneja hemos encontrado, señor. Tan sólo
una de esas en empanada de Cuaresma, ya rancias antes
de que les hinquen el diente.

Canta

> *Una liebre vieja y rancia*
> *y una vieja rancia liebre*
> *de Cuaresma son manjar.*
> *Pero si la liebre es rancia,*   130
> *y lo es a simple vista,*
> *veinte querrán ayunar.*

Romeo, vamos a vuestra casa. Hemos de cenar allí.

ROMEO

Iré con vosotros.

MERCUTIO

Adiós, mi anciana señora, adiós, adiós, adiós...

Salen MERCUTIO *y* BENVOLIO

NODRIZA

Sí, adiós, adiós. Decidme, señor ¿qué tendero deslengua-
do era ése tan bien provisto de... truhanerías?

ROMEO

Un caballero, ama, que se complace en escucharse y que
larga más en una hora de lo que puede soportar en un
mes.   140

NODRIZA

Como largue de algún modo contra mí, le bajaré los
humos, por vigoroso que sea; a él, y a veinte de su
especie. Que ya buscaría yo ayuda si no puedo hacerlo
sola. ¡Grandísimo sinvergüenza! ¿Cree que soy una de

turns to Peter, her man] And thou must stand by too, and   140
suffer every knave to use me at his pleasure!

PETER

I saw no man use you at his pleasure. If I had, my
weapon should quickly have been out. I warrant you, I
dare draw as soon as another man, if I see occasion in a
good quarrel, and the law on my side.

NURSE

Now, afore God, I am so vexed that every part about me
quivers. Scurvy knave! Pray you, sir, a word; and, as I
told you, my young lady bid me inquire you out. What
she bid me say, I will keep to myself. But first let me tell
ye, if ye should lead her in a fool's paradise, as they say, it   150
were a very gross kind of behaviour, as they say. For the
gentlewoman is young; and therefore, if you should
deal double with her, truly it were an ill thing to be
offered to any gentlewoman, and very weak dealing.

ROMEO

Nurse, commend me to thy lady and mistress. I protest
unto thee...

NURSE

Good heart, and i'faith I will tell her as much. Lord,
Lord! She will be a joyful woman.

ROMEO

What wilt thou tell her, Nurse? Thou dost not mark me.

NURSE

I will tell her, sir, that you protest, which, as I take it, is a   160
gentlemanlike offer.

[240]

sus pécoras? *[Se vuelve hacia Pedro]* Y tú, ¿qué haces ahí, tan tieso, dejando que cualquier sinvergüenza haga conmigo cuanto se le antoje?

PEDRO

Nunca vi a nadie que hiciera contigo según su antojo. Hubiera sacado rápido el arma, te lo aseguro. Me atrevo a desenvainar hasta donde cualquier otro se atreve,   150
siempre que se presente la ocasión de una buena refriega, y tenga yo la ley de mi parte.

NODRIZA

¡Delante de Dios lo juro! ¡Mira cómo tiembla mi cuerpo por las vejaciones que he sufrido! ¡Miserable, bribón! Una palabra, señor, os lo ruego: como ya os dije, mi joven señora me envió a buscaros. Lo que me encargó que os dijera me lo guardo para mí. Pero dejadme que os diga en primer lugar que, si osaseis conducirla a la sinrazón del paraíso, sería una forma vil de comportarse, como suele decirse; una forma muy vil, sí señor, pues la   160
doncella es una niña, así que si no os portáis francamente con ella, sería algo que no debe hacerse con una dama de verdad. Algo muy reprobable.

ROMEO

Ama, podéis ciertamente recomendarme a vuestra señora y dueña. Yo os juro...

NODRIZA

¡Qué buen corazón! En verdad que se lo diré. ¡Oh, Dios, Dios! ¡Qué feliz será!

ROMEO

¿Qué es eso que le váis a decir? Si nada dije aún.

NODRIZA

Se lo diré, le diré que vos habéis jurado... Se lo diré, pues es signo de que la vuestra es palabra de caballero.   170

[241]

ROMEO

Bid her devise
Some means to come to shrift this afternoon,
And there she shall at Friar Laurence' cell
Be shrived and married. Here is for thy pains.

NURSE

No, truly, sir. Not a penny.

ROMEO

Go to! I say you shall.

NURSE

This afternoon, sir? Well, she shall be there.

ROMEO

And stay, good Nurse, behind the abbey wall.
Within this hour my man shall be with thee   170
And bring thee cords made like a tackled stair,
Which to the high topgallant of my joy
Must be convoy in the secret night.
Farewell. Be trusty, and I'll quit thy pains.
Farewell. Commend me to thy mistress.

NURSE

Now God in heaven bless thee! Hark you, sir.

ROMEO

What sayest thou, my dear Nurse?

NURSE

Is your man secret? Did you ne'er hear say,
Two may keep counsel, putting one away?

ROMEO

Warrant thee my man's as true as steel.   180

NURSE

Well, sir, my mistress is the sweetest lady. Lord, Lord!
When 'twas a little prating thing... O there is a nobleman

ROMEO

Dile que invente
una manera de ir esta tarde a confesarse
a la celda de fray Lorenzo, que allí tendrá lugar
la boda y confesión. Toma, por las molestias.

NODRIZA

No señor, ni un penique.

ROMEO

Vamos, vamos, te digo que lo tomes.

NODRIZA

¿Esta tarde, señor? Allí estará...

ROMEO

Vos, mi buena nodriza, quedaos tras el muro
del convento, que una hora mi criado allí estará
y traerá cuerdas preparadas en forma de escalera.   180
A la más alta cima de la felicidad
habrá de conducirme el silencio de la noche. Adiós.
Sedme fiel y os recompensaré.
Adiós. Y encomendadme a vuestra dueña.

NODRIZA

Dios os bendiga. Mi señor, escuchadme.

ROMEO

¿Qué me decís, cara nodriza?

NODRIZA

¿Es de fiar vuestro criado? Conocerá el proverbio:
«un secreto entre dos es malo de guardar».

ROMEO

Como el acero es de fiar. Os lo aseguro.

NODRIZA

Bien, señor, bien... mi señora es la más dulce de las   190
mujeres. ¡Dios, Dios! Cuando era una criaturilla... Hay

[243]

in town, one Paris, that would fain lay knife aboard. But
she, good soul, had as lief see a toad, a very toad, as see
him. I anger her sometimes, and tell her that Paris is the
properer man. But I'll warrant you, when I say so, she
looks as pale as any clout in the versal world. Doth not
rosemary and Romeo begin both with a letter?

ROMEO

Ay, Nurse. What of that? Both with an «R».

NURSE

Ah, mocker! That's the dog's name. «R» is for the... No, 190
I know it begins with some other letter; and she hath the
prettiest sententious of it, of you and rosemary, that it
would do you good to hear it.

ROMEO

Commend me to thy lady.

Exit ROMEO

NURSE

Ay! a thousand times. Peter!

PETER

Anon.

NURSE

Before, and apace.

Exeunt

SCENE V

Enter JULIET

JULIET

The clock struck nine when I did send the Nurse.
In half an hour she promised to return.

un gentilhombre en la ciudad, un tal Paris, que está
dispuesto para el abordaje. Pero ella —alma bendita
como es— preferiría ver un sapo, un sapo de los de
verdad, antes que verle a él. Yo la hago enfadar a veces
cuando le digo que Paris es el mejor de los hombres.
Cuando eso digo, —¡os lo juro!— se pone tan blanca
como la sábana más blanca del universo.... Romero...
Romeo... ¡Dos palabras casi iguales!

ROMEO

Sí, ama, sí. ¿Y qué? Con «R» comienzan las dos.   200

NODRIZA

¡Ah, bribonzuelo! ¡Con la «R» ruge el perro! ¡La «R»
es...! No, no, empieza con otra letra... Si vierais qué
sentencias se le ocurren a ella con la «R» vuestra, con la
«M» vuestra, con la «O» vuestra. Os encantaría escu-
charlas.

ROMEO

Encomendadme a vuestra ama.

Sale ROMEO

NODRIZA

Sí, una y mil veces. ¡Pedro!

PEDRO

¡Ya voy!

NODRIZA

Pedro, parte delante, y en marcha.

Salen

ESCENA V

Entra JULIETA

JULIETA

Daban las nueve cuando al ama envié,
y prometió que aquí estaría en media hora.

[245]

Perchance she cannot meet him. That's not so.
O, she is lame! Love's heralds should be thoughts,
Which ten times faster glides than the sun's beams
Driving back shadows over louring hills.
Therefore do nimble-pinioned doves draw love,
And therefore hath the wind-swift Cupid wings.
Now is the sun upon the highmost hill
Of this day's journey, and from nine till twelve   10
Is three long hours, yet she is not come.
Had she affections and warm youthful blood,
She would be as swift in motion as a ball.
My words would bandy her to my sweet love,
And his to me.
But old folks, many feign as they were dead,
Unwieldy, slow, heavy and pale as lead.

Enter NURSE *and* PETER

O God, she comes! O honey Nurse, what news?
Hast thou met with him? Send thy man away.

NURSE

Peter, stay at the gate.   20

Exit PETER

JULIET

Now, good sweet Nurse... O Lord, why lookest thou sad?
Though news be sad, yet tell them merrily.
If good, thou shamest the music of sweet news
By playing it to me with so sour a face.

NURSE

I am aweary. Give me leave a while.
Fie, how my bones ache! What a jaunce have I!

JULIET

I would thou hadst my bones, and I thy news.
Nay, come, I pray thee speak. Good, good Nurse, speak.

[246]

¿Y si no le ha encontrado? No, no es posible.
¡Pero si es coja! ¡Fueran los pensamientos, heraldos del
    [amor,
y diez veces más correrían que los rayos solares
cuando las sombras se disuelven de las oscuras cimas!
¡Por eso amor es transportado por palomas de veloces alas,
por eso Cupido tiene alas ligeras como el viento!
El sol brilla ahora en el cénit más alto
de su viaje diurno, y de las nueve hasta las doce   10
muy largas son tres horas, y aún no vuelve.
Si tuviera pasión, si tuviera sangre joven y caliente,
sería como una pelota también rápida y veloz,
y mis palabras la arrojarían hasta mi amado,
y las suyas, me la devolverían.
Pero los viejos a veces parecen muertos ya:
torpes, lentos, pesados, lívidos, como plomo.

Entran la NODRIZA *y* PEDRO

¡Oh, Dios! ¡Ya está aquí! Dulce ama, ¿qué noticias traéis?
¿Le encontrasteis? Despide al criado.

NODRIZA

Pedro, espérame en la puerta.   20

Sale PEDRO

JULIETA

Ea, dulce ama. ¡Dios! ¿Por qué ese semblante?
Dame noticias tristes, pero sonriendo,
y si son alegres no estropees su música
tocándola con semblante tan hosco.

NODRIZA

Dejadme respirar, estoy rendida.
¡Uh! ¡Qué dolor de huesos! ¡Qué modo de correr!

JULIETA

¡Tuvieses tú mis huesos y yo tus nuevas!
¡Venga te lo ruego, habla, ama carísima!

[247]

Jesu, what haste! Can you not stay a while?
Do you not see that I am out of breath?   30

JULIET

How art thou out of breath when thou hast breath
To say to me that thou art out of breath?
The excuse that thou dost make in this delay
Is longer than the tale thou dost excuse.
Is thy news good or bad? Answer to that.
Say either, and I'll stay the circumstance.
Let me be satisfied, is't good or bad?

NURSE

Well, you have made a simple choice. You know not
how to choose a man. Romeo? No, not he. Though his
face be better than any man's, yet his leg excels all men's;   40
and for a hand and a foot, and a body, though they be
not to be talked on, yet they are past compare. He is not
the flower of courtesy, but, I'll warrant him, as gentle as
a lamb. Go thy ways, wench. Serve God. What, have
you dined at home?

JULIET

No, no. But all this did I know before.
What says he of our marriage? What of that?

NURSE

Lord, how my head aches! What a head have I!
It beats as it would fall in twenty pieces.
My back a't'other side... Ah, my back, my back!   50
Beshrew your heart for sending me about
To catch my death with jauncing up and down!

JULIET

I'faith, I am sorry that thou art not well.
Sweet, sweet. sweet Nurse, tell me, what says my love?

NODRIZA

¡Jesús, qué prisa! ¿No podéis esperar?
¿No véis que me falta el aliento?   30

JULIETA

¿Cómo es que te falta el aliento cuando tienes aliento
para decirme que te falta el aliento?
La excusa y la tardanza son más largas
que el asunto por el que te excusas.
¿Son buenas o malas las noticias? ¡Contéstame!
Di sí o no y venga luego lo demás.
Dame satisfacción. ¿Son buenas o malas?

NODRIZA

No puede decirse que vuestra elección sea difícil; no
sabéis elegir un hombre: ¿Romeo? ¡No, por favor!...
Aunque tiene... hermoso el rostro, mejor que el de   40
muchos hombres... y un muslo... ¡qué muslo! ¡Excede al
de cualquiera! ¡Y qué mano, y qué pie y qué cuerpo!...
Ocioso es hablar de esto... ¡Exceden a toda comparación!
No diría que él sea la flor de la cortesía, pero —lo
garantizo— es tierno como un cordero. A lo vuestro,
doncella, que Dios dirá... ¿Qué? ¿Ya habéis comido?

JULIETA

No, no... pero ya sabía todo esto antes.
¿Qué os dijo de nuestra boda? ¿Qué os dijo?

NODRIZA

¡Uf! ¡Qué dolor de cabeza! ¡Señor! ¡Qué cabeza!
¡Golpea como si fuera a romperse en mil pedazos!   50
¡Y también la espalda, ah, mi espalda!
Corazón duro el vuestro al enviarme por ahí,
a buscarme la muerte con tanta ida y venida.

JULIETA

Siento que no te encuentres bien.
Dulce, dulce, dulcísima nodriza. ¿Qué te dijo mi amor?

NURSE

Your love says, like an honest gentleman, and a courteous, and a kind, and a handsome, and, I warrant, a
virtuous... Where is your mother?

JULIET

Where is my mother? Why, she is within.
Where should she be? How oddly thou repliest!
«Your love says, like an honest gentleman,   60
"Where is your mother?"»

NURSE

O God's Lady dear!
Are you so hot? Marry come up, I trow.
Is this the poultice for my aching bones?
Henceforward do your messages yourself.

JULIET

Here's such a coil! Come, what says Romeo?

NURSE

Have you got leave to go to shrift today?

JULIET

I have.

NURSE

Then hie you hence to Friar Laurence' cell.
There stays a husband to make you a wife.
Now comes the wanton blood up in your cheeks.   70
They'll be in scarlet straight at any news.
Hie you to church. I must another way,
To fetch a ladder, by the which your love
Must climb a bird's nest soon when it is dark.
I am the drudge, and toil in your delight.
But you shall bear the burden soon at night.
Go. I'll to dinner. Hie you to the cell.

JULIET

Hie to high fortune! Honest Nurse, farewell.

Exeunt

NODRIZA

Dice vuestro amor, cual caballero honesto, y cortés, y
bondadoso, y bello, y... —lo juro— virtuoso... ¿Dónde
está vuestra madre?

JULIETA

¿Que dónde está mi madre? ¿Y por qué? Está dentro.
¿Dónde habría de estar? ¡Qué respuestas tan raras!   60
«Dice vuestro amor, cual caballero honesto...
¿Dónde está vuestra madre...?»

NODRIZA

                                      ¡Santa Madre de Dios!
¿Ya tan ardiente estáis? Ea, vamos allá...
¿Es éste el bálsamo para mis huesos doloridos?
En adelante harás tú tus propios encargos.

JULIETA

Déjate de historias. ¿Qué dijo Romeo?

NODRIZA

¿Tenéis permiso para ir a confesar hoy?

JULIETA

Lo tengo.

NODRIZA

Andad pues a la celda del fraile
que allí hay un marido para desposaros.   70
¡La sangre del deseo sube por tus mejillas!
Por cualquier cosa se ponen encarnadas.
Ea, a la iglesia. Yo iré por otro atajo
para procurarme una escalera por la que, anochecido,
Amor escalará hasta el nidito de su pájaro.
Soy ahora aquél que suda por conseguir tu goce,
aunque pronto serás tú quien aguante esta noche todo el
      peso.
Voy a comer. Y tú, a la celda.

JULIETA

Vuelo hacia la felicidad suprema. Ama, adiós.

Salen

[251]

SCENE VI

Enter FRIAR LAURENCE *and* ROMEO

FRIAR LAURENCE

So smile the heavens upon this holy act
That after-hours with sorrow chide us not!

ROMEO

Amen, amen! But come what sorrow can,
It cannot countervail the exchange of joy
That one short minute gives me in her sight.
Do thou but close your hands with holy words,
Then love-devouring death do what he dare—
It is enough I may but call her mine.

FRIAR LAURENCE

These violent delights have violent ends
And in their triumph die, like fire and powder,   10
Which as they kiss consume. The sweetest honey
Is loathsome in his own deliciousness
And in the taste confounds the appetite.
Therefore love moderately. Long love doth so.
Too swift arrives as tardy as too slow.

Enter JULIET

Here comes the lady. O, so light a foot
Will ne'er wear out the everlasting flint.
A lover may bestride the gossamers
That idles in the wanton summer air,
And yet not fall. So light is vanity.   20

JULIET

Good even to my ghostly confessor.

FRIAR LAURENCE

Romeo shall thank thee, daughter, for us both.

JULIET

As much to him, else is his thanks too much.

ESCENA VI

Entran FRAY LORENZO *y* ROMEO

FRAY LORENZO

Sonría el cielo por el rito sagrado
para que el tiempo futuro no nos culpe.

ROMEO

¡Amén, amén! Que venga el dolor
que no podrá compararse al deleite
de un corto momento ante ella.
Juntad vuestras manos con palabras santas,
y que la muerte, destructora del amor, actúe;
me basta con poder llamarla mía.

FRAY LORENZO

Al placer violento sigue un final violento;
muere en pleno fervor, como el fuego y la pólvora   10
que se consumen al besarse.
La dulce miel empalaga por su propia dulzura,
y al gustarla confunde al paladar.
Amaos pues con juicio. Más durara el amor,
pues quien se apresura llega tarde, tarde quien va despacio.

Entra JULIETA

Ahí viene la dama. Un pie tan ligero
no ha de consumir la piedra eterna.
El amante podría cabalgar el hilo de una araña
que flota por el aire caprichoso de estío
sin llegar a caerse. Tan liviana es la vanidad   20

JULIETA

Buenas tardes, padre confesor.

FRAY LORENZO

Romeo te dará las gracias por los dos, hija mía.

JULIETA

También se las deseo a él para que ahorre palabras.

[253]

ROMEO

Ah, Juliet, if the measure of thy joy
Be heaped like mine, and that thy skill be more
To blazon it, then sweeten with thy breath
This neighbour air, and let rich musics tongue
Unfold the imagined happiness that both
Receive in either by this dear encounter.

JULIET

Conceit, more rich in matter than in words,   30
Brags of his substance, not of ornament.
They are but beggars that can count their worth.
But my true love is grown to such excess
I cannot sum up sum of half my wealth.

FRIAR LAURENCE

Come, come with me, and we will make short work.
For, by your leaves, you shall not stay alone
Till Holy Church incorporate two in one.

Exeunt

ROMEO

Si la medida de tu goce, Julieta, está
llena, como la mía, si tu arte para pregonarlo
es mayor que el mío, endulza con tu aliento
el aire alrededor, y que la suave armonía de tu voz
descubra la soñada felicidad que ambos abrazamos
en este encuentro tan dichoso.

JULIETA

El pensamiento, más rico en hechos que en palabras,   30
alardea de esencia, no de ornato.
Mendigos son los que cuentan en su abundancia
pues mi amor ha crecido, en tanto exceso,
que no puedo contar ni la mitad de mis tesoros.

FRAY LORENZO

Venid, venid conmigo. Abreviaremos.
Con vuestro permiso no he de dejaros solos
hasta que la Iglesia haya hecho uno de los dos.

Salen

ACT III

SCENE I

Enter MERCUTIO, BENVOLIO, *and their men*

BENVOLIO

I pray thee, good Mercutio, let's retire.
The day is hot, the Capels are abroad.
And if we meet we shall no 'scape a brawl,
For now, these hot days, is the mad blood stirring.

MERCUTIO

Thou art like one of these fellows that, when he enters
the confines of a tavern, claps me his sword upon the
table and says «God send me no need of thee!», and by
the operation of the second cup draws him on the
drawer, when indeed there is no need.

BENVOLIO

Am I like such a fellow?   10

8-9 *and by the operation [...] the drawer.* OED, operation, 3b, pág. 1995 (144):
«The effect or result produced. Influence on something (Now obs.)». OED,
drawer, 2, pág. 800 (651): «One who draws liquor for customers; a tapster at a
tavern».

ACTO III

ESCENA I

Entran MERCUTIO, BENVOLIO *y otros hombres*

BENVOLIO

Te lo ruego, Mercutio, vámonos.
Está caliente el día y andan los Capuleto por ahí.
Si nos topamos con ellos habrá pelea.
En días de calor bulle febril la sangre.

MERCUTIO

Tú eres como uno de esos que, al pasar el umbral de una
taberna, me ponen el acero sobre la mesa, y me dicen
«Dios haga que no llegue a necesitarte»; y, cuando la
segunda copa ha hecho ya su efecto, y sin razón alguna,
la empuñan contra el hostelero.

BENVOLIO

¿Soy así de verdad?   10

MERCUTIO

Come, come, thou art as hot as Jack in thy mood as any
in Italy; and as soon moved to be moody and as soon
moody to be moved.

BENVOLIO

And what to?

MERCUTIO

Nay, an there were two such, we should have none
shortly, for one would kill the other. Thou! Why, thou
wilt quarrel with a man that hath a hair more or a hair
less in his beard than thou hast. Thou wilt quarrel with a
man for cracking nuts, having no other reason but
because thou hast hazel eyes. What eye but such an eye   20
would spy out such a quarrel? Thy head is as full of
quarrels as an egg is full of meat; and yet thy head hath
been beaten as addle as an egg for quarrelling. Thou hast
quarrelled with a man for coughing in the street, because
he hath wakened thy dog that hath lain asleep in the sun.
Didst thou not fall out with a tailor for wearing his new
doublet before Easter; with another for tying his new
shoes with old riband? And yet thou wilt tutor me from
quarrelling!

BENVOLIO

An I were so apt to quarrel as thou art, any man should   30
buy the fee simple of my life for an hour and a quarter.

---

11 *A Jack*. Véase nota a II.iv.133-4.

15-16 *Nay, and there were two such, we should have none shortly*. Mercutio juega a
interpretar como *two* el *to* en la pregunta de Benvolio. Obsérvese en castellano
el empleo del contraste entre «todo» y «nada» para reproducir el juego.

20 *What eye but such an eye*. Spencer, *op. cit.*, pág. 226, detecta «Presumably
the second "eye" is a pun on "I", and then Mercutio is amusedly accepting the
self-description, referring to Benvolio's ironical "I" in line 10».

23 *as addle as an egg*. Schmidt, *op. cit., addle*, pág. 16: «In a morbid state;
originally applied to eggs, and then to a weak brain». *OED, addle*, B adj., 1, 2,
pág. 26 (104): «In "addle egg": rotten or putrid egg i.e., one that produces no
chicken». «(Fig.) Empty, idle, vain.»

31 *the fee simple of my life*. *OED, fee simple*, pág. 979 (137): «An estate in land,
etc. belonging to the owner and his heirs for ever, without limitation to any
particular class of heirs.»

MERCUTIO

Venga, venga que eres mancebo de sangre caliente como
los que hay en Italia, y tan presto a provocar la pelea
como a pelear si te provocan.

BENVOLIO

¿Eso es todo?

MERCUTIO

Nada, nada, sólo que si hubiere dos como tú pronto no
habría ninguno, pues os mataríais el uno al otro. ¡Tú! ¡Sí,
tú! Pelearías con cualquiera sólo por un pelo de más o un
pelo de menos en su barba, o sólo por cascar nueces
teniendo como tienes ojos de avellana. ¿Qué otro ojo
sino el tuyo podría encontrar razón para una pelea así? 20
Tu cabeza está atiborrada de riñas como lo está el huevo
de sustancia, y tan hueca como el huevo de tantos golpes
como recibió. Pelearías con cualquiera sólo por toser en
la calle, acusándole de haber despertado a tu perro que
dormía al sol. ¿No reñiste una vez con un sastre porque
llevaba jubón nuevo antes de Pascua? ¿Y con ese otro
porque usaba cordones viejos en zapatos nuevos? ¿Y eres
tú quien viene a sermonearme a mí sobre peleas?

BENVOLIO

Fuese yo tan presto a la pelea como lo eres tú, cualquiera
simplemente compraría la propiedad de mi vida por hora 30
y cuarto.

MERCUTIO

The fee simple? O simple!

Enter TYBALT *and others*

BENVOLIO

By my head, here comes the Capulets.

MERCUTIO

By my heel, I care not.

TYBALT

Follow me close, for I will speak to them.
Gentlemen, good-e'en. A word with one of you.

MERCUTIO

And but one word with one of us? Couple it with
something. Make it a word and a blow.

TYBALT

You shall find me apt enough to that, sir, an you will
give me occasion.   40

MERCUTIO

Could you not take some occasion without giving?

TYBALT

Mercutio, thou consortest with Romeo.

MERCUTIO

Consort? What, dost thou make us minstrels? An thou
make minstrels of us, look to hear nothing but discords.

---

34 *By my heel, I care not.* El juego de juramentos entre *head* y *heel* se recoge en
la exclamación castellana, ambigua por eufemística.

38 *Make it a word and a blow.* Tilley, *op. cit.,* recoge dos proverbios con estos
términos: W763, «A word and a blow», y W840, «Words may pass, but blows
fall heavy».

42-5 *thou consortest* [...] *fiddlestick.* Según Evans, *op. cit.,* pág. 123, «Mercutio
intentionally misinterprets Tybalt's "consortest" (=keepest company with) to

[260]

MERCUTIO

¡La propiedad simplemente! ¡Oh, mente simple!

Entran TYBALT *y otros*

BENVOLIO

¡Por mi cabeza! ¡Aquí están los Capuleto!

MERCUTIO

¡Por mis cordones! ¡No me importa nada!

TYBALT

Quedaos junto a mí; les hablaré.
Buenas tardes, señores. Una palabra con uno de vosotros.

MERCUTIO

¿Sólo una palabra? ¿Con uno de nosotros? ¿Y sin em-
parejar? ¡Que sea una palabra y también... toque!

TYBALT

Siempre estoy a punto para eso. Tan sólo dame una
ocasión.   40

MERCUTIO

¿Dárosla yo? ¿No podéis tomar sin que os den?

TYBALT

Muy a coro andáis vos y Romeo..., Mercutio.

MERCUTIO

¿A coro? ¿Nos tomáis por coristas? Puesto que por
coristas nos tomáis, preparaos para oír el desentono. Ahí

Here's my fiddlestick. Here's that shall make you dance.
Zounds, consort!

BENVOLIO

We talk here in the public haunt of men.
Either withdraw unto some private place,
Or reason coldly of you grievances,
Or else depart. Here all eyes gaze on us.   50

MERCUTIO

Men's eyes were made to look, and let them gaze.
I will not budge for no man's pleasure, I.

Enter ROMEO

TYBALT

Well, peace be with you, sir. Here comes my man.

MERCUTIO

But I'll be hanged, sir, if he wear your livery.
Marry, go before to field, he'll be your follower!
Your worship in that sense may call him «man».

TYBALT

Romeo, the love I bear thee can afford
No better term than this: thou art a villain.

ROMEO

Tybalt, the reason that I have to love thee
Doth much excuse the appertaining rage   60

mean "performest musically with" as a member of a consort or troupe of
professional (musicians or minstrels (fiddlers)-an insult to a gentleman.»
Mercutio persiste en el juego de equívocos al aludir a su espada como *fiddlestick*.

46 *'Zounds, consort! OED, zounds,* pág. 3872 (103): «A euphemistic abbrevia-
tion of "By God's wound's used in oaths and asseverations (Obs.)»

53-5 *man [...] livery [...] follower [...].* Según Spencer, *op. cit.,* pág. 228,
«Mercutio persists in his wilful misinterpreting of Tybalt's words. he takes "my
man" as if it meant "my manservant", and so carries on the jest about "livery"
(servant's uniform) and "follower" (attendant, and one who will literally follow
him to the field or duelling-place)».

va el arco de mi violín. Te haré bailar con esto. ¡Por
Júpiter! ¡Y a coro!

BENVOLIO

Aquí estamos en medio de la gente.
Vayamos hacia un lugar más apartado
a discutir con calma tus ofensas
o retirémonos. ¡Nos ven todos los ojos!   50

MERCUTIO

Los ojos están hechos para ver, ¡dejad que vean!
No me pienso mover por contentar a nadie.

Entra ROMEO

TYBALT

La paz sea con vos. Aquí llega mi hombre.

MERCUTIO

¡Que me cuelguen si lleva vuestra librea!
En marcha, adelante y veamos si os sigue;
sólo entonces vuestra señoría podrá decir «mi hombre».

TYBALT

Romeo, por el amor que te profeso he de decirte
solamente una cosa: que eres un villano.

ROMEO

Tybalt, la razón que tengo para amarte
hace que te perdone la violencia   60

[263]

To such a greeting. Villain am I none.
Therefore farewell, I see thou knowest me not.

TYBALT

Boy, this shall not excuse the injuries
That thou hast done me. Therefore turn and draw.

ROMEO

I do protest I never injured thee,
But love thee better than thou canst devise
Till thou shalt know the reason of my love.
And so, good Capulet, which name I tender
As dearly as mine own, be satisfied.

MERCUTIO

O calm, dishonourable, vile submission!   70
Alla stoccata carries it away.
Tybalt, you ratcatcher, will you walk?

He draws

TYBALT

What wouldst thou have with me?

MERCUTIO

Good King of Cats, nothing but one of your nine lives.
That I mean to make bold withal, and, as you shall use
me hereafter, dry-beat the rest of the eight. Will you
pluck your sword out of his pilcher by the ears? Make
haste, lest mine be about your ears ere it be out.

71-2 «*Alla stoccata* [...] *will you walk?* Ante los intentos de pacificación de
Romeo, que comenzaban a surtir efecto en Tybalt, Mercutio toma la iniciativa y
le insulta con el término italiano y la referencia al Rey de los gatos, continuando
las bromas de II.iv.19. Para *walk*, véase I.v.15 y Schmidt, *op. cit.*, pág. 1329,
donde se justifica el uso de este verbo en contextos de esgrima. En cuanto a la
utilización de términos italianos en esta esfera de sentido, véase II.iv.25-6.

76 *dry-beat the rest of the eight.* Schmidt, *op. cit., dry-beat*, pág. 340: «To thrash,
to cudgel soundly». Evans, *op. cit.*, pág. 124, comenta que *dry-beat* refiere a un
combate sin armas, «without drawing blood» (impropio entre caballeros), en el
que él dará una buena tunda a Tybalt, como si de un criado se tratase.

que acompaña al saludo: no soy villano tal.
Adiós, por tanto. Veo que no me conoces.

TYBALT

Mancebo, no hay excusas para las ofensas
que me infieres. En guardia pues, y desenvaina.

ROMEO

Nunca, ninguna ofensa os inferí,
antes bien te amo más de lo que imaginarías
sin conocer la razón de ese amor mío.
Buen Capuleto, quedad contento pues vuestro nombre
es tan querido para mí como el mío propio.

MERCUTIO

¡Oh qué vil sumisión paciente y deshonrosa!   70
Decidme esto *alla stoccata*. ¡Tybalt!
¡Cazarratas! Sí, tú, ¿quieres bailar?

Desenvaina

TYBALT

¿Qué deseas de mí?

MERCUTIO

¡Tú, rey de los gatos! ¡Sólo quiero una de tus nueve
vidas! Haré con ella como me plazca y según sea
conmigo tu comportamiento, sacudiré el polvo a las
otras ocho. Saca tu acero hasta las orejas. ¡Pronto! Haré
que zumbe el mío en tus oídos antes de que lo saques.

TYBALT

I am for you.

He draws

ROMEO

Gentle Mercutio, put thy rapier up.

MERCUTIO

Come, sir, your *passado!*   80

They fight

ROMEO

Draw, Benvolio. Beat down their weapons.
Gentlemen, for shame! Forbear this outrage!
Tybalt, Mercutio, the Prince expressly hath
Forbid this bandying in Verona streets.
Hold, Tybalt! Good Mercutio!

TYBALT *thrusts* MERCUTIO

A FOLLOWER

Away, Tybalt!

Exit TYBALT *with his followers*

MERCUTIO

I am hurt.
A plague a'both houses! I am sped.
Is he gone and hath nothing!

BENVOLIO

What, art thou hurt?   90

MERCUTIO

Ay, ay, a scratch, a scratch. Marry, 'tis enough.
Where is my page? Go, villain, fetch a surgeon.

Exit PAGE

[266]

TYBALT

A tu disposición

Desenvaina

ROMEO

Gentil Mercutio, depón tu espada.   80

MERCUTIO

¡Venga, mi señor! ¡Vuestro golpe!

Luchan

ROMEO

Saca tu acero, Benvolio. Y oblígales a deponer
sus armas. Os lo ruego, señores, evitad la afrenta,
Tybalt, Mercutio, el propio Príncipe
prohibió la reyerta en nuestras calles.
¡Detente, Tybalt! ¡Y tú, Mercutio!

TYBALT *hiere a* MERCUTIO

UN COMPAÑERO

¡Huyamos, Tybalt!

Salen TYBALT *y sus compañeros*

MERCUTIO

¡Estoy herido!
Caiga la peste sobre vuestras dos familias. Se acabó.
¿Se fue él sin ningún daño?

BENVOLIO

¡Estáis herido!

MERCUTIO

¡Sí! ¡Sí! ¡Un rasguño! ¡Nada más! ¡Suficiente!   90
¿Dónde está mi paje? Corre, tú..., un médico.

Sale un PAJE

[267]

ROMEO

Courage, man. The hurt cannot be much.

MERCUTIO

No, 'tis not so deep as a well, nor so wide as a
churchdoor. But 'tis enough. 'Twill serve. Ask for me
tomorrow, and you shall find me a grave man. I am
peppered, I warrant, for this world. A plague a'both
your houses! Zounds, a dog, a rat, a mouse, a cat, to
scratch a man to death! A braggart, a rogue, a villain,
that fights by the book of arithmetic! Why the devil   100
came you between us? I was hurt under your arm.

ROMEO

I thought all for the best.

MERCUTIO

Help me into some house, Benvolio,
Or I shall faint. A plague a'both your houses!
They have made worms' meat of me.
I have it, and soundly too. Your houses!

Exit MERCUTIO *with* BENVOLIO

ROMEO

This gentleman, the Prince's near ally,
My very friend, hath got this mortal hurt
In my behalf. My reputation stained
With Tybalt's slander. Tybalt, that an hour   110
Hath been my cousin. O sweet Juliet,
Thy beauty hath made me effeminate
And in my temper softened valour's steel!

Enter BENVOLIO

---

96 *a grave man. OED, grave,* sb₁2, pág. 1195 (373): «Regarded as the natural
destination or final resting-place for every one. Hence sometimes put for: the
condition or state of being dead, death». También en *OED, grave,* adj₁, 3, pág.
1195 (374): «Of persons, their character, aspect, speech or behaviour: marked by
weighty dignity».

ROMEO

¡Valor, hombre! La herida será leve.

MERCUTIO

No, no tan profunda como un pozo ni tan ancha como la
puerta de un templo. Pero no está mal. Servirá... Pregun-
tad por mí mañana, que estaré presente como en la
tumba. En escabeche estoy ya por lo que se refiere a este
mundo. Malditas sean vuestras familias. ¡Malditos! ¡Perro! ¡Rata! ¡Ratón! ¡Maldito tú, gato! ¡Matar así a un
hombre con sus garras! Tú, fanfarrón, villano, canalla
que peleabas según las reglas de la aritmética... ¿Por qué   100
demonios te interpusiste entre los dos? Me hirió pasando
su acero por debajo de tu brazo...

ROMEO

Creí que obraba bien.

MERCUTIO

Llevadme a casa de alguien, Benvolio.
Me voy a desmayar. Malditas sean vuestras familias.
Carne para gusanos me hicieron... La cogí...
y bien que la cogí... ¡Vuestras familias!

Salen MERCUTIO *y* BENVOLIO

ROMEO

Este gentilhombre, pariente cercano del Príncipe,
y mi mejor amigo, herido por la muerte,
todo por mí... ya mi reputación está manchada   110
por la ofensa de Tybalt... Tybalt es primo mío
tan sólo hace una hora... Oh, mi dulce Julieta,
me ha afeminado tu belleza, y en mi temple
se ablanda el acero del valor.

Entra BENVOLIO

BENVOLIO

O Romeo, Romeo, brave Mercutio is dead!
That gallant spirit hath aspired the clouds,
Which too untimely here did scorn the earth.

ROMEO

This day's black fate on more days doth depend.
This but begins the woe others must end.

Enter TYBALT

BENVOLIO

Here comes the furious Tybalt back again.

ROMEO

Alive in triumph, and Mercutio slain!   120
Away to heaven respective lenity,
And fire-eyed fury be my conduct now!
Now, Tybalt, take the «villain» back again
That late thou gavest me. For Mercutio's soul
Is but a little way above our heads,
Staying for thine to keep him company.
Either thou or I, or both, must go with him.

TYBALT

Thou, wretched boy, that didst consort him here,
Shalt with him hence.

ROMEO

           This shall determine that.

They fight. TYBALT *falls*

BENVOLIO

Romeo, away, be gone!   130
The citizens are up, and Tybalt slain.
Stand not amazed. The Prince will doom thee death
If thou art taken. Hence, be gone, away!

¡Romeo! ¡Romeo! El valeroso Mercutio ha muerto,
su espíritu gallardo voló al cielo
tras denostar la tierra inoportunamente.

ROMEO

Sobre otros muchos días el oscuro destino de este día se
     cierne.
Se inicia ahora lo que otros han de terminar.

Entra TYBALT

BENVOLIO

Vuelve el furioso Tybalt.   120

ROMEO

Vivo y triunfante. ¿Y Mercutio muerto?
¡Vuélvete al cielo, dulce templanza mía!
¡Que la furia de ojos encendidos guíe mi brazo!
Tú Tybalt, el «villano» que me gritaste
te lo devuelvo ahora: el alma de Mercutio
se cierne sobre nuestras cabezas, y espera que la tuya
vaya también a hacerle compañía.
Tú, o yo, o los dos juntos, nos iremos con él.

TYBALT

Estúpido mancebo, tú que con él estabas
siempre, con él te irás.

ROMEO

                Que este acero decida.   130

Luchan. Cae TYBALT

BENVOLIO

¡Huye, Romeo, huye! La gente está acudiendo
y Tybalt cayó herido. No te quedes ahí.
El Príncipe hará que te den muerte
si te apresan. ¡Huye, huye!

ROMEO

O, I am fortune's fool!

BENVOLIO

Why dost thou stay?

Exit ROMEO

Enter CITIZENS

CITIZENS

Which way ran he that killed Mercutio?
Tybalt, that murdered, which way ran he?

BENVOLIO

There lies that Tybalt.

CITIZENS

Up, sir, go with me.
I charge thee in the Prince's name obey.

Enter PRINCE, MONTAGUE, CAPULET, *their wives, and all*

PRINCE

Where are the vile beginners of this fray?

BENVOLIO

O noble Prince, I can discover all   140
The unlucky manage of this fatal brawl.
There lies the man, slain by young Romeo,
That slew thy kinsman, brave Mercutio.

LADY CAPULET

Tybalt, my cousin! O my brother's child!
O Prince! O cousin! Husband! O, the blood is spilled

140-1 *I can discover all/The unlucky manage... OED, discover,* 4, pág. 745 (431):
«To divulge, to reveal, to disclose to knowledge anything secret or unknown;
to make known (arch.)». Schmidt, *op. cit., manage,* sb4, pág. 689: «The bringing
about, setting on foot».

144 *Tybalt, my cousin!* Véase II.i.3.

ROMEO

Soy un juguete del destino.

BENVOLIO

No te quedes ahí.

Sale ROMEO

Entran CIUDADANOS

CIUDADANOS

¿Por dónde huyó el que mató a Mercutio?
¿Por dónde escapó Tybalt, el asesino?

BENVOLIO

Ahí yace Tybalt.

CIUDADANOS

Señor, venid.
En nombre del Príncipe os lo ordeno

Entra el PRÍNCIPE, MONTESCO, CAPULETO, *sus esposas y otros*

PRÍNCIPE

¿Dónde están los que provocaron la reyerta?   140

BENVOLIO

Noble Príncipe, yo puedo referiros
el lamentable curso de esta lucha fatal.
Ahí en el suelo está quien ha herido Romeo,
y que a su vez hirió al valiente Mercutio.

LADY CAPULETO

¡Tybalt, sobrino! ¡El hijo de mi hermano!
¡Príncipe! ¡Esposo! ¡Se ha derramado sangre

[273]

Of my dear kinsman! Prince, as thou art true,
For blood of ours shed blood of Montague.
O cousin, cousin!

PRINCE

Benvolio, who began this bloody fray?

BENVOLIO

Tybalt, here slain, whom Romeo's hand did slay.   150
Romeo, that spoke him fair, bid him the thing
How nice the quarrel was, and urged withal
Your high displeasure. All this —utterèd
With gentle breath, calm look, knees humbly bowed—
Could not take truce with the unruly spleen
Of Tybalt deaf to peace, but that he tilts
With piercing steel at bold Mercutio's breast;
Who, all as hot, turns deadly point to point,
And, with a martial scorn, with one hand beats
Cold death aside and with the other sends   160
It back to Tybalt, whose dexterity
Retorts it. Romeo he cries aloud,
«Hold, friends! Friends, part!» and swifter than his tongue
His agile arm beats down their fatal points,
And 'twixt them rushes; underneath whose arm
An envious thrust from Tybalt hit the life
Of stout Mercutio, and then Tybalt fled.
But by and by comes back to Romeo,
Who had but newly entertained revenge,
And to't they go like lightning. For, ere I   170
Could draw to part them, was stout Tybalt slain.

150-173 Nótese la magnífica relación que Benvolio efectúa de los hechos de la pelea; se utiliza el pretérito al principio del parlamento llegando a un punto de la relación en que se cambia a presente (justo cuando se inicia la lucha) para conseguir así un extraordinario efecto dramático. Al final del parlamento se retoma el pretérito para concluir. En la traducción la secuencia de tiempos es igual, aunque se mantiene el presente de los versos 166-7 (en pretérito en el original) y se mantiene la tensión.

152 *How nice the quarrel was. OED, nice,* pág. 1921 (125): «Foolish, stupid, senseless».

154 *with gentle breath.* Schmidt, *op. cit., breath,* 6, pág. 142: «Words, language».

de uno de los míos! Príncipe, pues sois justo,
¡derrámese por la nuestra, sangre de los Montesco!
¡Oh, Tybalt, Tybalt!

PRÍNCIPE

Benvolio, ¿quién comenzó la lucha?   150

BENVOLIO

Tybalt, el que yace aquí herido por Romeo.
Romeo habló en verdad, le recordó
lo vano de la lucha, y cuánto a vos os irritaba,
y esto, con cortesía,
con mirada serena y actitud muy humilde;
mas de nada sirvió contra la cólera de Tybalt,
sordo a la paz, quien con su arma arremete
contra el corazón valeroso de Mercutio;
y éste, cegado por el furor, punta contra punta,
se opone y, con desprecio heroico, golpea con su mano   160
la fría muerte, y con la otra la devuelve a Tybalt
quien la repele con destreza,
momento en que Romeo grita:
«¡Alto, amigos! ¡Amigos, separaos!» Más veloz
que la lengua, su ágil brazo derriba los aceros fatales
y se interpone entre los dos, pero debajo de su brazo
Tybalt asesta una traidora estocada de muerte
contra el gentil Mercutio. Tybalt huye.
Vuelve más tarde ante Romeo
en quien ya había prendido la idea de vengarse,   170
y, tal si fuesen rayos, se lanzan a la lucha.
Iba yo a separarlos con mi acero, y ya entonces caía

And as he fell, did Romeo turn and fly.
This is the thruth, or let Benvolio die.

LADY CAPULET

He is a kinsman to the Montague.
Affection makes him false. He speaks not true.
Some twenty of them fought in this black strife,
And all those twenty could but kill one life.
I beg for justice, which thou, Prince, must give.
Romeo slew Tybalt. Romeo must not live.

PRINCE

Romeo slew him. He slew Mercutio.   180
Who now the price of his dear blood doth owe?

MONTAGUE

Not Romeo, Prince. He was Mercutio's friend;
His fault concludes but what the law should end,
The life of Tybalt.

PRINCE

                    And for that offence
Immediately we do exile him hence.
I have an interest in your hate's proceeding,
My blood for your rude brawls doth lie a-bleeding.
But I'll amerce you with so strong a fine
That you shall all repent the loss of mine.
I will be deaf to pleading and excuses.   190
Nor tears nor prayers shall purchase out abuses.
Therefore use none. Let Romeo hence in haste,
Else, when he is found, that hour is his last.
Bear hence this body, and attend our will.
Mercy but murders, pardoning those that kill.

Exeunt

---

187 *My blood for your rude brawls doth lie a-bleeding.* Compárese con el proverbio
«All (love) lies a-bleeding», citado por Tilley, *op. cit.,* A159.

herido Tybalt, y huye entonces Romeo.
Esta es la verdad, o que muera Benvolio.

LADY CAPULETO

Es uno de los suyos. El afecto
le hace mentir. No ha dicho la verdad.
Más de veinte lucharon en la negra refriega.
¡Y una sola vida arrebataron entre tantos!
¡Pido justicia! Que haga justicia el Príncipe.
Romeo mató a Tybalt. Romeo debe morir.   180

PRÍNCIPE

Romeo le hirió, mas él hirió a Mercutio.
¿Quién nos devolverá ahora su preciada sangre?

MONTESCO

¡Romeo no será! ¡El era amigo de Mercutio, Príncipe!
Su culpa pone fin a lo que segaría la justicia:
¡la vida de Tybalt!

PRÍNCIPE

                    Por su ofensa
decretamos ahora su inmediato exilio.
Me atañe a mí también el curso de vuestras reyertas:
mi sangre se derrama por un odio que es vuestro.
He de imponeros por ello un castigo ejemplar,
de forma que hayáis de arrepentiros por mi pérdida.   190
No he de escuchar más excusas ni ruegos;
ni plegarias ni lágrimas repararán estos abusos.
Absteneos, pues. Que Romeo parta de inmediato,
pues ésta será su última hora si le encontramos.
Retirad este cuerpo de aquí. Seguid mis órdenes.
Sería delito perdonar a los que matan.

Salen

SCENE II

Enter JULIET *alone*

JULIET

Gallop apace, you fiery-footed steeds,
Towards Phoebus's lodging! Such a waggoner
As Phaëton would whip you to the West
And bring in cloudy night immediately.
Spread thy close curtain, love-performing night,
That runaway's eyes may wink, and Romeo
Leap to these arms untalked of and unseen.
Lovers can see to do their amorous rites
By their own beauties; or, if love be blind,
It best agrees with night. Come, civil night,   10
Thou sober-suited matron, all in black,
And learn me how to lose a winning match,

1-30 La traducción de este parlamento abunda en exclamaciones e invocaciones, incluso allí donde el original presenta mayor número de estructuras subordinadas. La función de estas invocaciones es la de facilitar y agilizar el recitado permitiendo mayor tensión dramática. Tradicionalmente este parlamento abre la segunda parte de la representación, anunciando la transición de la comedia a la tragedia.

2-3 *Phoebus... Phaëton.* En la mitología griega, Febo es el nombre que se otorga al dios del Sol. Faetón era, en un principio, un simple epíteto del dios solar Helios; posteriormente, como sustantivo, sirvió para designar al hijo de Helios o al de Aurora (Eos). La leyenda más difundida refiere que se apoderó del carro de Helios, pero que no supo conducir los caballos.

5 *Spread by close curtain, love-performing night.* OED, *close*, 5, pág. 439 (515): «Enclosed with clouds and darkness (Obs.)». OED, *perform*, 4, pág. 2131 (688): «To bring about, bring to pass, cause, effect, produce (a result)».

6 *That runaway's eyes may wink.* Schmidt, *op. cit., runaway*, 2, pág. 995: «One who runs a'ways, i.e. in the ways; one who roves and rambles about, a vagabond. (Eavesdroppers rambling about the streets at night, to spy out the doings of others)». OED, *runaway*, 1c, pág. 2605 (908): «The horse which runs away or bolts while being ridden or driven». Tradicionalmente se ha considerado el carro de Febo como metáfora del sol. Véase nota a III.ii.2. OED, *wink*, 1, 5, pág. 3790 (176): «To close one's eyes». «To 'shut one's eyes to something faulty, wrong, or improper; to be complaisant».

10-11 *Come, civil night, | Thou sober-suited matron all in black.* Toda la imaginería del parlamento se desarrolla en torno al contraste luz-oscuridad (noche); queda la noche como aliada de los amantes, y Romeo como la única luz de esa noche. Véase también II.ii y la línea 17 de esta misma escena.

ESCENA II

Entra JULIETA, *sola*

JULIETA

¡Corred veloces, caballos de pies de fuego!
Galopad donde Febo duerme. El látigo de Faetón,
el auriga, ya os habría llevado hasta el Ocaso
y me habría traído las nubes de la noche.
¡Extiende tu negro manto, oh noche protectora
del amor! ¡Y tú, sol, cierra tus ojos ya!
Que Romeo venga, inadvertido, en silencio, a mis brazos.
Los amantes celebran sus amorosos ritos
con la sola luz de su belleza, pues siendo ciego
busca el amor la noche. Ven, noche oscura,   10
ven matrona sabiamente enlutada,
y enséñame a perder un fácil juego,

Played for a pair of stainless maidenhoods.
Hood my unmanned blood, bating in my cheeks,
With thy black mantle till strange love grow bold,
Think true love acted simple modesty.
Come, night. Come, Romeo. Come, thou day in night;
For thou wilt lie upon the wings of night
Whiter than new snow upon a raven's back.
Come, gentle night. Come, loving, black-browed night.   20
Give me my Romeo. And when I shall die,
Take him and cut him out in little stars,
And he will make the face of heaven so fine
That all the world will be in love with night
And pay no worship to the garish sun.
O I have bought the mansion of a love,
But not possessed it; and though I am sold,
Not yet enjoyed. So tedious is this day
As is the night before some festival
To an impatient child that hath new robes   30
And may not wear them

Enter NURSE, *with the ladder of cords*

                    O here comes my Nurse,
And she brings news; and every tongue that speaks
But Romeo's name speaks heavenly eloquence.
Now, Nurse, what news? What, hast thou there the cords
That Romeo bid thee fetch?

NURSE

Ay, ay, the cords.

---

14 *my unmanned blood, bating in my cheeks.* OED, *unmanned,* 3, pág. 3523 (267):
«Not trained or broken in (spec. of a hawk)». OED, *bate,* v₁.2a, b, pág. 175
(699): «Falconry. To beat the wings impatiently and flutter away from the fist or
perch». «(Fig.): To flutter, struggle; to be restless or impatient (Obs.)».

15 *strange love grow bold.* OED, *strange,* 11, pág. 3082 (1078): «Distant or cold
in demeanour; reserved, not affable, familiar or encouraging; uncomplying,
unwilling to accede to a request or desire».

ése que juegan dos virginidades inocentes.
Cubre la sangre indómita que arde en mis mejillas
con manto de tinieblas, hasta que el tímido amor
se decida, y amar no sea sino pura inocencia.
Ven, noche; ven, Romeo; ven, tú, día de la noche.
Tú que yaces sobre alas nocturnas, y en ellas
más blanco apareces que la nieve sobre el cuervo.
¡Ven, dulce noche, amor de negro rostro!   20
Dame a mi Romeo y, cuando muera, tómalo,
y haz de sus pedazos estrellas diminutas
que iluminen el rostro del Cielo, de tal forma
que el mundo entero ame la noche,
y nadie rendirá tributo al sol radiante.
Oh, dueña soy ya del palacio del Amor
y aún no lo poseo. Vendida fui ya
y aún no me gozan. Pesa tanto este día
como la víspera de fiesta al impaciente niño
que, tiene ropa nueva, pero no le permiten   30
llegar a usarla... Llega el ama...

Entra la NODRIZA *con una escalera de cuerda*

Y trae noticias, y todas las lenguas que nombran
el nombre de Romeo, hablan con elocuencia celestial.
¿Qué hay, ama, de nuevo? ¿Qué traéis?
¿Las cuerdas que dijo Romeo?

NODRIZA

Sí, sí, las cuerdas.

She throws them down

JULIET

Ay me! what news? Why dost thou wring thy hands?

NURSE

Ah, Weraday! He's dead, he's dead, he's dead!
We are undone, lady, we are undone!
Alack the day! he's gone, he's killed, he's dead!

JULIET

Can heaven be envious?

NURSE

          Romeo can,   40
Though heaven cannot. O Romeo, Romeo!
Who ever would have thought it? Romeo!

JULIET

What devil art thou that dost torment me thus?
This torture should be roared in dismal hell.
Hath Romeo slain himself? Say thou but «Ay»,
And that bare vowel «I» shall poison more
Than the death-darting eye of cockatrice.
I am not I, if there be such an «I»
Or those eyes shut that makes thee answer «Ay».
If he be slain, say «Ay»; or if not, «No».   50
Brief sounds determine of my weal or woe.

NURSE

I saw the wound. I saw it with mine eyes
—God save the mark!— here on his manly breast.
A piteous corse, a bloody piteous corse;

---

47 *cockatrice*. El «basilisco» era un animal fabuloso de cuerpo de serpiente, patas de ave, alas espinosas y cola en forma de lanza, al que se atribuía la propiedad de matar con la mirada.

53 *God save the mark!* OED, *mark*, sb. 18, pág. 1727 (169): «An exclamatory phrase, probably originally serving as a formula to avert an evil omen, and hence used by way of apology when something horrible, disgusting, indecent or profane has been mentioned».

JULIETA

¿Qué hay de nuevo? ¿Por qué retuerces tus manos así?

NODRIZA

¡Ay de este día! ¡Ha muerto! ¡Ha muerto! ¡Ha muerto!
Sí, perdidas estamos, mi señora, ¡ay!, perdidas.
¡Ay de este día! ¡Ha muerto! ¡Ha muerto! ¡Ha muerto!

JULIETA

¿Puede el cielo ser tan cruel?

NODRIZA

          Romeo puede   40
lo que no puede el cielo. Oh, Romeo, Romeo.
¿Quién pudo suponerlo? ¡Ay! ¡Romeo!

JULIETA

¿Quién eres tú, demonio, que de este modo me atormentas?
Sólo en el infierno horrible podría rugir este suplicio.
¿Se dio muerte Romeo? Di solamente «sí»,
que esa palabra «sí» más veneno tendrá que la mirada
mortal del basilisco.
Ya no soy yo si dices «sí»,
o si así cierras los ojos para decir que «sí».
Di que «sí» si es que ha muerto o que «no» simplemente.   50
Breves serán los sonidos de mi felicidad o mi dolor.

NODRIZA

La herida, yo la he visto con mis propios ojos
—¡Dios me proteja!— aquí en su pecho de hombre.
¡Triste cadáver! ¡Cadáver triste, ensangrentado!

Pale, pale as ashes, all bedaubed in blood,
All in gore-blood. I swounded at the sight.

JULIET

O, break, my heart! Poor bankrupt, break at once!
To prison, eyes; ne'er look on liberty!
Vile earth, to earth resign; end motion here,
And thou and Romeo press one heavy bier!   60

NURSE

O Tybalt, Tybalt, the best friend I had!
O courteous Tybalt, honest gentleman!
That ever I should live to see thee dead!

JULIET

What storm is this that blows so contrary?
Is Romeo slaughtered, and is Tybalt dead,
My dearest cousin and my dearer lord?
Then, dreadful trumpet, sound the General Doom!
For who is living, if those two are gone?

NURSE

Tybalt is gone, and Romeo banishèd;
Rometo that killed him, he is banishèd.   70

JULIET

O God! Did Romeo's hand shed Tybalt's blood?

NURSE

It did, it did! Alas the day, it did!

JULIET

O serpent heart, hid with a flowering face!
Did ever dragon keep so fair a cave?
Beautiful tyrant! fiend angelical!
Dove-feathered ravern! Wolvish-ravening lamb!

75-76 *Fiend angelical! [...] wolvish-ravening lamb!* En estos versos de Julieta se
desarrolla el recurso del oxímoron, creándose así un contrapunto semántico y
dramático a Romeo en I.i.170-5.

Como las cenizas, pálido y lleno de sangre,
¡de cuajarones de sangre! Al verlo me desvanecí.

JULIETA

¡Rómpete, corazón! ¡Ay, pobre ruina, rómpete!
Ojos, a vuestra cárcel. No esperéis libertad.
¡Tierra vuelve a la vil tierra! ¡Que cese todo movimiento!
Que un mismo féretro tengáis tú y Romeo.   60

NODRIZA

¡Oh, Tybalt, Tybalt! ¡Mi mejor amigo!
¡Oh, gentil Tybalt, honesto caballero!
¡Haber sobrevivido para verte morir!

JULIETA

¿Qué huracán es éste que sopla contrario?
¿Está herido Romeo? ¿Y Tybalt muerto?
Mi pariente... querido... y amado señor...
Trompeta de muerte. ¡Suena el Juicio Final!
¿Puede alguien vivir cuando han muerto los dos?

NODRIZA

Tybalt está muerto, Romeo ha sido desterrado.
Romeo le mató, y lo destierran.   70

JULIETA

¡Dios!... ¡La mano de Romeo virtió sangre de Tybalt!

NODRIZA

¡Sí! ¡Sí! ¡Lo hizo, sí!... ¡Ay de este día!

JULIETA

Oh, corazón de serpiente bajo un rostro afable.
¿Cuándo tuvo el dragón una cueva así?
¡Tirano hermoso! ¡Ángel y demonio!
¡Cuervo disfrazado de paloma! ¡Lobo y cordero!

[285]

Despisèd substance of divinest show!
Just opposite to what thou justly seemest.
A damnèd saint, an honourable villain!
O nature, what hadst thou to do in hell   80
When thou didst bower the spirit of a fiend
In mortal paradise of such sweet flesh?
Was ever book containing such vile matter
So fairly bound? O, that deceit should dwell
In such a gorgeous palace!

NURSE

        There's no trust,
No faith, no honesty in men; all perjured,
All forsworn, all naught, all dissemblers.
Ah, where's my man? Give me some *aqua vitae*.
These griefs, these woes, these sorrows make me old.
Shame come to Romeo!

JULIET

        Blistered be thy tongue   90
For such a wish! He was not born to shame.
Upon his brow shame is ashamed to sit.
For 'tis a throne where honour may be crowned
Sole monarch of the universal earth.
O, what a beast was I to chide at him!

NURSE

Will you speak well of him that killed your cousin?

JULIET

Shall I speak ill of him that is my husband?
Ah, poor my lord, what tongue shall smooth thy name

---

88 *Give me some aqua vitae.* OED, *aqua-vitae*, pág. 106 (422): «A term of the
alchemists applied to spirits or unrectified alcohol; sometimes applied, in
commerce, to ardent spirits of the first destillation».

90 *Blistered be thy tongue.* Tilley, *op. cit.,* R84, «A blister will rise upon one's
tongue that tells a lie»; B68, «Report has a blister on her tongue».

98-9 *What tongue shall smooth thy name [...] have mangled it?* OED, *smooth*, 1, 5,
pág. 2884 (287): «To remove or reduce the roughness; to give a smooth or
glossy surface to; to use smooth, flattering or complimentary language to (a

[286]

¡Materia inmunda de apariencia divina!
contrario a la apariencia que vistes...!
Santo y condenado, villano y honorable;
y tú, Naturaleza, ¿qué hacías en el infierno,   80
cuando, al espíritu del demonio mismo,
alojaste en paraíso mortal de dulcísima carne?
¿Existió alguna vez un libro tan falso en contenido,
con tan bellas cubiertas? ¿Por qué vive el engaño
en lugar tan lujoso?

NODRIZA

                    Ya no existe verdad,
ni fe, ni hombres de bien, sólo perjuros
falsos, inicuos, hipócritas tan sólo.
¿Dónde está mi criado? Dame *aqua vitae.*
Tanto horror, aflicción, tristeza, me han envejecido.
Caiga sobre Romeo la vergüenza.

JULIETA

                    ¡Cubran las llagas   90
tu lengua por ese deseo! No nació para el oprobio.
La vergüenza se avergüenza de posarse en su rostro,
puesto que es trono donde el honor podría coronarlo
rey, monarca de la tierra y el universo todo.
Al reprocharle, qué torpe he sido.

NODRIZA

¿Hablarás bien de quien mató a tu primo?

JULIETA

¿He de hablar mal de quien es ya mi esposo?
¡Ah, mi señor! ¿Qué lengua ha de ensalzar tu nombre

When I, thy three-hours wife, have mangled it?
But wherefore, villain, didst kill my cousin?   100
That villain cousin would have killed my husband.
Back, foolish tears, back to your native spring!
Your tributary drops belong to woe,
Which you, mistaking, offer up to joy.
My husband lives, that Tybalt would have slain;
And Tybalt's dead, that would have slain my husband.
All this is comfort. Wherefore weep I then?
Some word there was, worser than Tybalt's death,
That murdered me. I would forget it fain.
But O, it presses to my memory   110
Like damnèd guilty deeds to sinner's minds!
'Tybalt is dead, and Romeo banishèd'
That 'banishèd', that one word 'banishèd',
Hath slain ten thousand Tybalts. Tybalt's death
Was woe enough, if it had ended there;
Or, if sour woe delights in fellowship
And needly will be ranked with other griefs,
Why followed not, when she said «Tybalt's dead»,
Thy father, or thy mother, nay, or both,
Which modern lamentation might have moved?   120
But with a rearward following Tybalt's death,
'Romeo is banishèd' To speak that word
Is father, mother, Tybalt, Romeo, Juliet,
All slain, all dead. 'Romeo is banishèd'.
There is no end, no limit, measure, bound,
In that word's death. No words can but woe sound.
Where is my father and my mother, Nurse?

NURSE

Weeping and wailing over Tybalt's corse.
Will you go to them? I will bring you thither.

---

person)». *OED, mangle*, 3, pág. 1714 (117): «To render (words) almost
unrecognizable by mispronunciation; to spoil by gross blundering or falsifica-
tion. Formerly often: To mutilate, deprive of essential parts, subject to cruel
injury».

120 *modern lamentation. OED, modern*, 4, pág. 1828 (573): «Every-day,
ordinary, commonplace. (Obs.)»

cuando yo, ha tres horas tu esposa, ya lo he mancillado?
Mas di, villano, ¿por qué mataste, tú, a mi primo?...   100
Seguro que mi primo, ese villano, quiso matarte... ¡Atrás!
Lágrimas necias, volved al manantial de vuestro origen.
Tributo sois de un sufrimiento que vosotras
equivocadas convertís en un goce. ¡Mi esposo vive!
Y Tybalt quería matarle... Tybalt, que ha muerto,
habría matado a mi esposo... Ya que todo es consuelo,
¿por qué llorar, entonces?... Mas oí, me parece,
ciertas palabras, peores que la muerte de Tybalt,
que me asesinaron. ¡Si pudiera olvidarlas!
Pero ancladas están en mi memoria,   110
como la culpa en el alma del pecador...
«Tybalt está muerto, y Romeo... ha sido desterrado...»
Esa palabra... «desterrado»... esa palabra...
Vale la muerte de diez mil Tybalts...
Suficiente dolor era éste, si terminaba ahí.
Si el dolor amargo goza en ir acompañado,
y si es fuerza que se unan más pesares,
¿por qué, cuando ella dijo «Tybalt ha muerto»,
no añadió «todos» «tu padre» o «tu madre»
han muerto, para que yo sintiera una pena natural.   120
Mas lo que sigue a «Tybalt ha muerto» es
«Romeo desterrado»... que es como haber dicho
padre, madre, Tybalt, Romeo, Julieta...
todos heridos, muertos... «Romeo desterrado», ni fin
ni límite, medida o frontera hay en la muerte
contenida en esas palabras, ni palabras que expresen
ese dolor. ¿Dónde están mi padre y mi madre, ama?

NODRIZA

Llorando sobre el cuerpo de Tybalt.
¿Queréis ir con ellos? Yo os conduciré.

JULIET

Wash they his wounds with tears. Mine shall be spent, 130
When theirs are dry, for Romeo's banishment.
Take up those cords. Poor ropes, you are beguiled,
Both you and I, for Romeo is exiled.
He made you for a highway to my bed,
But I, a maid, die maiden-widowèd.
Come, cords. Come, nurse. I'll to my wedding bed,
And death, not Romeo, take my maidenhead!

NURSE

Hie to your chamber. I'll find Romeo
To comfort you. I wot well where he is.
Hark ye, your Romeo will be here at night. 140
I'll to him. He is hid at Laurence'cell.

JULIET

O, find him! Give this ring to my true knight
And bid him come to take his last farewell.

Exeunt

SCENE III

Enter FRIAR LAURENCE

FRIAR LAURENCE

Romeo, come forth. Come forth, thou fearful man.
Affliction is enamoured of thy parts.
And thou art wedded to calamity.

Enter ROMEO

ROMEO

Father, what news? What is the Prince's doom?
What sorrow craves acquaintance at my hand
That I yet know not?

[290]

JULIETA

Laven con lágrimas sus heridas. Que, cuando se hayan
    secado,
yo vertiré las mías por Romeo en exilio.   130
Recoge esas cuerdas. Pobre escalera, nos engañaron a
    los dos,
a ti y a mí, pues Romeo ha sido desterrado...
Te hicieron como camino que lleva hasta mi lecho
aunque yo virgen moriré, viuda y aún doncella.
Ea, vamos, cuerdas, vamos, ama... al lecho de novia.
La muerte, que no Romeo, tome mi virginidad.

NODRIZA

Id a vuestro aposento. Yo encontraré a Romeo
para que te consuele. Yo sé bien dónde está,
¿me oís? Vuestro Romeo estará aquí esta noche.
Voy en su busca. Está escondido en la celda de fray   140
    Lorenzo.

JULIETA

¡Encuéntralo! Dale este anillo a mi fiel caballero
y dile que venga a darme su último adiós.

Salen

ESCENA III

Entra FRAY LORENZO

FRAY LORENZO

¡Romeo, salid! ¡Eh! ¡Salid, mancebo asustadizo!
La desdicha se ha prendado de ti, y tú
te desposaste con la calamidad.

Entra ROMEO

ROMEO

Padre, ¿qué noticias traéis? ¿Cuál es la sentencia del
    Príncipe?
¿Qué dolor aún desconocido quiere
estrechar mi mano?

[291]

FRIAR LAURENCE

Too familiar
Is my dear son with such sour company.
I bring thee tidings of the Prince's doom.

ROMEO

What less than doomsday is the Prince's doom?

FRIAR LAURENCE

A gentler judgement vanished from his lips: 10
Not body's death, but body's banishment.

ROMEO

Ha, banishment? Be merciful, say «death».
For exile hath more terror in his look,
Much more than death. Do not say «banishment».

FRIAR LAURENCE

Hence from Verona art thou banishèd.
Be patient, for the world is broad and wide.

ROMEO

There is no world without Verona walls,
But purgatory, torture, hell itself.
Hence banishèd is banishèd from the world,
And world's exile is death. Then «banishèd»   20
Is death mistermed. Calling death «banishèd»,
Thou cuttest my head off with a golden axe
And smilest upon the stroke that murders me.

FRIAR LAURENCE

O deadly sin! O rude unthankfulness!
Thy fault our law calls death. But the kind Prince,
Taking thy part, hath rushed aside the law,
And turned that black word «death» to banishment.
This is dear mercy, and thou seest it not.

---

10 *A gentler judgement vanished.* Schmidt, *op. cit., vanish*, pág. 1309: «Used of breath issuing from the mouth».

FRAY LORENZO

Mi querido hijo
acostumbrado está a tan hosca compañía.
Te traigo noticias de la decisión del Príncipe.

ROMEO

Tan grave como el Juicio Final será el juicio del Príncipe.

FRAY LORENZO

Lo que salió de sus labios es más benévolo: 10
no la muerte del cuerpo, sino sólo su exilio.

ROMEO

¿Exilio? ¡Tened piedad! Decid más bien la muerte,
pues mucho más terrible me parece el destierro,
tanto más que la muerte. ¡Exilio!

FRAY LORENZO

Te han desterrado de Verona.
Pero no temas, porque es ancho el mundo.

ROMEO

Más allá de Verona no existe el mundo para mí.
¡Tan sólo el purgatorio, la tortura, el mismo infierno!
Así pues, desterrado estoy del mundo. Y el exilio
del mundo no es sino la muerte, una muerte   20
con otro nombre. Llamar a la muerte «destierro»
es como cortar mi cabeza con un hacha de oro,
y sonreírle al golpe que me asesina.

FRAY LORENZO

¡Oh pecado mortal! ¡Oh dura ingratitud!
Tu pecado merecía la muerte, y el buen Príncipe,
comprensivo, deja a un lado la ley,
y muda la palabra «muerte» por «exilio».
Esto es bondad aunque no quieras verla.

'Tis torture, and not mercy. Heaven is here,
Where Juliet lives. And every cat and dog   30
And little mouse, every unworthy thing,
Live here in heaven and may look on her.
But Romeo may not. More validity,
More honourable state, more courtship lives
In carrion flies than Romeo. They may seize
On the white wonder of dear Juliet's hand
And steal immortal blessing from her lips,
Who, even in pure and vestal modesty,
Still blush, as thinking their own kisses sin.
This may flies do, when I from this must fly.   40
And sayest thou yet that exile is not death?
But Romeo may not, he is banishèd.
Flies may do this but I from this must fly.
They are free men. But I am banishèd.
Hadst thou no poison mixed, no sharp-ground knife,
No sudden mean of death, though ne'er so mean,
But «banishèd» to kill me. «Banishèd»?
O Friar, the damnèd use that word in hell.
Howling attends it! How hast thou the heart,
Being a divine, a ghostly confessor,   50
A sin-absolver, and my friend professed,
To mangle me with that word «banishèd».

FRIAR LAURENCE

Thou fond mad man, hear me a little speak.

ROMEO

O, thou wilt speak again of banishment.

FRIAR LAURENCE

I'll give thee armour to keep off that word:
Adversity's sweet milk, philosophy,
To comfort thee, though thou art banishèd.

---

56 *Adversity's sweet milk, philosophy.* OED, *milk*, 2b, pág. 1795 (440):«As a
type of what is pleasant and nourishing».

Tortura y no bondad. Aquí está el cielo
donde Julieta vive. Hasta el ratón insignificante,   30
el perro y el gato —hasta lo más abyecto—
viven en este cielo y pueden verla;
sólo Romeo no puede. Más respeto y honorabilidad,
más dignidad tiene una mosca carroñera
que el propio Romeo: ella puede posarse
en la maravillosa blancura de su mano,
y robar la inmortal dicha de su boca,
que, en su pura modestia virginal,
se torna roja pensando que besar es pecado.
¿Esto pueden las moscas y yo debo partir?   40
¿Y aún decís que el exilio no es muerte?
No, pero Romeo no debe. No, pues está desterrado.
Hasta las moscas, digo. ¿Y yo debo partir?
Ellos son libres; yo estoy en el destierro.
¿No tendréis un brebaje de veneno, un cuchillo afilado,
nada para una muerte súbita? ¿Nada?
¿Sólo «desterrado» para matarme? ¿«Desterrado»?
Padre, los condenados usan esa palabra
en el infierno, mientras aúllan. ¿Cómo tenéis un corazón
siendo sacerdote, padre espiritual, perdón   50
de los pecados, y mi amigo
para lacerarme con esa palabra, «desterrado»?

FRAY LORENZO

¡Oh, loco! ¡Oh, pasión! Deja que te diga...

ROMEO

¿Para hablarme de nuevo del «exilio»?

FRAY LORENZO

Te daré una armadura contra esa palabra:
la filosofía, bálsamo dulce de la adversidad
para consuelo tuyo, aunque estés desterrado.

ROMEO

Yet «banishèd»? Hang up philosophy!
Unless philosophy can make a Juliet,
Displant a town, reverse a prince's doom,   60
It helps not, it prevails not. Talk no more.

FRIAR LAURENCE

O, then I see that madmen have no ears.

ROMEO

How should they, when that wise men have no eyes?

FRIAR LAURENCE

Let me dispute thee of thy estate.

ROMEO

Thou canst not speak of that thou dost no feel.
Wert thou as young as I, Juliet thy love,
An hour but married, Tybalt murderèd,
Doting like me, and like me banishèd,
Then mightst thou speak; then mightst thou tear thy hair,
And fall upon the ground, as I do now,   70
Taking the measure of an unmade grave.

Knock

FRIAR LAURENCE

Arise. One knocks. Good Romeo, hide thyself.

ROMEO

Not I; unless the breath of heartsick groans
Mist-like infold me from the search of eyes.

Knock

FRIAR LAURENCE

Hark, how they knock! ... Who's there? ... Romeo, arise.
Thou wilt be taken. ... Stay awhile! ... Stand up.

ROMEO

¡Desterrado!... Guardaos vuestra filosofía.
A menos que vuestra filosofía pueda crear una Julieta,
cambiar de sitio una ciudad, revocar una sentencia...   60
de nada sirve, no vale. No me habléis más.

FRAY LORENZO

Ya veo que los locos nunca tienen oídos.

ROMEO

¿Y no podrían, si los sabios no tienen ojos?

FRAY LORENZO

Sigamos hablando de este asunto.

ROMEO

No podéis decir nada de lo que no sentís.
Si tuvierais mis mismos años, si Julieta fuera vuestra
            amada,
si os hubiérais casado hace una hora, si hubiérais matado a
            Tybalt,
si estuvierais loco de amor como yo, y, como yo,
            desterrado,
entonces podríais hablar, mesaros los cabellos,
echaros al suelo como yo hago ahora,   70
como si tomara medida de una fosa no abierta.

Llaman a la puerta

FRAY LORENZO

Levanta. Llaman a la puerta. Escóndete, Romeo.

ROMEO

No, a menos que el aliento de mis dolorosos suspiros,
como la niebla, me esconda de los ojos que me buscan.

Llaman

FRAY LORENZO

¡Qué forma de llamar! ¿Quién va?... Romeo, levanta.
Van a aprenderte... ¡Esperad un momento!... ¡Levanta!

[297]

Run to my study. ... By and by! ... God's will,
What simpleness is this! ... I come, I come!

Knock

Who knocks so hard? Whence come you? What's your
    will?

NURSE

Let me come in, and you shall know my errand.   80
I come from Lady Juliet.

FRIAR LAURENCE

Welcome then.

Enter NURSE

NURSE

O holy friar, O, tell me, holy friar,
Where's my lady's lord, where's Romeo?

FRIAR LAURENCE

There on the ground, with his own tears made drunk.

NURSE

O, he is even in my mistress' case,
Just in her case!

FRIAR LAURENCE

O woeful sympathy!
Piteous predicament!

NURSE

Even so lies she,
Blubbering and weeping, weeping and blubbering.
Stand up, stand up! Stand, and you be a man.

---

78 *What simpleness is this?* OED, *simpleness,* 3b, pág. 2829 (66): «Foolish
conduct or behaviour (Obs.)»

Corre a mi estudio. ¡Deprisa! ¿Qué locura
es ésta? Dios. ¡Ya voy! ¡Ya voy!

Llaman

¿Quién llama de este modo? ¿De dónde venís? ¿Qué
    queréis?

NODRIZA

Dejadme entrar, y sabréis lo que quiero.   80
Me envía mi ama Julieta.

FRAY LORENZO
                    Sed bienvenida, entonces.

Entra la NODRIZA

NODRIZA

Decidme, santo padre, decidme,
¿dónde está el dueño de mi señora? ¿Romeo dónde está?

FRAY LORENZO

Ahí en el suelo, embriagado de lágrimas.

NODRIZA

Lo mismo, exactamente, que mi ama;
exactamente igual.

FRAY LORENZO
                ¡Oh, dolorosa semejanza!
¡Oh, estado lamentable!

NODRIZA
                    Tendida como él.
Llorar y gemir, gemir y llorar.
Ea, venga, levantaos y ¡sed hombre!

For Juliet's sake, for her sake, rise and stand!   90
Why should you fall into so deep an O?

He rises

ROMEO

Nurse ...

NURSE

Ah sir! Ah sir! Death's the end of all.

ROMEO

Speakest thou of Juliet? How is it with her?
Doth not she think me an old murderer,
Now I have stained the childhood of our joy
With blood removed but little from her own?
Where is she? and how doth she? and what says
My concealed lady to our cancelled love?

NURSE

O, she says nothing, sir, but weeps and weeps,
And now falls on her bed, and then starts up,   100
And Tybalt calls, and then on Romeo cries,
And then down falls again.

ROMEO

                                As if that name,
Shot from the deadly level of a gun,
Did murder her; as that name's cursèd hand
Murdered her kinsman. O, tell me, Friar, tell me,
In what vile part of this anatomy
Doth my name lodge? Tell me, that I may sack
The hateful mansion.

He draws his sword

---

91 *Why should you fall into so deep and* O. Partridge, *op. cit.*, pág. 154 y Colman,
op. cit., pág. 205 interpretan O como alusivo a *vagina*, siguiendo el juego
sugerido por *stand* en la línea anterior. A nivel literal, O podría entenderse
también como la imitación onomatopéyica de un gemido de placer. Obsérvese
el desplazamiento del juego verbal al adjetivo castellano.

95 *an old murderer*. Shmidt, *op. cit., old,* 3, pág. 803: «Accustomed, practised,
customary».

[300]

Hacedlo por Julieta, venga, ¡firme! 90
¡Qué «oh» tan penetrante el vuestro!

ROMEO

[*Levantándose*] Nodriza...

NODRIZA

¡Vamos, señor, vamos! Sólo la
muerte es fin de todo.

ROMEO

¿Hablabais de Julieta? ¿Cómo decís que está?
¿No me considera un asesino despreciable, ahora
que he manchado la infancia de nuestra felicidad
con sangre casi suya?
¿Dónde está? ¿Cómo está? ¿Y qué dice
mi secreta esposa de nuestro amor truncado?

NODRIZA

Nada, señor, nada. Sólo llorar y llorar.
Ya se postra en el lecho, o se levanta, 100
y llama a Tybalt; luego grita «Romeo»,
y vuelve a postrarse otra vez.

ROMEO

Diríase que ese nombre
fuera un fatal disparo que la asesinase,
del mismo modo que la mano infame que lleva ese nombre
mató a su primo. Decid, padre, decidme
en qué parte vil de mi cuerpo se aloja
mi nombre; decídmelo, para que pueda
destruir esta odiosa mansión.

Desenvaina su espada

                              Hold thy desperate hand.
Art thou a man? Thy form cries out thou art.
Thy tears are womanish. Thy wild acts denote   110
The unreasonable fury of a beast.
Unseemly woman in a seeming man!
And ill-beseeming beast in seeming both!
Thou hast amazed me. By my holy order,
I thought thy disposition better tempered.
Hast thou slain Tybalt? Wilt thou slay thyself?
And slay thy lady that in thy life lives,
By doing damnèd hate upon thyself?
Why railest thou on thy birth, the heaven, and earth?
Since birth and heaven and earth, all three, do meet   120
In thee at once; which thou at once wouldst lose.
Fie, fie, thou shamest thy shape, thy love, thy wit,
Which, like a usurer, aboundest in all,
And usest none in that true use indeed
Which should bedeck thy shape, thy love, thy wit.
Thy noble shape is but a form of wax,
Digressing from the valour of a man;
Thy dear love sworn but hollow perjury,
Killing that love which thou hast vowed to cherish;
Thy wit, that ornament to shape and love,   130
Misshapen in the conduct of them both,
Like powder in a skilless soldier's flask
Is set afire by thine own ignorance,
And thou dismembered with thine own defence.
What, rouse thee, man! Thy Juliet is alive,
For whose dear sake thou wast but lately dead.
There art thou happy. Tybalt would kill thee,
But thou slewest Tybalt. There art thou happy.
The law, that threatened death, becomes thy friend
And turns it to exile. There art thou happy.   140
A pack of blessings light upon thy back.

---

126 *a form of wax...* Véase la nota a I.iii.77.
131 *the conduct of them both.* Schmidt, *op. cit., conduct,* 1, 2, pág. 232:
«Guidance». «Leading, command».

FRAY LORENZO

Detén esa mano desesperada.
¿Eres un hombre? Por fuera lo pareces,
pero tus lágrimas son de mujer; tu violencia indica   110
la furia salvaje de una bestia:
mujer oculta bajo apariencia de hombre,
monstruoso animal que aúnas los dos sexos.
Me desconciertas. Por mis sagradas órdenes,
creí que tu ánimo era mucho más fuerte.
Ya mataste a Tybalt, ¿Te matarás tú ahora?
¿También a la esposa que vive para ti,
dejándote llevar contra ti por ese odio execrable?
¿Ultrajas así tu nacimiento, al cielo y a la tierra?
Nacimiento, cielo y tierra se aúnan   120
en tu ser: no quieras perderlos en tan sólo un instante.
¡Vergüenza...! Ofendes tu cuerpo, tu amor, tu inteligencia,
y como avaro que todo lo posee en exceso
nada sabes usar en su medida;
lo que realzaría tu cuerpo, tu amor, tu inteligencia.
Es tu noble cuerpo como imagen de cera
que careciese del valor que tiene un hombre;
y tus votos de amor, juramentos vacíos
dando muerte al amor que prometiste honrar.
Tu talento, adorno de tu cuerpo y de tu amor,   130
deformado por el gobierno de ambos,
como pólvora en el cinto del soldado inexperto,
se inflama por tu propia ignorancia,
y al querer defenderte te destroza.
¡Ea, pues, levántate! ¡Tu Julieta vive! Ella,
por cuyo amor querías morir hace un instante,
razón suficiente para que seas feliz. Quiso matarte Tybalt
y fuiste tú quien le mató: nueva razón de gozo.
Por ley tendrías que estar muerto, pero, por amistad a ti,
tan sólo te ha exilado: mayor felicidad aún.   140
Sobre tus hombros se acumula la dicha.

Happiness courts thee in her best array.
But, like a mishavèd and sullen wench,
Thou pouts upon thy fortune and thy love.
Take heed, take heed, for such die miserable.
Go, get thee to thy love, as was decreed.
Ascend her chamber. Hence and comfort her.
But look thou stay not till the Watch be set,
For then thou canst not pass to Mantua,
Where thou shalt live till we can find a time   150
To blaze your marriage, reconcile your friends,
Beg pardon of the Prince, and call thee back
With twenty hundred thousand times more joy
Than thou wentest forth in lamentation.
Go before, Nurse. Commend me to thy lady,
And bid her hasten all the house to bed,
Which heavy sorrow makes them apt unto.
Romeo is coming.

NURSE

O Lord, I could have stayed here all the night
To hear good counsel. O, what learning is!...   160
My lord, I'll tell my lady you will come.

ROMEO

Do so, and bid my sweet prepare to chide.

The NURSE *begins to go in and turns back again*

NURSE

Here, sir, a ring she bid me give you, sir.
Hie you, make haste, for it grows very late.

Exit

ROMEO

How well my comfort is revived by this!

FRIAR LAURENCE

Go hence. Good night. And here stands all your state:
Either be gone before the Watch be set,

[304]

La suerte te corteja y te recibe con sus mejores galas,
mas tú, como doncella antojadiza y obstinada,
te impacientas con la fortuna y el amor. Estate atento,
pues quien así obra puede encontrar mal fin.
Ve al encuentro de tu amada, según lo convenido.
Trepa a su cámara, y dale consuelo.
Pero no vayas a quedarte hasta la guardia,
pues no llegarías a la ciudad de Mantua
donde habrás de vivir hasta que consigamos anunciar   150
vuestro matrimonio, reconciliar a los vuestros,
pedir clemencia al Príncipe, y hacerte volver
con una alegría dos mil veces superior al llanto
que derramasteis al partir. Id delante, ama.
Ofreced mis respetos a vuestra señora, y decidle
que haga que todos en la casa se retiren pronto,
cosa que, de seguro, harán, pues están apenados,
y que hacia allí va Romeo.

NODRIZA

Aquí me habría quedado yo toda la noche
para oír buenos consejos. ¡Lo que hace saber tanto!   160
Le diré a mi señora que iréis, señor.

ROMEO

Sí, y decidle a mi amada que se disponga a reprobarme.

La NODRIZA *hace intención de salir, pero vuelve*

NODRIZA

Aquí os entrego el anillo que me dio para vos;
y daos prisa, os lo ruego, que se está haciendo tarde.

Sale

ROMEO

Vuelven a renacer mis esperanzas.

FRAY LORENZO

Id pues; buenas noches. En esto está vuestro destino.
Marchaos antes de que llegue la guardia,

[305]

Or by the break of day disguised from hence.
Sojourn in Mantua. I'll find out your man,
And he shall signify from time to time   170
Every good hap to you that chances here.
Give me thy hand. 'Tis late. Farewell. Good night.

ROMEO

But that a joy past joy calls out on me,
It were a grief so brief to part with thee.
Farewell.

Exeunt

SCENE IV

Enter CAPULET, LADY CAPULET, *and* PARIS

CAPULET

Things have fallen out, sir, so unluckily
That we have had no time to move our daughter.
Look you, she loved her kinsman Tybalt dearly,
An so did I. Well, we were born to die.
'Tis very late. She'll not come down tonight.
I promise you, but for your company,
I would have been abed an hour ago.

PARIS

These times of woe afford no times to woo.
Madam, good night. Commend me to your daughter.

LADY CAPULET

I will, and know her mind early tomorrow.   10
Tonight she's mewed up to her heaviness.

---

169 *Sojourn in Mantua. OED, sojourn,* v.4, pág. 2907 (378): «To travel, journey (Obs.)».

2 *to move our daughter. OED, move,* vb.14, pág. 1867 (727): «To propose or suggest (something to be done), [...] To bring forward, propound (a question, etc.), mention (a matter) to a person».

11 *she's mewed up to her heaviness. OED, mewed,* adj₂, pág. 1786 (403): «A cage for hawks, esp. while "mewing" or moulting».

o salid con disfraz antes del amanecer.
Dirigíos a Mantua. Yo buscaré a vuestro criado,
que él os llevará noticias, con frecuencia,   170
de todo lo que aquí vaya aconteciendo.
Dadme vuestra mano. Es tarde. Buenas noches. Adiós.

ROMEO

Si una dicha infinita no me reclamara
más doloroso sería separarme tan temprano.
Adiós.

Salen

ESCENA IV

Entran CAPULETO, LADY CAPULETO *y* PARIS

CAPULETO

Los acontecimientos fueron tan desventurados
que apenas si pudimos hablarle a nuestra hija.
Tanto amaba ella a su primo Tybalt
como yo mismo... Bien, ¡todos nacemos para morir!
Ya es muy tarde. Ella no bajará esta noche,
os lo aseguro; si no fuera por vos
hace ya una hora que estaría yo en el lecho.

PARIS

Estos tiempos de dolor no dejan tiempo para cortejar.
Señora, buenas noches. Encomendadme a vuestra hija.

LADY CAPULETO

Así lo haré, sabremos su opinión por la mañana.   10
Esta noche es sólo presa del dolor.

PARIS *offers to go in and* CAPULET *calls him again.*

CAPULET

Sir Paris, I will make a desperate tender
Of my child's love. I think she will be ruled
In all respects by me. Nay more, I doubt it not.
Wife, go you to her ere you go to bed.
Acquaint her here of my son Paris' love,
And bid her —mark you me?— on Wednesday next...
But soft! What day is this?

PARIS

Monday, my lord.

CAPULET

Monday! Ha, ha! Well, Wednesday is too soon.
A 'Thursday let it be. A 'Thursday, tell her,   20
She shall be married to this noble earl.
Will you be ready? Do you like this haste?
We'll keep no great ado, a friend or two.
For hark you, Tybalt being slain so late,
It may be thought we held him carelessly,
Being our kinsman, if we revel much.
Therefore we'll have some half a dozen friends,
And there an end. But what say you to Thursday?

PARIS

My lord, I would that Thursday were tomorrow.

CAPULET

Well, get you gone. A 'Thursday be it, then.   30
Go you to Juliet ere you go to bed.
Prepare her, wife, against this wedding day.
Farewell, my lord. Light to my chamber, ho!
Afore me, it is so late that we
May call it early by and by. Good night.

Exeunt

---

32 *against this wedding day. OED, against,* 118, pág. 44 (174): «With some idea
of preparation: in view of, in anticipation of, in preparation for, in time for».

34 *Afore me.* Evans, *op. cit.,* pág. 145: «Perhaps a direction to one of the
servants to carry the light ahead of him to his chamber». Schmidt, *op. cit.,* pág.
22: «By my life, by my soul».

PARIS *hace intención de salir, pero* CAPULETO *le llama*

CAPULETO

Conde Paris, yo comprometo formalmente
la mano de mi hija. Ella se dejará guiar por mí
en todo, así lo creo. Aún más, no tengo duda.
Esposa mía, id a verla antes de acostaros.
Ponedla al corriente de los sentimientos de Paris,
nuestro hijo, y hacedle saber, ¿me oís? que el miércoles
próximo... Pero no... ¿qué día es hoy?

PARIS

                                        Lunes, mi señor.

CAPULETO

Ah, sí, lunes... Entonces el miércoles es pronto.
Digamos jueves... que sea jueves... Decidle   20
que contraerá nupcias con este noble caballero.
¿Estaréis presto? ¿Qué os parece la premura?
No ha de haber mucha fiesta, sólo algunos amigos.
Comprenderéis que Tybalt ha muerto hace muy poco.
No queremos que piensen que nada nos importa,
siendo pariente nuestro, si oyen nuestro alboroto.
Así pues llamaremos a media docena de amigos
y nada más. Pero, ¿qué os parece el jueves?

PARIS

Yo quisiera, señor, que fuese jueves ya mañana.

CAPULETO

Bien, bien, ahora marchaos... El jueves... Sí. De acuerdo;   30
y tú vete a su cámara antes de acostarte.
Prepárala para la boda, esposa mía.
Adiós, señor... Luz para mi aposento.
A fe mía, es ya tan tarde que podremos decir
muy pronto que es temprano. Buenas noches.

Salen

SCENE V

Enter ROMEO *and* JULIET *aloft, at the window*

JULIET

Wilt thou be gone? It is not yet near day.
It was the nightingale, and not the lark,
That pierced the fearful hollow of thine ear.
Nihgtly she sings on yond pomegranate tree.
Believe me, love, it was the nightingale.

ROMEO

It was the lark, the herald of the morn;
No nightingale. Look, love, what envious streaks
Do lace the severing clouds in yonder East.
Night's candles are burnt out, and jocund day
Stands tiptoe on the misty mountain tops.   10
I must be gone and live, or stay and die.

JULIET

Yond light is not daylight; I know it, I.
It is some meteor that the sun exhales
To be to thee this night a torchbearer
And light thee on thy way to Mantua.
Therefore stay yet. Thou needest not to be gone.

ROMEO

Let me be ta'en, let me be put to death.
I am content, so thou wilt have it so.
I'll say yon grey is not the morning's eye;
'Tis but the pale reflex of Cynthia's brow.   20

2-4 *It was the nightingale, and not the lark [...] Nightly she sings.* Evans, *op. cit.*,
pág. 146, observa que «The pomegranate tree was traditionally associated with
the nightingale, though it was the male that did most of the singing. Dowden
suggests that the common reference to "she" arose from the Ovidian tale of
Tereus and Philomela, who was turned into a nightingale (*Metamorphoses* VI,
433 ff.)»

8 *severing clouds.* OED, *server,* 1c, pág. 2754 (567): «To disjoin, dissociate,
disunite».

20 *Cynthia.* Diosa de la Luna.

ESCENA V

ROMEO y JULIETA *en el balcón*

JULIETA

¿Has de partir ya? Aún está el alba lejos.
El ruiseñor era, y no la alondra, la que penetró
el fondo temeroso de tu oído.
Canta todas las noches en aquel granado.
Créeme, amor mío, era el ruiseñor.

ROMEO

Era la alondra, que ya anuncia el alba.
No el ruiseñor. Mira la luz envidiosa cómo enhebra
nubes deshechas en Oriente. Las luces de la noche
se han extinguido. Asoma el día feliz y avanza de puntillas
por las brumosas cumbres de los montes.   10
Debo irme y vivir, o aquí esperar la muerte.

JULIETA

Aquella luz a lo lejos, lo sé, aún no es el alba
sino retazos del sol que se desprenden
para que sean tu antorcha en medio de la oscuridad,
y llenen de luz tu camino hasta Mantua.
Quédate pues. ¿Por qué marcharte ahora?

ROMEO

Sea yo prisionero. Denme ahora la muerte,
que no hay más felicidad que servir tu deseo:
diré que aquella luz confusa no es el iris
del alba, sino un tenue reflejo de la frente de Cintia.   20

Nor that is not the lark whose notes do beat
The vaulty heaven so high above our heads.
I have more care to stay than will to go.
Come, death, and welcome! Juliet wills it so.
How is't, my soul? Let's talk. It is not day.

JULIET

It is, it is! Hie hence, be gone, away!
It is the lark that signs so out of tune,
Straining harsh discords and unpleasing sharps.
Some say the lark makes sweet division.
This doth not so, for she divideth us.   30
Some say the lark and loathèd toad change eyes.
O, now I would they had changed voices too,
Since arm from arm that voice doth us affray,
Hunting thee hence with hunt's-up to the day.
O, now be gone! More light and light it grows.

ROMEO

More light and light: more dark and dark our woes.

Enter NURSE

NURSE

Madam!

JULIET

Nurse?

---

21 *whose notes do beat. OED, beat,* vb.7, pág. 185 (739): «Said of the impact of
sounds».

28 *unpleasing sharps. OED, sharp,* 8, pág. 2771 (636): «Music. Of a note: above
the regular or true pitch; too high. *Sharp:* The sound which is a semitone higher
than a note.»

29 *sweet division. OED, division,* 7, pág. 777 (558): «The execution of a rapid
melodic passage, originally conceived as the dividing of each of a succession of
longnotes into several short notes».

34 *with hunt's-up to the day. OED, hunt's up,* pág. 1350 (463): «Originally "the
hunt is up", name of an old song and its tune, sung or played to awaken
huntsmen in the morning, and also used as a dance. Hence: an early morning
song».

Diré que no es la alondra la que rasga
con su canto la bóveda del cielo,
y que deseo permanecer, y no quiero dejarte.
Ven, ven muerte: yo te saludo. Así ordena Julieta.
Hablemos, amor mío, que el día duerme aún.

JULIETA

No, no duerme. Vete, que ya despierta.
Huye, que es un canto de alondra, discordante;
que son ásperas disonancias que resuenan agudas.
¿Quién dijo que la alondra separa, dulce, sus trinos?
¿Puede llamarse dulce aquello que me aparte de ti?   30
Otros dicen que con el sapo los ojos intercambia.
El acento quisiera yo que me hubiese intercambiado,
puesto que así destruye nuestro abrazo esa voz,
arrancándote de mi lado con el canto de albada.
Mas vete, vete ya. Que, ligera, se aproxima la luz.

ROMEO

Luz, más y más luz... más y más negro es nuestro pesar.

Entra la NODRIZA

NODRIZA

¿Señora?

JULIETA

¿Ama?

[313]

Your lady mother is coming to your chamber.
The day is broke. Be wary. Look about.   40

Exit

ROMEO

Then, window, let day in, and let life out.

ROMEO

Farewell, farewell! One kiss, and I'll descend.

He goes down

JULIET

Art thou gone so, love-lord, aye husband-friend?
I must hear from thee every day in the hour,
For in a minute there are many days.
O by this count I shall be much in years
Ere I again behold my Romeo.

ROMEO

Farewell! I will omit no opportunity
That may convey my greetings, love, to thee.

JULIET

O, thinkest thou we shall ever meet again?   50

ROMEO

I doubt it not; and all these woes shall serve
For sweet discourses in our times to come.

JULIET

O God, I have an ill-divining soul!
Methinks I see thee, now thou art so low,

---

52 *For sweet discourses.* Schmidt, *op. cit., discourse,* 1, 4, pág. 311: «Conversation». «Reasoning, thought, reflection».

54-55 *Methinks I see thee [...] in the bottom of a tomb.* Estos versos, y los que siguen en el diálogo entre Julieta y Lady Capuleto, adelantan los elementos de la tragedia que está germinando. Véanse las líneas 89 y 201 de esta misma escena.

¡Vuestra madre dirige sus pasos hacia aquí!
¡Tened cuidado! ¡Alerta! Ya es de día.   40

Sale

JULIETA

Ábrete, ventana, que la luz entre y mi vida se marche.

ROMEO

Adiós, adiós... un beso todavía.

Desciende

JULIETA

Ya marchó mi señor, y mi esposo, y mi amado,
mi amigo... de ti quiero tener nuevas cada hora,
y cada instante, pues los minutos se me antojan días.
¡Qué vieja voy a ser, si mido el tiempo
de este modo, cuando vuelva a ver a Romeo!

ROMEO

Adiós... mi amor he de enviarte
por cuantos medios tenga.

JULIETA

¿Podremos vernos algún día?   50

ROMEO

Estoy seguro, sí. Y lo que ahora sufrimos
será dulce recuerdo en días por venir.

JULIETA

¡Dios! De negros presagios está llena mi alma.
Viéndote ahí... al fondo de una tumba...

As one dead in the bottom of a tomb.
Either my eyesight fails, or thou lookest pale.

ROMEO

And trust me, in my eye so do you.
Dry sorrow drinks our blood. Adieu, adieu!

Exit

JULIET

O Fortune, Fortune! All men call thee fickle.
If thou art fickle, what dost thou with him   60
That is renowned for faith? Be fickle, Fortune,
For then I hope thou wilt not keep him long
But send him back.

Enter LADY CAPULET

LADY CAPULET

Ho, daughter! Are you up?

JULIET

Who is't that calls? It is my lady mother.
Is she not down so late, or up so early?
What unaccustomed cause procures her hither?

LADY CAPULET

Why, how now, Juliet?

JULIET

Madam, I am not well.

LADY CAPULET

Evermore weeping for your cousin's death?
What, wilt thou wash him from his grave with tears?

---

58 *Dry sorrow drinks our blood.* Véase Tilley, *op. cit.,* S656, «Sorrow is always dry».

61 *Be fickle, Fortune.* Nótese en este caso la utilización del lugar común medieval de la rueda de Fortuna como traducción de la frase inglesa.

me parece que estás... ahora muerto...
Mis ojos... ¿No me engañan? Te veo tan pálido.

ROMEO

Así es como a mí también me lo pareces, créeme.
Amor, sedienta, la pena bebe nuestra sangre. Adiós.

Sale

JULIETA

¡Fortuna! ¡Cruel fortuna! ¡Siempre tan mudable!
¿Qué les deparas a los que merecieron el respeto   60
y el aprecio de todos por su fidelidad? Gira tu rueda,
Fortuna; no le retengas mucho tiempo.
¡Devuélveme pronto a mi Romeo!

Entra LADY CAPULETO

LADY CAPULETO

¿Cómo? ¿Estás levantada?

JULIETA

¿Quién llama?... ¿Es mi madre?
¿Aún no se acostó? ¿O es que vela a estas horas?
¿Qué razón puede haberla traído hasta aquí?

LADY CAPULETO

¿Cómo estás Julieta?

JULIETA

Madre, no muy bien.

LADY CAPULETO

¿Lloras todavía la muerte de tu primo?
No creas que le sacarás de la tumba con lágrimas.

An if thou couldst, thou couldst not make him live. 70
Therefore have done. Some grief shows much of love;
But much of grief shows still some want of wit.

JULIET

Yet let me weep for such a feeling loss.

LADY CAPULET

So shall you feel the loss, but not the friend
Which you weep for.

JULIET

Feeling so the loss,
I cannot choose but ever weep the friend.

LADY CAPULET

Well, girl, thou weepest not so much for his death
As that the villain lives which slaughtered him.

JULIET

What villain, madam?

LADY CAPULET

That same villain Romeo.

JULIET

[Aside] Villain and he be many miles asunder. 80
God pardon! I do, with all my heart.
And yet no man like he doth grieve my heart.

LADY CAPULET

That is because the traitor murderer lives.

---

82 *And yet no man like he doth grieve my heart.* Se inicia con este verso la
sucesión de momentos ambiguos, que Julieta desarrolla con gran habilidad
verbal; sus sentimientos hacia Romeo se entienden como odio (ante sus
parientes) como amor y tristeza por la separación (ante ella misma y el público).
Véanse las líneas 92-3 de esta misma escena.

Y aunque así fuera no le devolverías a la vida.　　　　70
Ea pues, basta ya. Algo de dolor es indicio de afecto,
pero un excesivo dolor señal de desvarío.

JULIETA

Dejadme pues que llore pérdida tan sensible.

LADY CAPULETO

Lloras así la pérdida, mas no al amigo
por el que derramas lágrimas.

JULIETA

　　　　　　　　Sintiendo así la pérdida
no puedo hacer sino llorarle.

LADY CAPULETO

No lloréis tanto por su muerte;
hacedlo por el villano que le asesinó, vivo todavía.

JULIETA

¿Villano, dices, madre?

LADY CAPULETO

　　　　Sí, el que llaman Romeo.

JULIETA

[Aparte.] De ser un villano dista muchas millas.　　80
¡Dios le perdone! Que yo, de corazón, le he perdonado.
¡Tanto como él ningún otro hombre me aflige!

LADY CAPULETO

Porque aún vive... que ese villano vive...

JULIET

Ay, madam, from the reach of these my hands.
Would none but I might venge my cousin's death!

LADY CAPULET

We will have vengeance for it, fear thou not.
Then weep no more. I'll send to one in Mantua,
Where that same banished runagate doth live,
Shall give him such an unaccustomed dram
That he shall soon keep Tybalt company.   90
And then I hope thou wilt be satisfied.

JULIET

Indeed I never shall be satisfied
With Romeo till I behold him... dead...
Is my poor heart so for a kisnman vexed.
Madam, if you could find out but a man
To bear a poison, I would temper it,
That Romeo should, upon receipt thereof,
Soon sleep in quiet. O, how my heart abhors
To hear him named and cannot come to him,
To wreak the love I bore my cousin   100
Upon his body that hath slaughtered him!

LADY CAPULET

Find thou the means, and I'll find such a man.
But now I'll tell thee joyful tidings, girl.

JULIET

And joy comes well in such a needy time.
What are they, beseech your ladyship?

LADY CAPULET

Well, well, thou hast a careful father, child:
One who, to put thee from thy heaviness,
Hath sorted out a sudden day of joy
That thou expects not nor I looked not for.

JULIET

Madam, in happy time! What day is that?   110

JULIETA

Sí, señora... y lejos del alcance de estas manos.
Nadie sino yo ha de vengar la muerte de mi primo.

LADY CAPULETO

No temas, que nos vengaremos.
Deja de llorar. Enviaré a alguien hasta Mantua
donde este maldito renegado vive,
y le dará un pócima tan extraña
que pronto irá a hacerle compañía a Tybalt.   90
Espero que esto te complazca.

JULIETA

Nunca estaré contenta
hasta que vea a Romeo... muerto...
Tan atormentado está mi corazón por esa muerte...
Señora, si pudierais encontrar a alguien
que nos procurara el veneno, yo misma lo prepararía
de tal suerte que, al tomarlo, Romeo se quedase
dormido para siempre. Sufre mi corazón
con sólo oír su nombre sin poder ir adónde está,
para poder vengar el amor que profesé a mi primo   100
sobre ese cuerpo que le quitó la vida.

LADY CAPULETO

Tú encuentra la manera, que yo habré de encontrar a la
    persona
Pero ahora quiero darte buenas nuevas, hija mía.

JULIETA

Vengan las buenas nuevas cuando son tan necesarias.
¿De qué se trata? Habla, te lo ruego.

LADY CAPULETO

Está bien, está bien... Ya sabes qué solícito es tu padre,
tanto que, por borrar de ti dolor,
piensa ofrecerte un día de improvisado gozo,
uno que tú no imaginas, que ni yo suponía.

JULIETA

¿De qué se trata, madre? ¿De qué día hablas?   110

LADY CAPULET

Marry, my child, early next Thursday morn
The gallant, young, and noble gentleman,
The County Paris, at Saint Peter's Church,
Shall happily make thee there a joyful bride.

JULIET

Now by Saint Peter's Church, and Peter too,
He shall not make me there a joyful bride
I wonder at this haste, that I must wed
Ere he that should be husband comes to woo.
I pray you tell my lord and father, madam,
I will not marry yet; and when I do, I swear   120
It shall be Romeo, whom you know I hate,
Rather than Paris. These are news indeed!

LADY CAPULET

Here comes your father. Tell him so yourself,
And see how he will take it at your hands.

Enter CAPULET *and* NURSE

CAPULET

When the sun sets the earth doth drizzle dew,
But for the sunset of my brother's son
It rains downright.
How now? A conduit, girl? What, still in tears?
Evermore showering? In one little body
Thou counterfeitest a bark, a sea, a wind.   130
For still thy eyes, which I may call the sea,
Do ebb and flow with tears. The bark thy body is,
Sailing in this salt flood. The winds, thy sighs,
Who, raging with thy tears and they with them,
Without a sudden calm will overset
Thy tempest-tossèd body. How now, wife?
have you delivered to her our decree?

LADY CAPULET

Ay, sir. But she will none, she gives you thanks.
I would the fool were married to her grave!

LADY CAPULETO

El próximo jueves, hija, muy temprano,
ese joven gallardo y caballero noble,
el conde Paris, en la iglesia de San Pedro,
tendrá la fortuna de hacerte su feliz esposa.

JULIETA

Juro por la iglesia de San Pedro, y por San Pedro
también, que no ha de hacerme su feliz esposa.
Me asombra tanta precipitación. ¡Casarme
antes que me corteje quien ha de ser mi esposo!
Os ruego que a mi padre le digáis, señora,
que aún no he de casarme. Y cuando lo haga,   120
lo juro, ha de ser con Romeo, a quien sabéis que odio,
antes que con Paris. ¡Buenas nuevas!

LADY CAPULETO

Ahí llega tu padre. Díselo tú misma.
Veamos cómo lo recibe de tu propia boca.

Entran CAPULETO *y la* NODRIZA

CAPULETO

A la puesta del sol cae rocío,
pero en la muerte del hijo de mi hermano
llueve a mares.
¿Qué hay, Julieta? ¿Lloras todavía? ¡Pareces una gárgola,
diluviando lágrimas! Tu diminuto cuerpo
semeja una barca, al mar, al viento,   130
pues tus ojos a los que llamaría océanos
siguen el ritmo de la marea. Y es tu cuerpo un velero
que navega por el salado Ponto. El viento, tus suspiros
en furiosa lucha con tu llanto, a menos que
sobre la tempestad de tu cuerpo sobrevenga
la calma. ¿Cómo estáis, esposa?
¿Le hablasteis de los planes?

LADY CAPULETO

Sí, señor. Pero nada quiere saber; os da las gracias.
¡Debería casarse con su propia tumba!

[323]

CAPULET

Soft! Take me with you, take me with you, wife.   140
How? Will she none? Doth she not give us thanks?
Is she not proud? Doth she not count her blest,
Unworthy as she is, that we have wrought
So worthy a gentleman to be her bride?

JULIET

Not proud you have, but thankful that you have.
Proud can I never be of what I hate,
But thankful even for hate that is meant love.

CAPULET

How, how, how, how, chopped logic? What is this?
'Proud', and 'I thank you', and 'I thank you not',
And yet 'not proud'? Mistress minion you,   150
Thank me no thankings, nor proud me no prouds,
But fettle you fine joints 'gainst Thursday next
To go with Paris to Saint Peter's Church,
Or I will drag thee on a hurdle thither.
Out, you green-sickness carrion! Out, you baggage!
You tallow-face!

LADY CAPULET

Fie, fie! What, are you mad?

JULIET

Good father, I beseech you on my knees,
Hear me with patience but to speak a word.

CAPULET

Hang thee, young baggage! Disobedient wretch!
I tell thee what: get thee to church a 'Thursday   160

---

154 *a hurdle*. OED, *hurdle*, 1a, c, 1350 (463): «A portable rectangular frame,
orig. having horizontal bars interwoven or wattled with withes of lazel, willow,
etc.; [...] A kind of frame or sledge on which traitors used to be drawn through
the streets to execution». Véase asimismo M.ª Moliner, *op. cit., zarzo*, pág. 1578:
«Tejido de varas, cañas, juncos o mimbres».

155 *green-sickness carrion!* Para el significado de *green* en este contexto, véase
II.ii.5.

CAPULETO

A ver, a ver... que yo lo entienda, esposa mía.
¿Cómo que no quiere? ¡Desagradecida!   140
¿No se siente orgullosa? ¿No se cree afortunada,
indigna como es, de que hayamos conseguido
un caballero tan noble que la despose?

JULIETA

No, orgullosa no; pero sí agradecida.
No se puede sentir orgullo de lo que se odia,
pero sí agradecimiento por un odio servido con amor.

CAPULETO

Vaya, vaya. ¡Un trabalenguas! ¿Qué es todo esto?
¿«Orgullo»? ¿«Lo agradezco»? ¿«No lo agradezco»?
¿«No orgullosa»? ¡Valiente señorita!
Con gracias o sin gracias, con orgullo o sin él,   150
preparad vuestras lindas piernas el próximo jueves
para ir con Paris a la iglesia de San Pedro,
o te arrastraré hasta allí como un zarzo.
¡Fuera de aquí! ¡Carroña anémica! ¡Libertina!
¡Fuera, cara de sebo!

LADY CAPULETO

Basta, basta, ¿habéis enloquecido?

JULIETA

Padre mío, os lo suplico de rodillas:
escuchadme, paciente, siquiera una palabra.

CAPULETO

¡A la horca con ella! ¡Libertina! ¡Rebelde!
Te lo repito... ¡El jueves, a la iglesia!

Or never after look me in the face.
Speak not, reply not, do not answer me!
My fingers itch. Wife, we scarce thought us blest
That God had lent us but this only child.
But now I see this one is one too much,
And that we have a curse in having her.
Out on her, hilding!

NURSE

God in heaven bless her!
You are to blame, my lord, to rate her so.

CAPULET

And why, my Lady Wisdom? Hold your tongue,
Good Prudence. Smatter with your gossips, go!   170

NURSE

I speak no treason.

CAPULET

O, God-i-good-e'en!

NURSE

May not one speak?

CAPULET

Peace, you mumbling fool!
Utter your gravity o'er a gossip's bowl,
For here we need it not.

LADY CAPULET

You are too hot.

CAPULET

God's bread! It makes me mad.
Day, night; hour, tide, time; work, play;
Alone, in company; still my care hath been
To have her matched. And having now provided
A gentleman of noble parentage,
Of fair demesnes, youthful, and nobly trained,   180

O no vuelvas a mirarme a la cara.
¡No hables! ¡No respondas! ¡No quiero oírte!
Se abrasan mis dedos. Siempre creímos, esposa mía,
que no era suficiente bendición una hija sola.
Más ahora, que ella es hija en exceso,
y que es maldición el haberla tenido.
¡Fuera, mujer indigna!

NODRIZA

Que Dios la bendiga.
Señor, no hacéis bien al juzgarla así.

CAPULETO

¿Y por qué, doña Sabiduría? Ten tu lengua,
doña Prudencia. ¡Ve con tus comadres!

NODRIZA

Ninguna ofensa dije.

CAPULETO

Basta, está bien. ¡Adiós!   170

NODRIZA

¿Ya no se puede hablar?

CAPULETO

¡Calla, gruñona!
Sirve tu elocuencia en taza de comadres,
que es prescindible aquí.

LADY CAPULETO

Estáis excitado.

CAPULETO

¡Por la Sagrada Hostia! Voy a enloquecer.
Día y noche, momento a momento, a todas horas,
en el trabajo y en el ocio, solo o no, fue mi deseo
verla desposada, y ahora que habíamos conseguido
un caballero de patricio linaje,
de buen patrimonio, joven, y de esmerada educación,

[327]

Stuffed, as the say, with honourable parts,
Proportioned as one's thought would wish a man...
And then to have a wretched puling fool,
A whining mammet, in her fortune's tender,
To answer «I'll not wed, I cannot love;
I am too young, I pray you pardon me!»
But, an you will not wed, I'll pardon you!
Graze where you will, you shall not house with me.
Look to't, think on't. I do not use to jest.
Thursday is near. Lay hand on heart. Advise.   190
An you be mine, I'll give you to my friend.
An you be not, hang, beg, starve, die in the streets,
For, by my soul, I'll ne'er acknowledge thee,
Nor what is mine shall never do thee good.
Trust to't. Bethink you. I'll not be forsworn.

Exit

JULIET

Is there no pity sitting in the clouds
That sees into the bottom of my grief?
O sweet my mother, cast me not away!
Delay this marriage for a month, a week.
Or if you do not, make the bridal bed   200
In that dim monument where Tybalt lies.

LADY CAPULET

Talk not to me, for I'll not speak a word.
Do as thou wilt, for I have done with thee.

Exit

JULIET

O God! O Nurse, how shall this be prevented?
My husband is on earth, my faith in heaven.
How shall that faith return again to earth

---

190 *Advise. OED, advise,* 3, pág.35 (140): «To look at mentally; to consider, think of, think over, ponder (Obs.)»

dotado y bien dotado —como se dice— de bellas
  cualidades, 180
y de unas proporciones que ya muchos quisieran...
Ahora precisamente esta necia llorona,
esta muñeca quejumbrosa, a la que sonríe la fortuna,
me dice: «No me voy a casar. No puedo amarle.
Soy muy joven. Perdonadme, os lo ruego».
¿Sí? ¡Tú no te cases, y ya te perdonaré yo!
Vete a pacer a donde quieras pero no en mi casa.
¡Piénsalo bien! ¡Considéralo! No suelo bromear.
El jueves está cerca. ¡Tu mano en el corazón! Reflexiona.
Si quieres ser mi hija he de darte a mi amigo. 190
De otra suerte, haz que te ahorquen; mendiga, pasa
  hambre;
muérete en la calle... Pero te lo juro: no te reconoceré
como mía, ni te asistirá ninguno de los míos.
Puedes estar segura. Piénsalo bien. No romperé mi
  juramento.

Sale

JULIETA

¿No queda ya piedad en los cielos? ¿Nadie
puede llegar hasta el pozo de mi dolor?
Escúchame tú, madre. No me dejes.
Retrasa estas nupcias un mes, una semana...
Si no es así, prepara mi lecho de bodas
en el sepulcro oscuro donde yace Tybalt. 200

LADY CAPULETO

No quieres hablarme, pues que nada diré.
Haz como quieras. Todo ha terminado.

Sale

JULIETA

¡Dios! ¡Dios! ¿Nodriza? ¿Cómo impedir todo esto?
En la tierra está mi esposo y mi fe en el cielo.
¿Cómo traer la fe del cielo aquí a la tierra,

Unless that husband send it me from heaven
By leaving earth? Comfort me, counsel me.
Alack, alack, that heaven should practise stratagems
Upon so soft a subject as myself!   210
What sayest thou? Hast thou not a word of joy?
Some comfort, Nurse.

NURSE

                     Faith, here it is.
Romeo is banished, and all the world to nothing
That he dares ne'er come back to challenge you.
Or if he do, it needs must be by stealth.
Then, since the case so stands as now it doth,
I think it best you married with the County.
O, he's a lovely gentleman!
Romeo's a dischclout to him. An eagle, madam,
Hath not so green, so quick, so fair and eye   220
As Paris hath. Beshrew my very heart,
I think you are happy in this second match,
For it excels your first; or if it did not,
Your first is dead, or 'twere as good he were
As living here and you no use of him.

JULIET

Speakest thou from thy heart?

NURSE

And from my soul too. Else beshrew them both.

JULIET

Amen!

NURSE

What?

---

219 *Romeo's a dischclout to him.* OED, *dischclout* a, c, pág. 751 (455): «A "clout" or cloth used for washing dishes». «Used in contemptuous comparison or allusion».

¿Cómo, sino dejando esta tierra mi esposo
para enviarla desde el cielo? Reconfórtame. Aconséjame.
¡Dios, Dios, qué suerte de estratagemas juega
el cielo con una pobre criatura como yo.
¿Nada decís? ¿Ni siquiera una palabra?   210
¡Consuélame, nodriza!

NODRIZA

Helo aquí.
Romeo está en exilio. El cielo contra nada
a que no se atreve a volver a reclamaros,
y de hacerlo será sin que lo vean. Así pues,
estando las cosas como están, lo mejor
sería que os casarais con el conde.
¡Menudo hombre es! A su lado Romeo
es una insignificancia. Ni el águila, señora,
tiene ojos tan verdes, tan vivos, como Paris;
maldita sea yo, mi corazón, si no sois feliz   220
con este segundo matrimonio
que en todo excede al anterior y, aunque así no fuera,
el primero está muerto... Que más da
que esté vivo aquí, si no podéis usarlo.

JULIETA

¿Salen del corazón esas palabras?

NODRIZA

Y del alma también... malditos sean los dos si miento.

JULIETA

¡Amén!

NODRIZA

¿Cómo?

JULIET

Well, thou hast comforted me marvellous much.   230
Go in; and tell my lady I am gone,
Having displeased my father, to Laurence' cell,
to make confession and to be absolved.

NURSE

Marry, I will; and this is wisely done.

Exit

JULIET

Ancient damnation! O most wicked fiend!
Is it more sin to wish me thus forsworn,
Or to dispraise my lord with that same tongue
Which she hath praised him with above compare
So many thousand times? Go, counsellor!
Thou and my bosom henceforth shall be twain.   240
I'll to the Friar to know his remedy.
If all else fail, myself have power to die.

Exit

JULIETA

Mucho me has consolado. ¡Maravillosamente!
Entra y dí a mi madre que me he ido,   230
por haber enojado a mi padre, a ver a fray Lorenzo
para confesar y obtener el perdón.

NODRIZA

Ya lo creo que lo haré. ¡Sabia conducta es ésa!

Sale

JULIETA

¡Ah, vieja malvada! ¡Demonio maldito!
¿Qué es peor pecado, desearme perjura
o difamar a mi señor con esa lengua,
la misma con la que le alabó excediendo
las comparaciones más de mil veces? ¡Vete, consejera!
Tú y mi corazón serán ahora dos cosas diferentes.
Iré a la celda del fraile en busca de un remedio,   240
y, si no lo hay, fuerzas encontraré para morir.

Sale

ACT IV

SCENE I

Enter FRIAR LAURENCE *and* COUNTY PARIS

FRIAR LAURENCE

On Thursday, sir? The time is very short.

PARIS

My father Capulet will have it so,
And I am nothing slow to slack his haste.

FRIAR LAURENCE

You say you do not know the lady's mind.
Uneven is the course. I like it not.

PARIS

Immoderately she weeps for Tybalt's death,
And therefore have I little talked of love;
For Venus smiles not in a house of tears.
Now, sir, her father counts it dangerous
That she do give her sorrow so much sway,   10
And in his wisdom hastes our marriage
To stop the inundation of her tears,
Which too much minded by herself alone,

---

10 *give her sorrow so much sway.* Schmidt, *op. cit., sway,* 2, pág. 1163: «Rule, dominion».

ACTO IV

ESCENA I

Entran FRAY LORENZO *y el conde* PARIS

FRAY LORENZO

¿El jueves decís? No hay tiempo apenas.

PARIS

Mi padre Capuleto así lo ha decidido
y no seré yo quien frene su premura.

FRAY LORENZO

Decís que no sabéis lo que ella siente;
es ése un mal camino. No me gusta.

PARIS

Ella no hace más que llorar por Tybalt;
poca ocasión ha habido para hablarle de amor,
pues donde el llanto habita Venus nunca sonríe.
Su padre considera peligroso
que se abandone tanto a su dolor   10
y sabiamente apremia nuestra boda
para que cese así el torrente de sus lágrimas,
pues se ensimisma tanto con su soledad,

Maybe put from her by society.
Now do you know the reason of this haste.

FRIAR LAURENCE

[Aside] I would I knew not why it should be slowed.
Look, sir, here comes the lady toward my cell.

Enter JULIET

PARIS

Happily met, my lady, and my wife!

JULIET

That «may be» must be, love, on Thursday next.

PARIS

That «may be» love, on Thursday next.   20

JULIET

What must be shall be.

FRIAR LAURENCE

That's a certain text.

PARIS

Come you to make confession to this father?

JULIET

To answer that I should confess to you.

PARIS

Do not deny to him that you love me.

JULIET

I will confess to you that I love him.

---

21 *What must be shall be.* Véase Tilley, *op. cit.,* M1331, «What must (shall, will) be must (shall, will) be».

25 *I will confess to you that I love him.* Continúa aquí la ambigüedad desarrollada por Julieta, reforzada en este caso por la evidente frialdad en el trato con Paris y la parquedad en sus palabras. Véase nota a III.v.82.

que sólo estar con alguien puede disiparlas.
Ya conocéis ahora la razón de esta prisa.

Fray Lorenzo

[*Aparte.*] Quisiera no saber el por qué del retraso.
Pero ved, ahí viene la señora hacia mi celda.

Entra Julieta

Paris

Feliz es este encuentro, mi señora y esposa.

Julieta

Así será, señor, si un día soy esposa.

Paris

Ese «un día», amor mío, será el próximo jueves.   20

Julieta

Lo que ha de ser, será.

Fray Lorenzo

Eso es muy cierto.

Paris

¿Venís a confesaros con el fraile?

Julieta

Contestar a eso sería confesarme con vos.

Paris

No le iréis a decir que no me amáis.

Julieta

No, y a vos os confieso: le amo a él.

PARIS

So will ye, I am sure, that you love me.

JULIET

If I do so, it will be of more price,
Being spoke behind your back, than to your face.

PARIS

Poor soul, thy face is much abused with tears.

JULIET

The tears have got small victory by that,   30
For it was bad enough before their spite.

PARIS

Thou wrongest it more than tears with that report.

JULIET

That is no slander, sir, which is a truth.
And what I spake, I spake it to my face.

PARIS

Thy face is mine, and thou hast slandered it.

JULIET

It may be so, for it is not mine own.
Are you at leisure, holy father, now,
Or shall I come to you at evening mass?

FRIAR LAURENCE

My leisure serves, pensive daughter, now.
My lord, we must entreat the time alone.   40

PARIS

God shield I should disturb devotion!
Juliet, on Thursday early will I rouse ye.
Till then, adieu, and keep this holy kiss.

Exit

PARIS

Doy por seguro que me amáis.

JULIETA

Si actúo así más valdrá hacerlo
a espaldas vuestras que de cara.

PARIS

¡Pobre alma mía! ¡Cómo las lágrimas han surcado tu rostro!

JULIETA

Pobre victoria es ésa de las lágrimas.   30
Pues que ya estaba mal antes de que irrumpiesen.

PARIS

Menos favor le hace cuanto dices que las lágrimas.

JULIETA

No es calumnia, señor, lo que es verdad
y cuanto digo, al cabo, lo digo a la cara.

PARIS

Vuestro rostro es el mío y lo habéis calumniado.

JULIETA

Cierto ha de ser, puesto que no me pertenece.
¿Tenéis tiempo, padre, ahora?
¿O preferís que vuelva tras la misa de tarde?

FRAY LORENZO

Sí, dispongo de tiempo, desconsolada hija, ahora.
Señor, hemos de estar a solas.   40

PARIS

Dios no consienta que perturbe yo la devoción.
Julieta, el jueves con el alba te despertaré.
Hasta entonces, adiós. Guardad mi casto beso.

Sale

[339]

JULIET

O shut the door! And when thou hast done so,
Come weep with me. Past hope, past cure, past help!

FRIAR LAURENCE

O, Juliet, I already know thy grief.
It strains me past the compass of my wits.
I hear thou must, and nothing may prorogue it,
On Thursday next be married to this County.

JULIET

Tell me not, that thou hearest of this,   50
Unless thou tell me how I may prevent it.
If in thy wisdom thou canst give no help,
Do thou but call my resolution wise
And with this knife I'll help it presently.
God joined my heart and Romeo's, thou our hands;
And ere this hand, by thee to Romeo's sealed,
Shall be the label to another deed,
Or my true heart with treacherous revolt
Turn to another, this shall slay them both.
Therefore, out of thy long-experienced time,   60
Give me some present counsel; or, behold,
'Twixt my extremes and me this bloody knife
Shall play the umpire, arbitrating that
Which the commission of thy years and art
Could to no issue of true honour bring.
Be not so long to speak. I long to die
If what thou speakest speak not of remedy.

---

47 *past the compass of my wits.* Schmidt, *op. cit., compass,* 3, 4, pág. 225: «Extent in general, limit». «Reach».

57 *the label to another deed.* OED, *deed,* 4, pág. 667 (117): «An instrument in writing, [...] purporting to effect some legal disposition, and sealed and delivered by the disposing party or parties».

62 *my extremes.* OED, *extreme,* sb., 4b, pág. 941 (476): «Extremities, straits, hardships (Obs.)».

64 *the commission of thy years.* OED, *commission,* 2, pág. 481 (681): «Authority committed or entrusted to anyone; espág. delegated authority to act insome specified capacity, to carry out an investigation or negotiation, perform judicial functions, take charge of an office, etc».

JULIETA

¡Cerrad las puertas! Cuando lo hagáis,
venid, lloremos juntos. ¡Adiós, consuelo mío, mi
  esperanza, mi auxilio...!

FRAY LORENZO

Comprendo tu dolor, Julieta, que supera
todo lo que mi entendimiento puede soportar.
He sabido que el jueves —¡sin retraso!—
debes casarte con el conde Paris.

JULIETA

Padre, no me digáis que lo sabéis   50
si no podéis decir cómo evitarlo.
Si no viene en mi ayuda vuestra sabiduría,
tendréis que aprobar mi decisión
que yo sabré apoyar con esta daga.
Dios unió mi corazón al de Romeo; vos, nuestras manos.
Antes de que esta mano, que vos sellasteis para Romeo,
sea la impronta de otro casamiento,
o que mi corazón traicione su lealtad
y se abandone a otro, este puñal habrá de atravesarlos.
Así, por vuestros largos años de experiencia,   60
dadme consejo o, de otro modo, entre mi pena y yo
esta sangrienta daga será árbitro,
decidiendo lo que la experiencia
de vuestra habilidad y vuestros años
no saben resolver honrosamente.
¡No tardéis en hablar! Morir anhelo
si cuando habláis, no habláis de solución.

FRIAR LAURENCE

Hold, daughter. I do spy a kind of hope,
Which craves as desperate an execution
As that is desperate which we would prevent.   70
If, rather than to marry County Paris,
Thou hast the strength of will to slay thyself,
Then is it likely thou wilt undertake
A thing like death to chide away thy shame,
That copest with death himself to 'scape from it.
And, if thou darest, I'll give thee remedy.

JULIET

O bid me leap, rather than marry Paris,
From off the battlements of any tower,
Or walk in thievish ways, or bid me lurk
Where serpents are. Chain me with roaring bears,   80
Or hide me nightly in a charnel house,
O'ercovered quite with dead men's rattling bones,
With reeky shanks and yellow chapless skulls.
Or bid me go into a new-made grave
And hide me with a dead man in his tomb...
Things that, to hear them told, have made me tremble,
And I will do it without fear or doubt,
To live an unstained wife to my sweet love.

FRIAR LAURENCE

Hold, then. Go home, be merry, give consent
To marry Paris. Wednesday is tomorrow.   90
Tomorrow night look that thou lie alone.
Let not the Nurse lie with thee in thy chamber.
Take thou this vial, being then in bed,
And this distilling liquor drink thou off;
When presently through all thy veins shall run
A cold and drowsy humour. For no pulse
Shall keep his native progress, but surcease.

---

83 *reeky shanks. OED, reeky,* 1a, 3b, pág. 2460 (327): «That emits vapour, steamy, full of of rank moisture». «Blackened with smoke».

85 *with a dead man in his tomb. Q*$_4$ presenta la variante textual *shroud,* en vez de *tomb,* que es la lectura de *Q*$_1$.

Fray Lorenzo

Deteneos, hija mía, que veo aún una esperanza
de ejecución difícil, tan difícil
como lo que queremos eludir.   70
Si en vez de desposaros con el conde Paris,
tuvierais el valor de quitaros la vida,
habéis de estar dispuesta, para escapar al deshonor,
vos que para evitarlo os prestáis a morir,
a una prueba que tiene la apariencia de muerte;
y que si osáis cumplir será vuestro remedio.

Julieta

¡Oh! Antes que desposar a Paris, ordenadme
saltar de las almenas de una torre,
o arriesgarme en caminos de ladrones;
u ocultarme en nidos de serpientes; que al oso enfurecido 80
me encadene; que de noche me encierre en un osario;
que me cubra con la osamenta rota de los muertos,
con tibias hediondas y negruzcas, cráneos amarillentos...
o que me arroje en una tumba recién hecha
y que me oculte con otro cadáver en su misma mortaja.
Cosas que me habrían hecho temblar sólo de oírlas
y que ahora haría, sin temor o duda,
para vivir, sin mácula y esposa, con mi dulce amor.

Fray Lorenzo

Bien, id a casa. Poneos una sonrisa y consentid
en casaros con Paris... Mañana es ya miércoles...   90
Mañana por la noche haced que os dejen sola;
despachad a la nodriza de vuestro aposento.
Bebeos esta ampolla cuando estéis en la cama,
y apurad hasta el fin su licor destilado;
pronto habrá de correr por vuestras venas
un humor frío, soporífero. Tu pulso cesará;
no seguirá su ritmo, sino que cesará;

No warmth, no breath, shall testify thou livest.
The roses in thy lips and cheeks shall fade
To wanny ashes, thy eyes' windows fall   100
Like death when he shuts up the day of life.
Each part, deprived of supple government,
Shall, stiff and stark and cold, appear like death.
And in this borrowed likeness of shrunk death
Thou shalt continue two-and forty hours,
And then awake as from a pleasant sleep.
Now, when the bridegroom in the morning comes
To rouse thee from thy bed, there art thou dead.
Then, as the manner of our country is,
In thy best robes uncovered on the bier   110
Thou shalt be borne to that same ancient vault
Where all the kindred of the Capulets lie.
In the meantime, against thou shalt awake,
Shall Romeo by my letters know our drift.
And hither shall he come. And he and I
Will watch thy waking, and that very night
Shall Romeo bear thee hence to Mantua.
And this shall free thee from this present shame,
If no inconstant toy nor womanish fear
Abate thy valour in the acting it.   120

JULIET

Give me, give me! O tell not me of fear!

FRIAR LAURENCE

Hold. Get you gone. Be strong and prosperous
In this resolve. I'll send a friar with speed
To Mantua, with my letters to thy lord.

JULIET

Love give me strength, and strength shall help afford.
Farewell, dear father.

Exeunt

---

113 *against thou shalt awake*. OED, *against*, B, pág. 44 (174): «Conj.: by the
time that, before».

ni hálitos ni suspiros indicarán que vives,
tus sonrosados labios y mejillas
como ceniza palidecerán; se cerrarán ventanas en tus ojos,   100
como morir cuando apaga el día de la vida;
todos tus miembros, sin poder moverse,
han de tornarse rígidos y duros, fríos como la muerte.
Y en tu nueva apariencia mortal
has de seguir durante cuarenta y dos horas,
hasta que te despiertes como de un sueño dulce.
Cuando tu prometido llegue por la mañana
para que te levantes de tu lecho, estarás muerta.
Entonces, y según nuestra costumbre,
te vestirán de gala y, en descubierto féretro,   110
serás llevada hasta la antigua cripta
donde yacen todos los Capuleto.
Entretanto, y antes que te despiertes,
Romeo conocerá, por carta, nuestros planes,
y se apresurará a venir; él y yo mismo
vigilaremos hasta tu despertar, y esa noche
Romeo te llevará hasta Mantua.
Esto os ha de librar de la vergüenza,
a menos que un capricho o temor de mujer
te hagan perder el valor necesario.   120

JULIETA

¡Dádmelo! ¡Dádmelo! Y no me habléis de miedo.

FRAILE

Está bien. Márchate. Sé fuerte y ten valor
en este trance. Enviaré un fraile enseguida
hasta Mantua, con cartas a tu dueño.

JULIETA

Amor me dará fuerza, la fuerza necesaria.
Adiós, padre.

Salen

SCENE II

Enter CAPULET, LADY CAPULET, NURSE, *and two or three*
SERVINGMEN

CAPULET

So many guests invite as here are writ.
Sirrah, go hire me twenty cunning cooks.

Exit a SERVINGMAN

SERVINGMAN

You shall have none ill, sir. For I'll try if they can lick
their fingers.

CAPULET

How! Canst thou try them so?

SERVINGMAN

Marry, sir, 'tis an ill cook that cannot lick his own
fingers. Therefore he that cannot lick his fingers goes not
with me.

CAPULET

Go, begone.

Exit SERVINGMAN

We shall be much unfurnished for this time.   10
What, is my daugther gone to Friar Laurence?

NURSE

Ay, forsooth.

CAPULET

Well, he may chance to do some good on her.
A peevish self-willed harlotry it is.

---

6 *'tis an ill cook [...] fingers.* Tilley, *op. cit.,* C636, «He's a poor (ill) cook that
cannot lick his own fingers.»

[346]

ESCENA II

Entran CAPULETO, LADY CAPULETO, *la* NODRIZA
y dos o tres CRIADOS

CAPULETO

Invitad a cuantos hay aquí escritos, y tú, ve
y contrátame veinte buenos cocineros.

CRIADO

Ni uno malo tendréis, señor. Que yo veré si se chupan
los dedos.

CAPULETO

¿Y eso qué demuestra?

CRIADO

Mucho, señor, que no es buen cocinero el que no puede
chuparse los dedos. Así que no contrataré a quien no se
los chupe.

CAPULETO

Está bien. Marchaos ya.

Sale el CRIADO

En esta ocasión nos cogerán desprevenidos.   10
¿Decís que mi hija fue a ver a fray Lorenzo?

NODRIZA

Sí, cierto es.

CAPULETO

De acuerdo. Quizá pueda hacerle bien
a esta obstinada niña, terca y malcriada.

[347]

Enter JULIET

NURSE

See where she comes from shrift with merry look.

CAPULET

How now, my headstrong! Where have you been
    gadding?

JULIET

Where I have learnt me to repent the sin
Of disobedient opposition
To you and your behests, and am enjoined
By holy Laurence to fall prostrate here   20
To beg your pardon. Pardon, I beseech you!
Henceforward I am ever ruled by you.

CAPULET

Send for the County. Go tell him of this.
I'll have this knot knit up tomorrow morning.

JULIET

I met the youthful lord at Laurence' cell
And gave him what becomèd love I might,
Not stepping o'er the bounds of modesty.

CAPULET

Why, I am glad on't. This is well. Stand up.
This is as't should be. Let me see, the County.
Ay, marry, go, I say, and fetch him hither.   30
Now, afore God, this reverend holy Friar,
All our whole city is much bound to him.

---

14 *A peevish self-willed harlotry.* Schmidt, *op. cit., peevish,* pág. 849: «Silly,
childish, thoughtless». *OED, harlot,* 5, 1258 (94): «Applied to a woman, as a
general term of execration». «The word generally had a stronger sense of sexual
impropriety».

Entra JULIETA

NODRIZA

Miradla, ahí llega, feliz, de confesarse.

CAPULETO

¿Cómo está mi cabezota? ¿Dónde fuisteis?

JULIETA

En donde a arrepentirme me enseñaron
del gran pecado de desobediencia a vos
y a lo que me pedís. A vuestros pies   20
me postro para solicitaros el perdón,
según me ha aconsejado el fraile. Perdón, os pido,
        humildemente.
En adelante dejaré que me guiéis.

CAPULETO

Llamad al conde, y ponedle al corriente.
Deseo que estos lazos queden bien atados por la mañana.

JULIETA

Encontré al joven conde en la celda de fray Lorenzo,
y le di prueba de mi amor, como debía,
sin exceder los límites de la modestia.

CAPULETO

¡Me alegro tanto! Está bien. Levantaos.
Así es como debe ser. Deseo ver al conde.
¡Avisadle, digo! Traedle aquí.   30
Por Dios digo que toda la ciudad
debe reverenciar al santo fray Lorenzo.

JULIET

Nurse, will you go with me into the closet
To help me sort such needful ornaments
As you think fit to furnish me tomorrow?

LADY CAPULET

No, not till Thursday. There is time enough.

CAPULET

Go, Nurse, go with her. We'll to church tomorrow.

Exeunt JULIET *and* NURSE

LADY CAPULET

We shall be short in our provision.
'Tis now near night.

CAPULET

        Tush, I will stir about,
And all things shall be well, I warrant thee, wife.   40
Go thou to Juliet, help to deck up her.
I'll not to bed tonight. Let me alone.
I'll play the housewife for this once. What, ho!
They are all forth. Well, I will walk myself
To County Paris, to prepare up him
Against tomorrow. My heart is wondrous light,
Since this same wayward girl is so reclaimed.

Exeunt

---

39 *'Tis now near night.* Véase Evans, *op. cit.,* pág. 163: «Shakespeare is turning the dramatic clock ahead to achieve a greater sense of urgency. Strict clock-time would place this scene not later than early afternoon, since Juliet visited the Friar in the morning and has apparently just returned from seeing him (Véase la línea 15 de esta misma escena).»

43-4 *What, ho!* | *They are all forth.* Véase la Introducción para este tipo de cambios de expresiones afirmativas a interrogativas.

JULIETA

Nodriza, ¿vendréis conmigo hasta mi alcoba?
Debéis ayudarme a preparar las galas
y los adornos que creáis adecuados para mañana.

LADY CAPULETO

No, no hasta el jueves. Aún hay tiempo de sobra.

CAPULETO

Id, nodriza. Id con ella. Mañana iremos a la iglesia.

Salen JULIETA *y la* NODRIZA

LADY CAPULETO

Nos va a faltar el tiempo. Es casi noche
cerrada.

CAPULETO

    Bah, yo me ocuparé; que todo
estará preparado, esposa mía, os lo aseguro.   40
Id ahora con Julieta. Ayudadla a arreglarse.
Yo no me acostaré. Dejadme solo.
Por una vez haré de amo de casa. ¡Eh, eh!
¿No hay nadie en casa! Iré yo mismo
a avisar al conde Paris, que se apreste
para mañana. Ligero está mi corazón
desde que esta hija obstinada ha sentado cabeza.

Salen

SCENE III

Enter JULIET *and* NURSE

JULIET

Ay, those attires are best. But, gentle Nurse,
I pray thee leave me to myself tonight.
For I have need of many orisons
To move the heavens to smile upon my state,
Which, well thou knowest, is cross and full of sin.

Enter LADY CAPULET

LADY CAPULET

What, are you busy, ho? Need you my help?

JULIET

No, Madam. We have culled such necessaries
As are behoveful for our state tomorrow.
So please you, let me now be left alone,
And let the Nurse this night sit up with you.   10
For I am sure you have your hands full all
In this so sudden business.

LADY CAPULET

          Good night.
Go thee to bed, and rest. For thou hast need.

Exeunt LADY CAPULET *and* NURSE

JULIET

Farewell! God knows when we shall meet again.
I have a faint cold fear thrills through my veins
That almost freezes up the heat of life.
I'll call them back again to comfort me.

14-59 En este parlamento Julieta alcanza el momento álgido de su desarrollo
retórico a lo largo de la obra. Su lenguaje es oscuro y sus construcciones son
muy complejas. La larga sucesión de interrogativas y subordinadas consigue
una excelente y «asfixiante» tensión dramática.

ESCENA III

Entran JULIETA *y la* NODRIZA

JULIETA

Sí, este vestido es el mejor. Pero, ama,
os lo ruego, dejadme a solas esta noche;
tengo necesidad de rezar mucho,
y así serán los cielos indulgentes conmigo
que, como ya sabéis, llena soy de pecado.

Entra LADY CAPULETO

LADY CAPULETO

¿Sigues aún atareada? Deja que te ayude.

JULIETA

No es preciso, señora, ya elegimos
todo lo que para mañana nos conviene.
Dejadme a solas, os lo ruego.
Permitid que esta noche quede el ama con vos,   10
pues seguro que estáis muy ocupada
con este asunto inesperado.

LADY CAPULETO

Buenas noches.
Y vos, id a la cama, pues lo necesitáis.

Salen LADY CAPULETO *y la* NODRIZA

JULIETA

Hasta siempre. Dios sabe cuándo volveremos a vernos.
Un gélido temor corre ahora en mis venas
y en mí casi congela el calor de la vida.
He de llamarles para que me consuelen. ¡Ama!

Nurse! What should she do here?
My dismal scene I needs must act alone.
Come, vial.   20
What if this mixture do not work at all?
Shall I be married then tomorrow morning?
No, no! This shall forbid it. Lie thou there.

She lays down a knife

What if it be a poison which the Friar
Subtly hath ministered to have me dead,
Lest in this marriage he should be dishonoured
Because he married me before to Romeo?
I fear it is. And yet methinks it should not,
For he hath still been tried a holy man.
How if, when I am laid into the tomb,   30
I wake before the time that Romeo
Come to redeem me? There's a fearful point!
Shall I not then be stifled in the vault,
To whose foul mouth no healthsome air breathes in,
And there die strangled ere my Romeo comes?
Or, if I live, is it not very like
The horrible conceit of death and night,
Together with the terror of the place,
As in a vault, an ancient receptacle
Where for this many hundred years the bones   40
Of all my buried ancestors are packed;
Where bloody Tybalt, yet but green in earth,
Lies festering in his shroud; where, as they say,
At some hours in the night spirits resort...
Alack, alack, is it not like that I,
So early waking —what with loathsome smells,
And shrieks like mandrakes torn out of the earth,

---

20 *Come, vial. OED, vial,* pág. 3622 (169): «A vessel of small or moderate size used for holding liquids; in later use spec. small glass bottle, a phial». Obsérvese que este término, traducido en IV.i.93 por «ampolla», aparece ahora como «cáliz», tal y como requiere la ocasión y el patetismo del momento.

47 *mandrakes.* Evans, *op. cit.,* pág. 166: «The mandrake plant, apart from its medical qualities was popularly believed to be generated from the droppings of dead bodies at the gallow's foot, to resemble a man because of its bifurcated

¿Y qué va a hacer aquí? Mi escena fúnebre
debo representarla a solas.
Ven, cáliz, a mis manos.   20
¿Y si este brebaje no llegara a servir?
¿Me casarán por la mañana?
Esto lo impedirá... ¡Quédate aquí!

Saca una daga

¿Y si fuera un veneno que el fraile sutil
ha preparado para darme muerte,
porque esta boda no le deshonre a él,
ya que fue él quien a Romeo me unió?
Si fuera así... mas no lo creo,
pues que es un hombre de virtud probada.
¿Y si despierto, dentro de la cripta,   30
antes de la hora en que Romeo ha de venir
para salvarme —¡oh, pensamiento terrible!—?
¿Y si quedo asfixiada dentro de la bóveda...
—el aire limpio no puede traspasar su sucia boca—...,
El aire faltará y moriré antes de que venga Romeo.
Y si vivo, ¿no sucederá que, al despertar,
el mismo pensamiento de la muerte y la noche,
además del horror del lugar mismo
—cripta y arcano mausoleo donde reposan
enterrados, por siglos, a centenares   40
los huesos de todos mis antepasados
y donde Tybalt, fresco su cuerpo aún,
reposa y se pudre en su mortaja, y donde,
según dicen, salen a ciertas horas de la noche
los espíritus—...? ¡Ay de mí!, ¿no sucederá,
que al despertar tan pronto, con el olor nauseabundo,
y gritos como de mandrágora arrancada a la tierra

That living mortals, hearing them, run mad—
O, if I wake, shall I not be distraught,
Environèd with all these hideous fears,   50
And madly play with my forefather's joints,
And pluck the mangled Tybalt from his shroud,
And, in his rage, with some great kinsman's bone
As with a club dash out my desperate brains?
O, look! Methinks I see my cousin's ghost
Seeking out Romeo, that did spit his body
Upon a rapier's point. Stay, Tybalt, stay!
Romeo, Romeo, Romeo.
Here's drink. I drink to thee.

She falls upon her bed

SCENE IV

Enter LADY CAPULET *and* NURSE,

LADY CAPULET

Hold, take these keys and fetch more spices, Nurse.

NURSE

They call for dates and quinces in the pastry.

---

foot, and to shriek as it was pulled out of the earth. To hear the mandrake's
shriek was supposed to cause either death or madness.» OED, mandrake, pág.
1713 (113): «The mandrake is poisonous, having emetic and narcotic properties,
and was formerly used medicinally [...] The notion indicated in the narrative of
Genesis XXX, that the fruit when eaten by women promotes conception, is
said still to survive in Palestine.» Spencer, op. cit., pág. 259, añade: «... It was
therefore customary to tie it to a dog by a piece of string in order to pull it ourt
of the ground.»

58-59 *Romeo, Romeo, Romeo!* | *Here's drink- I drink to thee.* En la edición de
Evans, estos versos aparecen como un solo verso hipermétrico, entendido
como un «extended cry».

2 *in the pastry. OED, pastry*, 2, pág. 2095 (543): «A place where pastry is made
(Obs.)».

—¡los mortales que viven no soportan oírlos!—
¿No sucederá que llegue a enloquecer
rodeada de un terror espantoso,   50
y en mi locura, me ponga a jugar con los huesos de mis
        antecesores,
y arranque del sudario el cuerpo roto de Tybalt
y, enfurecida, tome, a modo de estaca,
el hueso de un antepasado y lo hunda en mi pobre cráneo?
¡Ahí está, mirad, es el espíritu de mi primo
saliendo en busca de Romeo que atravesó su cuerpo
con una espada! ¡No, Tybalt, no!
¡Ya voy, Romeo, ya voy! ¡Bebo por ti!

Cae en el lecho

ESCENA IV

Entran LADY CAPULETO *y la* NODRIZA

LADY CAPULETO

Ten, ama. Toma estas llaves y ve a buscar especias.

NODRIZA

El repostero quiere dátiles y membrillo.

Enter CAPULET

CAPULET

Come, stir, stir, stir,! The second cock hath crowed.
The curfew bell hath rung. 'Tis three o'clock.
Look to the baked meats, good Angelica.
Spare not for cost.

NURSE

Go, you cot-quean, go.
Get you to bed! Faith, you'll be sick tomorrow
For this night's watching.

CAPULET

No, not a whit. What, I have watched ere now
All night for lesser cause, and ne'er been sick.   10

LADY CAPULET

Ay, you have been a mouse-hunt in your time.
But I will watch you from such watching now.

---

4 *The curfew bell hath rung.* OED, *curfew*, 12, b, c, pág. 626 (1263): «A regulation in force in medieval Europe by which at a fixed hour in the evening, indicated by the ringing of a bell, fires were to be covered over or extinguished» [...] «The practice of ringing a bell at a fixed hour continued after the original purpose was obsolete, [...]». «The statement that the curfew was introduced by Willian the Conqueror as a measure of political repression has been current since the 16th century, but rests on no early historical evidence, see Freeman *Norman conquest* (1875)». «Also applied to the ringing of a bell at a fixed hour in the morning». El Q_1 presenta la lección «*tis four o'clock*».

5 *good Angelica.* Spencer sugiere un efecto cómico en el nombre de la Nodriza, (se presupone que es el de la Nodriza, pues es ella la que responde) ya que Angélica era la princesa pagana que originó la discordia entre los príncipes del *Orlando Furioso* de Ariosto por su extremada belleza y despiadada coquetería.

6 *Go, you cot-quean, go.* OED, *cotquean*, 3, pág. 571 (1041): «Contemptuously, a man that acts the housewife, that busies himself unduly or meddles with matters belonging to the housewife's province». Es destacable la familiaridad de trato de la Nodriza a Capuleto; por ello algunos comentaristas atribuyen estas líneas a Lady Capulet (Jackson). No obstante, la situación privilegiada de la Nodriza como la sirvienta antigua de la casa justifica el trato familiar. Véase también III.v.169-170 (donde se llama *Lady Wisdom* y *Good Prudence*).

11 *Ay, you have been a mouse-hunt in your time.* OED, *mouse-hunt*, pág. 1865 (719): «Weasel». OED, *mouse*, 3, pág. 1864 (718): «As a playful term of endearment chiefly addressed to a woman (Obs.)».

[358]

Entra CAPULETO

CAPULETO

Venga, venga, a moverse que el gallo ya cantó
por segunda vez. Ya son las tres y ha sonado
la campana de queda. Tú, Angélica, cuida los asados,
y en gastos no repares.

NODRIZA

Retiraos ya, señor Cocinillas.
¡A la cama o mañana
estaréis indispuesto de tanto velar!

CAPULETO

En absoluto. Ya velé antes por razones
menos importantes y jamás enfermé.   10

LADY CAPULETO

Sí, buen faldero fuiste en otros tiempos,
pero ahora yo velaré y evitaré vuestra vigilia.

Exeunt LADY CAPULET *and* NURSE

CAPULET

A jealous hood, a jealous hood!

Enter three or four SERVIGMEN *with spits and logs, etc.*
                    Now, fellow,
What is there?

FIRST SERVINGMAN

Things for the cook, sir; but I know not what.

CAPULET

Make haste, make haste. Sirrah, fetch drier logs.
Call Peter. He will show thee where they are.

SECOND SERVINGMAN

I have a head, sir, that will find out logs
And never trouble Peter for the matter.

Exeunt

CAPULET

Mass! and well said. A merry whoreson, ha!   20
Thou shalt be loggerhead. Good father! 'tis day.
The County will be here with music straight,
For so he said he would.

Music plays

                    I hear him near.
Nurse! Wife! What, ho! What, Nurse, I say!

---

13 *A jealous hood, a jealous hood.* OED, *jealoushood*, pág. 1504 (562): «All the quartos and the three first Folios have the two words jealous hood, which is presumably the true reading; old Capulet in applying the phrase to his wife, either using hood as the type of the female head, or alluding to the use of a hood as a disguise for a jealous spy».

18-21 *I have a head* [...] *Thou shalt be loggerhead.* Evans, *op. cit.*, *loggerhead*, pág. 168: «The head of the logging contingent». Schmidt, *op. cit.*, *loggerhead*, pág. 663: «A blockhead, a dolt».

Salen LADY CAPULETO *y la* NODRIZA

CAPULETO

¡Vaya celosa apagavelas!

Entran tres o cuatro SERVIDORES *con leños, asadores, etc.*

¡Eh, tú!

¡Qué lleváis ahí!

CIRIADO PRIMERO

Cosas para el cocinero, señor. No sé muy bien.

CAPULETO

¡Deprisa pues, deprisa! Y tú, mancebo, trae
leña más seca. Llama a Pedro. Él te dirá dónde.

CIRIADO SEGUNDO

Yo también tengo cabeza, señor, y encontraré
los leños sin problemas, sin molestar a Pedro.

Salen

CAPULETO

¡Bien habla el hideputa! ¡Muy bien!   20
Muy bien, cabeza de alcornoque. ¡Y ya casi amanece!
Pronto llegará el conde con los músicos.
Dijo que así lo haría.

Suena música

Oigo que se acerca.
¡Nodriza! ¡Esposa! ¡Eh, nodriza!

Enter NURSE

Go waken Juliet. Go and trim her up.
I'll go and chat with Paris. Hie, make haste,
Make haste! The bridegroom he is come already.
Make haste, I say.

Exit CAPULET

SCENE V

NURSE *goes to curtains*

NURSE

Mistress! What, mistress! Juliet! Fast, I warrant her, she.
Why, lamb! Why, lady! Fie, you slug-abed!
Why, love, I say! Madam! Sweetheart! Why, bride!
What, not a word? You take your pennyworths now.
Sleep for a week. For the next night, I warrant,
The County Paris hath set up his rest
That you shall rest but little. God forgive me!
Marry, and amen! How sound is she aslep!
I needs must wake her. Madam, madam, madam!
Ay, let the County take you in your bed.   10
He'll fright you up, i'faith. Will it not be?
What, dressed, and in your clothes, and down again?
I must needs wake you. Lady! lady! lady!
Alas, alas! Help, help! My lady's dead!

1-4 *Fast [...] pennyworths*. OED, *fast,* adj.,1d, pág. 966 (86): «Of sleep: deep, sound, unbroken. Of persons: fast asleep». OED, *pennyworth,* 3f, pág. 2122 (651): «To have one's pennyworths of: to have one's repayment or revenge on (Obs.)».

6-7 *set up his rest [...] rest but little*. Evans, *op. cit.*, pág. 169: *set up his rest:* «Resolved to play the limit (a term from the card game of primero, but with obvious bawdy double mening).» OED, *to set up,* III, 2749 (547): «To place in erect position to stand up right». OED, *rest,* 3d, 2514 (544): «(Restored) vigour or strength». Partridge, *op. cit., set up one's rest,* pág. 181: «Cf. the origin *set lance in rest,* "to set one's lance against the check that holds the butt of a tilter's lance when it is couched for the charge against the tilter's opponent"».

[362]

Ve y despierta a Julieta; ayúdala a vestirse.
Yo iré a charlar con Paris. Venga, deprisa.
Deprisa que ha llegado el novio.
¡Deprisa, digo!

Sale CAPULETO

ESCENA V

La NODRIZA *aparta el dosel*

NODRIZA

¡Señora! ¡Señora! ¡Julieta! ¡Vaya, cómo duerme!
Venga, corderito, venga, mi niña. ¡Dormilona!
Ea, te digo. ¡Señora! ¡Ea, criatura, mi novia, ea!
¿No contestas? Cómo te aprovechas, ¿eh?
Duerme para una semana, porque esta noche,
ya verás cómo el conde tiene bien dispuesta...
su guardia... para que no tengas sosiego.
¡Dios me perdone! ¡Y amén! ¡Cómo duerme!
La despertaré. ¡Señora, señora, niña!
Sí... deja que el conde te coja en la cama...
¡Menudo susto! ¿A que sí?... ¿Cómo? ¿Vestida?   10
¿Arreglada y vuelta a acostar?
La despertaré. ¡Señora! ¡Niña! ¡Señora!
¡Dios mío! ¡Dios! ¡Está muerta!

O weraday that ever I was born!
Some *aqua vitae*, ho! My lord! My lady!

Enter LADY CAPULET

LADY CAPULET

What noise is here?

NURSE

O lamentable day!

LADY CAPULET

What is the matter?

NURSE

Look, look! O heavy day!

LADY CAPULET

O me, O me! My child, my only life!
Revive, look up, or I will die with thee!   20
Help, help! Call help.

Enter CAPULET

CAPULET

For shame, bring Juliet forth. Her lord is come.

NURSE

She's dead, deceased. She's dead, alack the day!

LADY CAPULET

Alack the day, she's dead, she's dead, she's dead!

CAPULET

Ha! let me see her. Out alas! she's cold,
Her blood is settled, and her joints are stiff.
Life and these lips have long been separated.
Death lies on her like an untimely frost
Upon the sweetest flower of all the field.

¡Maldigo el día que me vio nacer!
¡Señora! ¡*My lord*! ¡*Aqua vitae*! ¡Señora!

Entra LADY CAPULETO

LADY CAPULETO

¿Qué alboroto es éste?

NODRIZA

¡Oh aciago día!

LADY CAPULETO

¿Qué sucede?

NODRIZA

¡Mirad, mirad! ¡Oh día desventurado!

LADY CAPULETO

¡Dios mío! ¡Dios mío! ¡Mi niña! ¡Mi vida!
¡Despierta! Mírame o moriré contigo.   20
¡Ayuda! ¡Auxilio! ¡Pedid auxilio!

Entra CAPULETO

CAPULETO

¡Qué vergüenza! Haced salir a Julieta. Paris está aquí.

NODRIZA

¡Ha muerto! ¡Está muerta! ¡Muerta!

LADY CAPULETO

¡Está muerta! ¡Muerta! ¡Muerta!

CAPULETO

Dejad que la vea. Está fría.
Ya no hay sangre en sus venas... Está rígida...
Hace horas que la vida se escapó de estos labios.
Escarcha prematura es sobre ella la muerte,
la flor más hermosa de este valle.

[365]

NURSE

O lamentable day!

LADY CAPULET

O woeful time!   30

CAPULET

Death, that hath ta'en her hence to make me wail,
Ties up my tongue and will not let me speak.

Enter FRIAR LAURENCE *and the* COUNTY PARIS

FRIAR LAURENCE

Come, is the bride ready to go to church?

CAPULET

Ready to go, but never to return.
O son, the night before thy wedding day
Hath death lain with thy wife. There she lies,
Flower as she was, deflowerèd by him.
Death is my son-in-law. Death is my heir.
My daughter he hath wedded. I will die
And leave him all. Life, living, all is death's.   40

PARIS

Have I thought long to see this morning's face,
And doth it give me such a sight as this?

LADY CAPULET

Accursed, unhappy, wretched, hateful day!
Most miserable hour that e'er time saw

---

34 *Ready to go and never to return.* El lenguaje de Capuleto, aforístico y
sentencioso como hemos observado hasta ahora, es en este momento un recurso
dramático que después de la letanía desarrollada por la Nodriza y Lady Capuleto
podría suponer un contrapunto cómico en este momento de la obra.

36 *hath death lain with thy wife.* Spencer, *op. cit.,* pág. 262: «Capulet's imagining
of death as his daughter's lover links with Juliet's words at I.v.133 and III.ii.137
and with Lady Capulet's curse at III.v.139 and prepares for Romeo's fantasy,
later, about death as amorous of Juliet and as keeping her as his paramour in
V.iii.102-5.»

NODRIZA

¡Oh, día funesto!

LADY CAPULETO

¡Día de duelo!   30

CAPULETO

La muerte me la robó para que grite...
Tengo la lengua atada, no me es posible hablar.

Entran FRAY LORENZO *y el conde* PARIS

FRAY LORENZO

¿Está la novia dispuesta para ir a la iglesia?

CAPULETO

Lo está para ir y no volver jamás.
Hijo, la noche antes de las nupcias
la muerte yació con tu esposa. Ahí está,
flor violada por la muerte. La muerte
es ahora mi hijo, ella es mi heredero
pues que la desposó. Quiero morir
y dejarlo todo: vida, hacienda... ¡Todo para la muerte!   40

PARIS

¡Tanto he esperado para ver el rostro de un día
como éste, tanto para llegar a esta horrible visión...!

LADY CAPULETO

¡Maldito día de desventura, odioso, fatal día!
¡Hora miserable... la peor que vieron los tiempos

In lasting labour of his pilgrimage!
But one, poor one, one poor and loving child,
But one thing to rejoice and solace in,
And cruel death hath catched it from my sight.

NURSE

O woe! O woeful, woeful, woeful day!
Most lamentable day, most woeful day   50
That ever, ever I did yet behold!
O day, O day, O day! O hateful day!
Never was seen so black a day as this.
O woeful day! O woeful day!

PARIS

Beguiled, divorcèd, wrongèd, spited, slain!
Most detestable Death, by thee beguiled,
By cruel, cruel thee quite overthrown.
O love! O life! Not life, but love in death!

CAPULET

Despised, distressèd, hated, martyred, killed!
Uncomfortable time, why camest thou now   60
To murder, murder our solemnity?
O child! O child! My soul, and not my child!
Dead art thou... Alack, my child is dead,
And with my child my joys are buried!

FRIAR LAURENCE

Peace, ho, for shame! Confusion's cure lives not
In these confusions. Heaven and yourself
Had part in this fair maid. Now heaven hath all,
And all the better is it for the maid.
Your part in her you could not keep from death,
But heaven keeps his part in eternal life.   70

---

55 *Beguiled, divorcèd, spited, slain!* Dada la longitud en sílabas de los adjetivos
participiales en castellano, se opta en la traducción por convertirlos en
sustantivos. Véase también la línea 59 de esta misma escena.
65-6 *Confusion's cure [...] confusions. OED, confusion,* 5a, 6c, pág. 514 (816):
«Confused or disordered condition; disorder». «Disorders, commotions».

en la fatiga infinita de su peregrinar!
¡Mi única hija! ¡Aquella que yo tanto amaba!
¡La única razón de mi alegría, la única!
Y la muerte, cruel, la arrebata a mis ojos.

NODRIZA

¡Oh, día! Día lamentable, funesto día,
el más triste de cuantos he vivido   50
Día funesto, día funesto...
¡Oh día funesto, funesto, funesto!
Día lamentable, día infeliz, el peor
de cuantos llegué a ver.

PARIS

¡Oh, engaño, ofensa, soledad, tormento, muerte!
Oh, muerte detestable, engañado por ti; por ti,
cruel, por ti vencido. ¡Oh, amor!
Oh, vida... ¡No, más vida no, sino la amada muerte!

CAPULETO

¡Oh desprecio, odio, espanto, tortura, muerte!
¿Por qué viniste, oh tiempo inoportuno,   60
a asesinar nuestra felicidad?
¡Mi niña, niña mía! ¡Mi alma, más que niña!
¡Estás muerta! ¡Mi niña está muerta!
¡Con ella quede mi gozo sepultado!

FRAY LORENZO

¡Silencio pido! ¡Vergüenza! El remedio para el dolor
no habita en el llanto. Vos y el Cielo erais
dueños de esta niña. Ahora el Cielo os la roba
y el beneficio es sólo para ella.
No pudisteis arrebatar a la muerte vuestra parte
y el Cielo se reserva la suya para la vida eterna.   70

The most you sought was her promotion,
For 'twas your heaven she should be advanced.
And weep ye now, seeing she is advanced
Above the clouds, as high as heaven itself?
O, in this love, you love your child so ill
That you run mad, seeing that she is well.
She's not well married that lives married long,
But she's best married that dies married young.
Dry up your tears and stick your rosemary
On this fair corse, and, as the custom is,   80
In all her best array bear her to church.
For though fond nature bids us all lament,
Yet nature's tears are reason's merriment.

CAPULET

All things that we ordainèd festival
Turn from their office to black funeral.
Our instruments to melancholy bells;
Our wedding cheer to a sad burial feast;
Our solem hymns to sullen dirges change;
Our bridal flowers serve for a buried corse;
And all things change them to the contrary.   90

FRIAR LAURENCE

Sir, go you in; and, madam, go with him;
And go, Sir Paris. Every one prepare
To follow this fair corse unto her grave.
The heavens do lour upon you for some ill.
Move them no more by crossing their high will.

---

96 *Faith, we may put up our pipers and be gone.* Tilley, *op. cit.,* pág. 345, «Put up
your pipes». «Pipes» forma parte del proverbio, y no tiene relación necesaria con
ningún instrumento concreto, puesto que los músicos que aparecen en escena,
tocan instrumentos de cuerda (ver notas a las líneas 124, 126, 128). Partridge, *op.
cit.,* pág. 160, también señala una posible insinuación respecto a «penis».

Vosotros la queríais en lo más alto,
y en eso consistía vuestro Cielo.
¿Por qué lloráis ahora cuando se encuentra
más allá de las nubes, en ese mismo Cielo?
El amor que le profesáis, es egoísta,
pues enloquecéis viéndola en la gloria.
No tiene mejor matrimonio la mujer que goza
marido más tiempo sino la de muerte joven.
Secad vuestras lágrimas. Cubrid de romero
este hermoso cuerpo y, según la costumbre,   80
llevadla al templo con sus mejores galas:
que aunque naturaleza nos invita al llanto,
júbilo de la razón son las lágrimas de la naturaleza.

CAPULETO

Todo lo que habíamos preparado para la fiesta
servirá ahora para su funeral.
Nuestros instrumentos serán campanas de tristeza;
nuestra alegría por la boda, será rito de muerte;
nuestros himnos solemnes elegías;
nuestras flores, adornos para la sepultura;
todo debe servir para lo que es su contrario.   90

FRAY LORENZO

Señor, entrad. Id con él, señora.
Y vos, conde Paris. Que cada cual se prepare
para acompañar este hermoso cuerpo hasta su tumba.
Los cielos se han encolerizado contra todos.
No queráis irritarles más. Aceptad su designio.

Exeunt all except the NURSE, *casting rosemary on her and shutting the
curtains*

Enter MUSICIANS

FIRST MUSICIAN

Faith, we may put up our pipes and be gone.

NURSE

Honest good fellows, ah, put up, put up!
For well you know this is a pitiful case.

Exit

FIRST MUSICIAN

Ay, by my troth, the case may be amended.

Enter PETER

PETER

Musicians, O musicians, «Heart's ease» «Hearts ease»! O,   100
an you will have me live, play «Heart's ease».

FIRST MUSICIAN

Why «Hearts ease»?

PETER

O musicians, because my heart itself plays «My heart
is full». O play some merry dump to comfort me.

SECOND MUSICIAN

Not a dump we! 'Tis no time to play now.

101-104 *«Heart's ease» [...] «My is full».* Spencer, *op. cit.,* pág. 266, comenta:
«"*Heart's ease*" was a popular song of the time. The music is preserved in John
Playford's *The English Dancing Master* (1651) and is reprinted in E.W. Naylor's
Shakespeare and Music (2nd edition 1928) and in William Chappell's *Popular Music
of the Olden Time* (repág. 1965). The words of the song are lost.» [...] «My heart
is full»: «The tune has not certainly been identified. In 1622 Q_4 quotes the title
of the song as "My heart is full of woe", this is a line in *A Pleasant New Ballad of
Two Lovers,* which may be old but is not known to have been printed until some
time after the play.»
104-5 *merry dump [...] Not a dump we!* OED, *dump,* sb[1]3, pág. 816 (713): «A

Salen todos menos la NODRIZA, *que cubre con romero el cuerpo*
y corre el dosel

Entran MÚSICOS

MÚSICO PRIMERO

Que cada cual recoja su instrumento y vayámonos.

NODRIZA

Sí, recogedlos, buena gente
que este día es de lágrimas.

Sale

MÚSICO PRIMERO

Mejor día pudiera ser, en verdad.

Entra PEDRO

PEDRO

Eh, músicos, tocad «Paz en el corazón», os lo ruego. ¡Por   100
mi vida! ¡«Paz en el corazón»!

MÚSICO PRIMERO

¿«Paz en el corazón»? ¿Por qué?

PEDRO

Porque en mi corazón ya suena «Mi corazón está lleno de
tristeza». Tocad algo alegre que me consuele.

MÚSICO SEGUNDO

¡Quita, hombre! No es momento para tocar nada.

[373]

PETER

You will not then?

FIRST MUSICIAN

No.

PETER

I will then give it you soundly.

FIRST MUSICIAN

What will you give us?

PETER

No money, on my faith, but the gleek. I will give you   110
the misntrel.

FIRST MUSICIAN

Then will I give you the serving-creature.

PETER

Then will I lay the serving-creature's dagger on your
pate. I will carry no crotchets. I'll re you, fa you. Do
you note me?

---

mournful or plaintive melody or song; also, by extension, a tune in general;
sometimes used for a kind of dance (Obs.)». El oxímoron parece dar el tono de
incongruencia cómica en que abunda el resto de la escena.

108 *soundly.* Evans, *op. cit.,* pág. 174: «Thoroughly (with a play on "berate
with words" —"sounds"— and on their profession as musicians)».

110 *No money [...] but the gleek.* OED, *gleek,* sb².1b, pág. 1155 (213): «To give
one the/a gleek; to make a jest at one's expense, to mock, make sport of, play a
trick upon.» La traducción favorece una interpretación gestual.

110-4 *I will give you the minstrel [...] on your pate.* En lugar de intercambiarse
«insultos» (*OED, minstrel,* 1, 3, pág. 1805 (480): «A servant having a special
function (Obs. rare)». «Used poetically or rhetorically for a musician, singer or
poet»), Pedro y el músico asumen sus «papeles» para posibilitar el diálogo en
castellano. Pedro apoya su gesto anterior con «pues soy rústico», y el músico le
«marca» el compás, lo que permite a Pedro la respuesta «te marcaré con el
cuchillo». Véase además *OED, give,* 30b, pág. 1148 (186): «To assign o impose
a name».

¿No tocaréis entonces?

MÚSICO PRIMERO

No.

PEDRO

Ya os lo daré yo bien sonoro.

MÚSICO PRIMERO

¿El qué?

PEDRO

No será dinero, no, sino por ahí, pues soy rústico.   110

MÚSICO PRIMERO

Sí, y yo te marcaré el compás.

PEDRO

Y yo te marcaré a ti con el cuchillo. Con bemoles y sin
bemoles, con el *re* y con el *fa*. ¿Notáis las notas?

FIRST MUSICIAN

An you re us and fa us, you note us.

SECOND MUSICIAN

Pray you put up your dagger, and put out your wit.

PETER

Then have at you with my wit! I will dry-beat you with an iron wit, and put up my iron dagger. Answer me like men:

> *When griping griefs the heart doth wound,*   120
> *And doleful dumps the mind oppress,*
> *Then music with her silver sound.*

Why «silver sound»? Why «music with her silver sound»? What say you, Simon Catling?

FIRST MUSICIAN

Marry, sir, because silver hath a sweet sound.

PETER

Pretty! What say you, Hugh Rebeck?

113-5 *I will carry no crotchets. I'll re you. I'll fa you. Do you note me?* OED, *crotchet*, 7, 9, pág. 611 (1203): «In Music: A note of half the value of a minim». «A whimsical fancy; a perverse conceit». *Re:* por homofonía, *ray; OED, ray,* vb².5, pág. 2424 (184): «To smeat, bespatter, dirty or defile». *Fa:* por homofonía, *fay; OED, fay,* vb.², pág. 972 (1120: «To clean, cleanse, polish, clear away filth». En la traducción no puede mantenerse el juego fonético creado en el original, por lo que se crea un juego verbal equivalente basado en el doble sentido de «marcar», tanto el ritmo como con el cuchillo. Véase la relación de esta expresión con *carry coals* en I.i.1, y también Introducción.

124-8 *Simon Catling [...] Hugh Rebeck [...] James Soundpost.* OED, *catling,* 2, pág. 357 (188): «Catgut for a violin, lute, or the like; the smallest-sized lute-strings». OED, *rebeck,* pág. 2433 (220): «A mediaeval instrument of music, having three strings and played with a bow; an early form of the fiddle». OED, *soundpost,* pág. 2931 (473): «A small peg of wood fixed beneath the bridge of a violin or similar instrument, serving as a support for the belly and as a connecting part between this and the back». Véase M.ª Moliner, *op. cit., bordón,* 6, 7, pág. 401: «Cuerda de las gruesas en un instrumento de cuerda». «Cuerda de tripa atravesada diametralmente en el parche inferior del tambor».

126-8 *Pretty! What say you, Hugh Rebeck? [...] Pretty too! Pretty* es la lectura de

[376]

MÚSICO PRIMERO

Con tu *re* y con tu *fa* nos tocas tú...

MÚSICO SEGUNDO

¡Métete ese cuchillo y sácate el ingenio!

PEDRO

Te clavaré el ingenio entonces, la vara del ingenio, y envainaré la del cuchillo. Contestad como hombres.

> *Cuando el dolor te atenaza*
> *el alma y el corazón,*
> *ponle sonido de plata.*

120

¿Por qué «sonido de plata»? ¿Por qué la música «con sonido de plata». ¿Qué me dices a eso, Simón Bordón?

MÚSICO PRIMERO

Pues que el de plata es un sonido muy suave.

PEDRO

Está bien. ¿Y vos? ¿Qué decís Hugo Flautas?

SECOND MUSICIAN

I say «silver sound» because musicians sound for silver.

PETER

Pretty too! What say you, James Soundpost?

THIRD MUSICIAN

Faith, I know not what to say.

PETER

O, I cry you mercy! You are the singer. I will say for   130
you. It is «music with her silver sound», because
musicians have no gold for sounding.

[Sings]   *Then music with her silver sound*
          With speedy help doth lend redress

Exit

FIRST MUSICIAN

What a pestilent knave is this same!

SECOND MUSICIAN

Hang him, Jack! Come, we'll in here, tarry for the
mourners, and stay dinner.

Exeunt

Q_1; Q_2 presenta la variante *prates* («He prattles»). La traducción explícitamente
opta por la primera versión, pero se permite también una lectura irónica, que
incluiría la del Q_2.

MÚSICO SEGUNDO

Se dice «sonido de plata» porque los sonidos de los músicos suenan por la plata.

PEDRO

¡Muy bien! ¿Qué decís vos, Juan el Clavija?

MÚSICO TERCERO

La verdad... no sé qué decir.

PEDRO

Perdonadme por la pregunta; veo que sois el cantor. Lo diré yo por vos. Se dice «Música con sonido de plata»   130
porque los músicos no tienen dinero para sonar.

[Canta.]   Ponle sonido de plata
                            que es el sosiego del alma.

                    Sale

MÚSICO PRIMERO

Este hombre es un bribón.

MÚSICO SEGUNDO

Déjalo, Jack. Entremos aquí a esperar a los que lloran y luego ¡a comer!

                    Salen

ACT V

SCENE I

Enter ROMEO

ROMEO

If I may trust the flattering truth of sleep,
My dreams presage some joyful news at hand.
My bosom's lord sits lightly in his throne,
And all this day an unaccustomed spirit
Lifts me above the ground with cheerful thoughts.
I dreamt my lady came and found me dead.
Strange dream that gives a dead man leave to think!
And breathed such life with kisses in my lips
That I revived and was an emperor.
Ah me! how sweet is love itself possessed,   10
When but love's shadows are so rich in joy!

Enter BALTHASAR,

News from Verona! How now, Balthasar?
Dost thou not bring me letters from the Friar?

V.i. La escena comienza con la expresión de los presentimientos de Romeo:
I dreamt my lady came and found me dead. Ya en III.v.54-5 Julieta había pronuncia-
do su presagio: *Methinks I see thee... As one dead in the bottom of a tomb.* Las
premoniciones sobre el desenlace de la tragedia insisten en el tema del destino
como elemento conductor de la historia de estos *star-crossed lovers.* «Su
lamentable fin, su desventura» se acerca ya inexorable, despreciando el desafío
de Romeo en la línea 24 de esta misma escena: *Is it e'en so? Then I defy you, stars?*

ACTO V

ESCENA I

Entra ROMEO

ROMEO

Si he de creer en la verdad del sueño adulador,
mis sueños son presagio de felices nuevas
que se acercan; quien es dueño de mi pecho se sienta alegre
en su trono y, hoy, un ardor insólito
me eleva del suelo con pensamiento de felicidad.
Soñé que venía mi dama, y me encontraba
muerto (extraño es que en sueños puede un muerto pensar).
Y tanta vida me inspiraba besándome en los labios
que renacía convertido en rey del mundo.
¡Qué dulce es, ay de mí, poseer el amor   10
cuando hasta en sueños tiene tanta alegría!

Entra BALTHASAR

¡Noticias de Verona! ¿Algo nuevo, Balthasar?
¿Traes cartas de Fray Lorenzo?

How doth my lady? Is my father well?
How doth my lady Juliet? That I ask again,
For nothing can be ill if she be well.

BALTHASAR

Then she is well, and nothing can be ill.
Her body sleeps in Capel's monument,
And her immortal part with angels lives.
I saw her laid low in her kindred's vault   20
And presently took post to tell it you.
O, pardon me for bringing these ill news,
Since you did leave it for my office, sir.

ROMEO

Is it e'en so? Then I defy you, stars!
Thou knowest my lodging. Get me ink and paper,
And hire posthorses. I will hence tonight.

BALTHASAR

I do beseech you, sir, have patience.
Your looks are pale and wild and do import
Some misadventure.

ROMEO

                    Tush, thou art deceived.
Leave me and do the thing I bid thee do.   30
Hast thou no letters to me from the Friar?

BALTHASAR

No, my good lord.

ROMEO

                    No matter. Get thee gone
And hire those horses. I'll be with thee straight.

Exit BALTHASAR

Well, Juliet, I will lie with thee tonight.
Let's see for means. O mischief, thou art swift

---

26 *posthorses*. Conjunto de caballerías que se apostaban en los caminos para
renovar las del correo, el tiro de las diligencias, etc.

¿Cómo está mi señora? ¿Y mi padre?
¿Qué hace Julieta? De nuevo lo pregunto,
pues nada puede ir mal si ella se encuentra bien.

BALTHASAR

Ella está bien y nada está mal.
Su cuerpo duerme en la tumba de los Capuleto
y su alma, vive con los ángeles.
Yo mismo la vi enterrar en la cripta de sus antepasados,   20
y enseguida me puse en camino para decíroslo.
Perdonadme por traeros estas malas noticias,
pero vos mismo así me lo encargasteis.

ROMEO

No puede ser cierto. Yo os desafío, estrellas.
Ya sabéis dónde vivo. Procuradme papel y tinta
y alquila caballos de posta. Partiré esta noche.

BALTHASAR

Calmaos señor, os lo ruego. Vuestro rostro
desencajado y pálido hace temer
alguna desgracia.

ROMEO

                    ¡Te engañas!
Déjame y haz lo que digo.   30
¿No traes cartas de Fray Lorenzo?

BALTHASAR

No, mi buen señor.

ROMEO

                 No importa. Vete ya.
Y alquila esos caballos. Pronto estaré contigo.

Sale BALTHASAR

Bien, Julieta. Esta noche dormiremos los dos
juntos. Veamos cómo... ¡Oh perdición, cuán rápida

To enter in the thoughts of desperate men.
I do remember an apothecary,
And hereabouts 'a dwells, which late I noted
In tattered weeds, with overwhelming brows,
Culling of simples. Meagre were his looks.   40
Sharp misery had worn him to the bones.
And in his needy shop a tortoise hung,
An alligator stuffed, and other skins
Of ill-shaped fishes; and about his shelves
A beggarly account of empty boxes,
Green earthen pots, bladders, and musty seeds,
Remnants of packthread, and old cakes of roses
Were thinly scattered, to make up a show.
Nothing this penury, to myself I said,
«An if a man did need a poison now   50
Whose sale is present death in Mantua,
Here lives a caitiff wretch would sell it him».
O, this same thought did but forerun my need,
And this same needy man must sell it me.
As I remember, this should be the house.
Being holiday, the beggar's shop is shut.
What, ho! Apothecary!

Enter APOTHECARY

APOTHECARY

Who calls so loud?

ROMEO

Come hither, man. I see that thou art poor.
Hold, there is forty ducats. Let me have
A dram of poison, such soon-speeding gear   60
As will disperse itself through all the veins,
That the life-weary taker may fall dead
And that the trunk may be discharged of breath

63-65 *that the trunk may be discharged of breath [...] fatal cannon's womb. OED,
trunk,* 2, 11, pág. 3422 (427): «The human body, considered without the head
and limbs». «A cylindrical case to contain or discharge explosives or combusti-
bles».

entras en la mente de los hombres desesperados...!
Recuerdo que cerca de aquí vive
un boticario. Le vi hace poco;
vestía harapos; sus cejas muy pobladas;
recogía hierbas. Mísera parecía su persona,   40
pues la miseria le había consumido hasta los huesos.
En su pobre botica colgaba una tortuga,
un caimán disecado y otras pieles
de peces de extrañas formas. Y por los estantes
podía verse un escaso surtido de cajas vacías,
tarros de tierra verdosos, vejigas, simientas rancias,
trozos de bramante y viejos panes de rosa;
todo ello aquí y allá para su ostentación;
ante tal miseria yo me dije a mí mismo:
«Si un hombre tuviera necesidad de algún veneno   50
cuya venta se castiga en las ciudades con la muerte
cierto parece que este miserable se lo vendería».
Este mismo pensamiento se adelantó a mi necesidad.
Seguro es que este pobre me lo puede vender...
Creo que es ésta la casa.
Parece cerrada por ser fiesta.
¡Eh, boticario! ¡Hola!

Entra el BOTICARIO

BOTICARIO

¿Quién grita ahí?

ROMEO

Venid aquí, amigo. Sois pobre por lo que veo.
Ahí tenéis cuarenta ducados. Procuradme una dosis
de veneno, algo que actúe rápido,   60
y que se dispare por las venas de modo
que quien lo tome, cansado de la vida,
caiga muerto, huyendo el hálito de sus labios

[385]

As violently as hasty powder fired
Doth hurry from the fatal cannon's womb.

APOTHECARY

Such mortal drugs I have. But Mantua's law
Is death to any he that utters them.

ROMEO

Art thou so bare and full of wretchedness
And fearest to die? Famine is in thy cheeks.
Need and oppression starveth in thy back.   70
Contempt and beggary hangs upon thy back.
The world is not thy friend, nor the world's law.
The world affords no law to make thee rich.
Then be not poor, but break it and take this.

APOTHECARY

My poverty but not my will consents.

ROMEO

I pay thy poverty and not thy will.

APOTHECARY

Put this in any liquid thing you will
And drink it off, and if you had the strength
Of twenty men it would dispatch you straight.

ROMEO

There is thy gold —worse poison to men's souls,   80
Doing more murder in this loathsome world,
Than these poor compounds that thou mayst not sell.
I sell thee poison. Thou hast sold me none.
Farewell. Buy food and get thyself in flesh.
Come, cordial and not poison, go with me
To Juliet's grave. For there must I use thee.

Exeunt

69-71 *Famine is in thy cheeks [...] hangs upon thy back.* Los tres verbos *(is, starveth, hangs)* se recogen en uno en la traducción, y éste rige los tres versos por yuxtaposición.

con tanta violencia como lo hace la pólvora
que estalla en las fatales vísceras del cañón.

BOTICARIO

Tengo una droga así. Pero la ley de Mantua
castiga con la muerte a quien la venda.

ROMEO

¿Andrajoso y desnudo como andas y tienes miedo
a morir? El hambre se dibuja en tus mejillas,
la necesidad y la opresión en tus ojos,   70
y el desprecio y miseria en tus espaldas.
Ni el mundo ni sus leyes son tus amigos.
¿Qué ley del mundo existe para que prosperes?
No sigas pobre. Rebélate. Toma esto.

BOTICARIO

Mi pobreza consiente, pero no mi deseo.

ROMEO

Compraré tu pobreza y dejaré intacto tu deseo.

BOTICARIO

Pon esto en cualquier líquido que bebas,
y trágalo, que aunque tuvieras la fuerza
de veinte hombres, morirás de inmediato.

ROMEO

Ahí tienes el oro... peor veneno para el alma,   80
y más mortal, en este odioso mundo,
que esas pobres hierbas que tienes prohibido
vender. Yo te vendo el veneno. Tú ninguno
me vendiste. Adiós. Compra comida y engorda.
Ven, tú, licor, que no veneno; ven conmigo
a la tumba de Julieta, que allí te beberé.

Salen

SCENE II

Enter FRIAR JOHN

FRIAR JOHN

Holy Franciscan Friar, brother, ho!

Enter FRIAR LAURENCE

FRIAR LAURENCE

This same should be the voice of Friar John.
Welcome from Mantua. What says Romeo?
Or, if his mind be writ, give me his letter.

FRIAR JOHN

Going to find a bare-foot brother out,
One of our order, to associate me
Here in this city visiting the sick,
And finding him, the searchers of the town,
Suspecting that we both were in a house
Where the infectious pestilence did reign,   10
Sealed up the doors, and would not let us forth,
So that my speed to Mantua there was stayed.

FRIAR LAURENCE

Who bare my letter, then, to Romeo?

FRIAR JOHN

I could not send it —here it is again—
Nor get a messenger to bring it thee,
So fearful were they of infection.

FRIAR LAURENCE

Unhappy fortune! By my brotherhood,
The letter was not nice, but full of charge,
Of dear import; and the neglecting it
May do much danger. Friar John, go hence.   20

---

5 *bare-foot brother.* Fraile de la orden de San Francisco de Asís.

ESCENA II

Entra FRAY JUAN

FRAY JUAN

¡Hermano de San Francisco! ¡Hermano!

Entra FRAY LORENZO

FRAY LORENZO

Parece la voz de Fray Juan.
¡Bienvenido! ¿Cómo está Romeo?
Si me ha escrito, dadme la carta ya.

FRAY JUAN

Fui a buscar un hermano descalzo,
uno de nuestra orden, para unirlo a mí,
estaba en la ciudad visitando a un enfermo.
Lo encontré en un momento en que la guardia
sospechó que pudiese venir de alguna casa
donde hubiese contagio de la peste.   10
Sin dejarnos salir, selló las puertas,
y así no pude hacer el camino hasta Mantua.

FRAY LORENZO

¿Quién llevó mi carta hasta Romeo?

FRAY JUAN

Nadie... Aquí os la devuelvo.
Ni siquiera pude encontrar un mensajero
que os la devolviera. Tanto miedo había a la peste.

FRAY LORENZO

¡Oh destino adverso! ¡Por mis santas órdenes!
No era una carta trivial, sino de gran importancia
por su información. Haberla dejado sin entregar
es muy peligroso. Id presto, hermano Juan.   20

Get me an iron crow and bring it straight
Unto my cell.

FRIAR JOHN

Brother, I'll go and bring it thee.

Exit FRIAR JOHN

FRIAR LAURENCE

Now must I to the monument alone.
Within this three hours will fair Juliet wake.
She will beshrew me much that Romeo
Hath had no notice of these accidents.
But I will write again to Mantua,
And keep her at my cell till Romeo come.
Poor living corse, closed in a dead man's tomb!

Exit

SCENE III

Enter PARIS *and his* PAGE, *with flowers and sweet water*

PARIS

Give me thy torch, boy. Hence, and stand aloof.
Yet put it out, for I would not be seen.
Under yond yew trees lay thee all along,
Holding thy ear close to the hollow ground.
So shall no foot upon the churchyard tread,
Being loose, unfirm, with digging up of graves,
But thou shalt hear it. Whistle then to me,
As signal that thou hearest something approach.
Give me those flowers. Do as I bid thee, go.

PAGE

[*Aside*] I am almost afraid to stand alone   10
Here in the churchyard. Yet I will adventure.

Exit

---

3 *yew-trees*. «Tejo»: planta arbórea de las coníferas cuyas hojas son tóxicas. Se encuentran en los cementerios, donde la tradición los consagra al culto de los muertos.

Traedme enseguida una barra de hierro
a mi celda.

FRAY JUAN
Enseguida os la traeré.

Sale FRAY JUAN

FRAY LORENZO

Debo ahora ir yo solo a la tumba.
Julieta despertará en tres horas.
Me maldecirá cuando vea que Romeo
no tenía noticias de todo esto.
Escribiré de nuevo otra carta a Mantua.
La guardaré en mi celda hasta que llegue
Romeo... Pobre cadáver viviente... en una tumba.

Sale

ESCENA III

Entran PARIS *y un* PAJE, *con flores y agua perfumada*

PARIS

Dame esa antorcha, mancebo. Espera ahí.
No, no, apágala; que nadie me vea.
Ve y tiéndete al pie de aquellos tejos,
y aplica tu oído a la tierra hueca...
No ha de pisar ningún pie este cementerio
sin que lo oigas, pues suelta y poco firme
está la tierra de tanto cavar tumbas.
Silba si alguien se acerca. Dame
esas flores y haz como te he dicho.

PAJE

[*Aparte.*] Me da miedo quedarme solo,   10
aquí en el cementerio... Bien, lo haré.

Sale

Sweet flower, with flowers thy bridal bed I strew
O woe! Thy canopy is dust and stones
Which with sweet water nightly I will dew;
Or, wanting that, with tears distilled by moans.
The obsequies that I for thee will keep
Nightly shall be to strew thy grave and weep.

PAGE *whistles*

The boy gives warning something doth approach.
What cursèd foot wanders this way tonight
To cross my obsequies and true love's rite?   20
What, with a torch? Muffle me, night, awhile.

PARIS *retires.*
Enter ROMEO *and* BALTHASAR, *with a torch, a mattock, and
a crow of iron*

ROMEO

Give me that mattock and the wrenching iron.
Hold, take this letter. Early in the morning
See thou deliver it to my lord and father.
Give me the light. Upon thy life I charge thee,
Whate'er thou hearest or seest, stand all aloof
And do not interrupt me in my course.
Why I descend into this bed of death
Is partly to behold my lady's face,
But chiefly to take thence from her dead finger   30
A precious ring, a ring that I must use
In dear employment. Therefore hence, be gone.
But if thou, jealous, dost return to pry
In what I farther shall intend to do,
By heaven, I will tear thee joint by joint
And strew this hungry churchyard with thy limbs.
The time and my intents are savage-wild,
More fierce and more inexorable far
Than empty tigers or the roaring sea.

Con flores, oh mi dulce flor, adorno tu lecho
—Ay de mí, de polvo y piedra es tu dosel—
que he de rociar cada noche con un agua de rosas,
o, al carecer de ella, con lágrimas que mi gemir destile.
Mis exequias, las que yo te ofrendaré,
serán de flores y de lágrimas.

El PAJE *silba*

El mancebo advierte la presencia de alguien.
¿Qué pasos malditos se acercan en la noche
para turbar mi ofrenda y mi amoroso rito?   20
¿Una antorcha? ¡Noche, escóndeme por un instante!

Se retira.
Entran ROMEO *y* BALTHASAR *con una antorcha, una azada*
y una barra de hierro

ROMEO

Alcánzame el pico y la barra de hierro.
Toma esta carta. Por la mañana ocúpate
de entregarla a mi padre. ¡La luz,
dámela! Y ahora te digo por tu vida:
mantente lejos, oigas lo que oigas,
y no interrumpas lo que veas que hago.
No sólo desciendo al lecho de la muerte
para volver a contemplar el lecho de mi amada,
sino para rescatar de sus dedos sin vida   30
un anillo preciado, un anillo que debo usar
en algo muy querido. Márchate, pues.
Pero si, receloso, volvieras a espiar
lo que me proponga hacer, por el cielo
que he de hacerte pedazos, y esparciré tus miembros
por este insaciable cementerio.
Esta hora y mis instintos son feroces,
salvajes e inexorables, como el tigre
hambriento, o el mar enfurecido.

BALTHASAR

I will be gone, sir, and not trouble ye.   40

ROMEO

So shalt thou show me friendship. Take thou that.
Live, and be prosperous; and farewell, good fellow.

BALTHASAR

[Aside] For all this same, I'll hide me hereabout.
His looks I fear, and his intents I doubt.

Exit

ROMEO

Thou detestable maw, thou womb of death,
Gorged with the dearest morsel of the earth,
Thus I enforce thy rotten jaws to open,
And in despite I'll cram thee with more food.

ROMEO *opens the tomb*

PARIS

This is that banished haughty Montague
That murdered my love's cousin —with which grief   50
It is supposèd the fair creature died—
An here is come to do some villainous shame
To the dead bodies. I will apprehend him.
Stop thy unhallowed toil, vile Montague!
Can vengeance be pursued further than death?
Condemnèd villain, I do apprehend thee.
Obey, and go with me. For thou must die.

ROMEO

I must indeed; and therefore came I hither.
Good gentle youth, tempt not a desperate man.
Fly hence and leave me. Think upon these gone.   60

Ya me marcho, señor. No habré de molestaros.   40

ROMEO

Así mostrarás tu amistad. Toma esto,
vive y que puedas prosperar. Adiós, amigo.

BALTHASAR

[Aparte.] Me esconderé por aquí. Temo por él,
y tengo dudas sobre lo que intenta.

Sale

ROMEO

¡Tú, fauce abominable! ¡Oh, tú, vientre mortal
que te saciaste con el bocado más hermoso de la tierra!
Así te obligo a abrir tus quijadas podridas
y a engullir, muy a tu pesar, más alimento.

ROMEO *abre el sepulcro*

PARIS

Este es el altivo Montesco desterrado,
el que asesinó al primo de mi amada, cuyo dolor,   50
dicen, mató también a mi bella criatura.
Aquí está para cometer más villanías vergonzantes
con los cuerpos sin vida. He de prenderle.
¡Montesco, detén tus viles intenciones!
¿Quieres llevar tu venganza más allá de la muerte?
Villano, renegado, te prenderé.
¡Obedece! ¡Ven conmigo porque debes morir!

ROMEO

Es cierto, moriré. A eso vine. Buen mancebo,
sed gentil, y no tentéis a un hombre desesperado.
Marchaos y dejadme. Pensad en los que murieron;   60

[395]

Let them affright thee. I beseech thee, youth,
Put not another sin upon my head
By urging me to fury. O, be gone!
By heaven, I love thee better than myself,
For I come hither armed against myself.
Stay not, be gone. Live, and hereafter say
A madman's mercy bid thee run away.

PARIS

I do defy the conjuration
And apprehend thee for a felon here.

ROMEO

Wilt thou provoke me? Then have at thee, boy!   70

They fight

PAGE

O Lord, they fight! I will go call the Watch.

Exit PAGE

PARIS

O, I am slain! If thou be merciful,
Open the tomb, lay me with Juliet.

PARIS *dies*

ROMEO

In faith, I will. Let me peruse this face.
Mercutio's kinsman, noble County Paris!
What said my man when my betossèd soul
Did not attend him as we rode? I think
He told me Paris should have married Juliet.
Said he not so? Or did I dream it so?
Or am I mad, hearing him talk of Juliet,   80
To think it was so? O, give me thy hand,
One writ with me in sour misfortune's book.
I'll bury thee in a triumphant grave.
A grave? O, no, a lantern, slaughtered youth.

que ellos os llenen de pánico. Os lo ruego, amigo,
no arrojéis otro pecado sobre mi cabeza
provocando mi ira. ¡Marchaos, por el Cielo!
Más os quiero a vos que a mí mismo,
pues contra mi propia persona traigo armas.
Marchaos, que viváis mucho tiempo y podáis
decir que os salvasteis por el favor de un loco.

PARIS

Yo desafío vuestros conjuros,
y os hago preso por traidor.

ROMEO

¿Me provocáis? ¡Desenvainad!   70

Luchan

PAJE

¡Están luchando! Llamaré a la guardia.

Sale

PARIS

Muero... Si os queda piedad, abrid
la tumba y ponedme junto a julieta.

Muere

ROMEO

Por mí que lo haré. Dejad que os vea.
¡El pariente de Mercutio! ¡El conde Paris!
¿Qué me decía mi criado cuando cabalgábamos
y mi atormentada alma no le escuchaba?
Me decía, creo, que Paris debía desposar a Julieta.
¿Era eso lo que dijo? ¿Lo he soñado? Quizás
enloquecí al oírle hablar de Julieta   80
y me lo hizo pensar... ¡Oh, dadme vuestra mano,
vos, inscrito conmigo en el libro del infortunio!
Os daré sepultura en esta tumba...
¿Tumba? Oh, no, no, sino luminaria. ¡Oh, tú,

For here lies Juliet, and her beauty makes
This vault a feasting presence full of light.
Death, lie thou there, by a dead man interred.
How oft when men are at the point of death
Have they been merry! which their keepers call
A lightning before death. O how may I   90
Call this a lightning? O my love, my wife!
Death, that hath sucked the honey of thy breath,
Hath had no power yet upon thy beauty.
Thou art not conquered. Beauty's ensign yet
Is crimson in thy lips and in thy cheeks,
And death's pale flag is not advancèd there.
Tybalt, liest thou there in thy bloody sheet?
O, what more favour can I do to thee
That with that hand cut thy youth in twain
To sunder his that was thine enemy?   100
Forgive me, cousin! Ah, dear Juliet,
Why art thou yet so fair? Shall I believe
That unsubstantial death is amorous,
And that the lean abhorrèd monster keeps
Thee here in dark to be his paramour?
For fear of that I still will stay with thee
And never from this palace of dim night
Depart again. Here, here will I remain
With worms that are thy chambermaids. O here
Will I set up my everlasting rest   110
And shake the yoke of inauspicious stars
From this world-wearied flesh. Eyes, look your last!
Arms, take your last embrace! and, lips, O you
The doors of breath, seal with a righteous kiss
A dateless bargain to engrossing death!

   109-118 *O here| will I set up my everlasting rest* [...] *the dashing rocks thy seasick
weary bark.* Evans, *op. cit.,* pág. 186: «Walter Whiter notes how images here
drawn from the stars, the law and the sea succeed each other in the same order,
though with different application as in Romeo's speech of fatal premonition in
I.iv.106-13.»

   111 *The yoke of inauspicious stars.* Referencia a la creencia, generalizada en
tiempos de Shakespeare, de la nefasta influencia que ejercían las estrellas sobre la
vida humana.

joven asesinado...! Pues en ella está Julieta, y su
    hermosura
convierte esta fosa en radiante presencia de luz.
¡Yace ahí, oh, muerte, enterrada por quien ya ha muerto!
Cuán frecuente es que los hombres a punto de morir
muestren una sonrisa a la que quienes velan
llaman luz que da paso a la muerte... ¿Una luz?   90
¿Le he llamado luz?... ¡Oh, amor, esposa mía!
La muerte que sorbió la miel de tus labios
no pudo nada contra tu belleza.
¡No te ha conquistado! La belleza
es rosa en tus mejillas y en tus labios.
Y la pálida enseña de la muerte no fue
enarbolada. Tybalt, yaces allí en tu mortaja de sangre.
¿Qué puedo hacer por ti sino matar,
con la mano que partió en dos tu juventud,
a quien fue tu asesino? Perdón, amigo.   100
Julieta, amada mía, ¿cómo puedes ser
tan bella aún? ¿He de creer
que el fantasma de la muerte se ha enamorado,
y que el abominable monstruo te guarda aquí,
en la oscuridad, para que seas su amante?
Por temor de esto he de quedarme aquí
para nunca más marchar de este palacio
de noche oscura. Aquí he de quedarme
con los gusanos que ahora son tus damas
de compañía... aquí tendré mi descanso   110
eterno y libraré a la carne, hastiada ya del mundo,
del influjo maligno de las estrellas. Mirad,
ojos, por vez última. Brazos, el último abrazo.
¡Labios, puertas de aliento, sellad con este beso
legítimo un pacto eterno con la muerte

Come, bitter conduct, come, unsavoury guide!
Thou desperate pilot, now at once run on
The dashing rocks thy seasick weary bark!
Here's to my love! *[He drinks]* O true Apothecary!
Thy drugs are quick. Thus with a kiss I die.   120

He falls

Enter FRIAR LAURENCE, *with lantern, crow and spade*

FRIAR LAURENCE

Saint Francis be my speed! How oft tonight
Have my old feet stumbled at graves! Who's there?

BALTHASAR

Here's one, a friend, and one that knows you well.

FRIAR LAURENCE

Bliss be upon you! Tell me, good my friend,
What torch is yond that vainly lends his light
To grubs and eyeless skulls? As I discern,
It burneth in the Capel's monument.

BALTHASAR

It doth so, holy sir; and there's my master.
One that you love.

FRIAR LAURENCE

Who is it?

BALTHASAR

Romeo.

FRIAR LAURENCE

How long hath he been there?

BALTHASAR

Full half an hour.   130

FRIAR LAURENCE

Go with me to the vault.

que espera! ¡Ven, guía amargo, ven, timonel
desesperado, ven fatal guía, y lanza ahora
contra las rocas destructoras tu barcaza sin norte,
y fatigada! ¡Bebo por mi amor! *[Bebe]* Tú, veraz boticario,
rápida es tu droga! Con este beso... muero...   120

Cae

Entra FRAY LORENZO *con una linterna, una palanca y una azada*

FRAY LORENZO

¡San Francisco me valga! ¡Cuántas veces esta noche
tropezaron mis pies con estas tumbas! ¿Quién va?

BALTHASAR

Un amigo; alguien que os conoce bien.

FRAY LORENZO

Dios te bendiga. Dime, amigo mío.
¿Qué luz es aquélla que alumbra en vano
a gusanos y ciegas calaveras? Según parece
arde en la tumba de los Capuleto.

BALTHASAR

Así es, reverendo padre; aquél es mi señor
alguien a quien amáis.

FRAY LORENZO

¿Quién?

BALTHASAR

Romeo.

FRAY LORENZO

¿Cuánto tiempo está aquí?   130

BALTHASAR

Media hora o más.

FRAY LORENZO

Ven conmigo a la cripta.

BALTHASAR

I dare not, sir.
My master knows not but I am gone hence,
And fearfully did menace me with death
If I did stay to look on his intents.

FRIAR LAURENCE

Stay then; I'll go alone. Fear comes upon me.
O much I fear some ill unthrifty thing.

BALTHASAR

As I did sleep under this yew tree here,
I dreamt my master and another fought,
And that my master slew him.

Exit

FRIAR LAURENCE

Romeo!

He stoops and looks on the blood and weapons

Alack, alack, what blood is this which stains   140
The stony entrance of this sepulchre?
What mean these masterless and gory swords
To lie discoloured by this place of peace?
Romeo! O, pale! Who else? What, Paris too?
And steeped in blood? Ah, what an unkind hour
Is guilty of this lamentable chance!
The lady stirs.

JULIET *rises*

JULIET

O comfortable Friar! Where is my lord?
I do remember well where I should be,
And there I am. Where is my Romeo?   150

FRIAR LAURENCE

I hear some noise. Lady, come from that nest

BALTHASAR

No me atrevo.
Mi señor cree que ya me he marchado.
Me amenazó, airado, de muerte
si me quedaba a espiar sus pasos.

FRAY LORENZO

Quédate entonces. Iré yo sólo. Miedo me da
que haya podido ocurrir algo terrible.

BALTHASAR

Mientras dormía bajo este árbol soñé
que mi señor luchaba con alguien,
y que lo hería de muerte.

Sale

FRAY LORENZO

¡Romeo!

Se detiene. Mira la sangre y las armas

¡Dios! ¡Dios! ¿Qué sangre es la que tiñe   140
el mármol de la entrada del sepulcro?
¿Y estas espadas, manchadas y sin dueño
que yacen desvaídas en este lugar santo?
¡Romeo!... ¡Oh, esa palidez! ¿Quién más?... ¿Paris?
¡Bañado en sangre! ¿En qué cruel momento
ocurrió tanta desgracia?... ¿Y Julieta?...
¡Ya despierta!

JULIETA *se levanta*

JULIETA

¡Oh padre y consuelo mío! ¿Dónde está mi señor?
Recuerdo bien dónde debía encontrarme...
Este es el sitio, pero, ¿y mi Romeo?   150

FRAY LORENZO

Alguien se acerca... Señora, salid de este lugar

[403]

Of death, contagion, and unnatural sleep.
A greater power than we can contradict
Hath thwarted our intents. Come, come away.
Thy husband in thy bosom there lies dead;
And Paris too. Come, I'll dispose of thee
Among a sisterhood of holy nuns.
Stay not to question, for the Watch is coming.
Come, go, good Juliet. I dare no longer stay.

JULIET

Go, get thee hence, for I will not away.   160

Exit FRIAR

What's here? A cup, closed in my true love's hand?
Poison, I see, hath been his timeless end.
O churl! drunk all, and left no friendly drop
To help me after? I will kiss thy lips.
Haply some poison yet doth hang on them
To make me die with a restorative.

She kisses him

Thy lips are warm!

Enter PARIS's PAGE *and the* WATCH

WATCHMAN

Lead, boy. Which way?

JULIET

Yea, noise? Then I'll be brief. O happy dagger!
This is thy sheath; there rust, and let me die.   170

She stabs herself and falls

PAGE

This is the place. There, where the torch doth burn.

---

162 *his timeless end. OED, timeless*, pág. 3326 (43): «That is out of its proper time; untimely; unseasonable, ill-timed; esp. occuring or done prematurely (Obs.).»

de muerte, de putrefacción y sueño contranatura.
Una fuerza superior que no hemos podido gobernar
ha torcido nuestros planes. Venid, salid de ahí.
Vuestro esposo yace muerto junto a vos.
Y Paris también... Venid, haré lo necesario
para que os refugiéis en un convento.
No hagáis ahora preguntas. Llega la guardia.
Venid, Julieta. No puedo quedarme por más tiempo.

JULIETA

Id vos. Yo he de quedarme aquí. ¿Qué es esto?   160

Sale el FRAILE

¡Una copa sujeta entre las manos de mi amado!
Ahora lo entiendo... el veneno fue su muerte
prematura... ¿Todo lo bebiste, oh cruel, sin dejar una gota
amiga para mí? He de besar tus labios... Acaso
quede algo de veneno en ellos...
que me dé una muerte reparadora.

Le besa

Tus labios... están aún calientes...

Entra la GUARDIA *y el* PAJE *de* PARIS

GUARDIA PRIMERO

Indicadme el camino, mancebo.

JULIETA

Alguien viene. Terminaré pronto. ¡Oh, dulce puñal!
Soy tu morada. Descansa en mí. Dame la muerte.   170

Se clava el puñal y cae

PAJE

Allí es... Allí donde la antorcha arde.

First Watchman

The ground is bloody. Search about the churchyard.
Go, some of you. Whoe'er you find attach.

Exeunt some of the Watch

Pitiful sight! Here lies the County slain!
And Juliet bleeding, warm, and newly dead,
Who here hath lain this two days burièd.
Go, tell the Prince. Run to the Capulets.
Raise up the Montagues. Some others search.

Exeunt others of the Watch

We see the ground whereon these woes do lie,
But the true ground of all these piteous woes   180
We cannot without circumstance descry.

Enter some of the Watch, *with* Balthasar

Second Watchman

Here's Romeo's man. We found him in the churchyard.

First Watchman

Hold him in safety till the Prince come hither.

Enter Friar Laurence *and others of the* Watch

Third Watchman

Here's a Friar that trembles, sighs, and weeps.
We took his mattock and this spade from him
As he was coming from this churchyard's side.

First Watchman

A great suspicion! Stay the Friar too.

Enter the Prince *and attendants*

Prince

What misadventure is so early up,
That calls our person from our morning rest?

Hay sangre. Registrad el cementerio.
Id. Arrestad a cualquiera que encontréis.

Salen algunos de la GUARDIA

¡Triste espectáculo! Aquí está el conde muerto
y Julieta sangrando... muerta hace poco... ¡Su sangre
aún caliente, cuando hace dos días que yace aquí!
¡Buscad al Príncipe! ¡Avisad a los Capuleto! ¡Llamad
a los Montesco! ¡Y seguid buscando!

Salen otros de la GUARDIA

Este es el lugar donde yace la aflicción
pero el verdadero origen de estos sucesos lamentables,   180
no lo conoceremos hasta saber del todo lo ocurrido.

Entran algunos de la GUARDIA *con* BALTHASAR

GUARDIA SEGUNDO

Aquí está el criado de Romeo. Estaba en el cementerio.

GUARDIA PRIMERO

Sujetadle hasta que llegue el Príncipe.

Entra FRAY LORENZO, *con otros de la* GUARDIA

GUARDIA TERCERO

Aquí hay un fraile que no hace sino llorar, temblar,
suspirar. Llevaba esta palanca y esta azada
cuando lo cogimos por este lado del cementerio.

GUARDIA PRIMERO

Arrestadle también por sospechoso.

Entran el PRÍNCIPE *y asistentes*

PRÍNCIPE

¿Qué desgracia es ésta tan temprana
que a estas horas del alba nos requiere?

[407]

Enter CAPULET *and his* WIFE *with servants*

CAPULET

What should it be, that is so shrieked abroad?   190

LADY CAPULET

O the people in the street cry «Romeo»,
Some «Juliet», and some «Paris»; and all run
With open outcry toward our monument.

PRINCE

What fear is this which startles in your ears?

FIRST WATCHMAN

Sovereign, here lies the County Paris slain;
And Romeo dead; and Juliet, dead before,
Warm and new killed.

PRINCE

Search, seek, and know, how this foul murder comes.

FIRST WATCHMAN

Here is a Friar, and slaughtered Romeo's man,
With instruments upon them fit to open   200
These dead men's tombs.

CAPULET

O heavens! O wife, look work how our daughter bleeds!
This dagger hath mista'en, for, lo, his house
Is empty on the back of Montague,
And it mis-sheathèd in my daughter's bosom!

LADY CAPULET

O me! This sight of death is as a bell
That warns my old age to a sepulchre.

Enter MONTAGUE *and servants*

PRINCE

Come, Montague. For thou art early up
To see thy son and heir now early down.

CAPULETO

¿Qué es eso por lo que gritan por todas partes?   190

LADY CAPULETO

La gente en la calle grita «Romeo»,
otros «Julieta» y otros «Paris», pero todos corren
hacia nuestro panteón.

PRÍNCIPE

¿Qué temor estremece los oídos?

GUARDIA PRIMERO

Príncipe, aquí yace muerto el conde Paris,
y Romeo muerto, y Julieta, antes muerta,
de nuevo asesinada... todavía caliente.

PRÍNCIPE

Buscad, inquirid el origen de estos crímenes.

GUARDIA PRIMERO

Aquí están el fraile y el criado de Romeo   200
que portaban los aperos necesarios
para abrir los sepulcros.

CAPULETO

¡Oh, cielos! Mirad, esposa, cómo sangra
nuestra hija. La daga erró el camino: su funda
está vacía sobre la espalda de Montesco y halló
falso cobijo en el pecho de Julieta.

LADY CAPULETO

¡Ay de mí! Este espectáculo de muerte
es como la campana que convoca al sepulcro a mi vejez.

Entran MONTESCO *y sirvientes*

PRÍNCIPE

Ven, Montesco. Temprana fue tu llegada
para ver la temprana muerte de tu hijo y heredero.

MONTAGUE

Alas, my liege, my wife is dead tonight!   210
Grief of my son's exile hath stopped her breath.
What further woe conspires against mine age?

PRINCE

Look, and thou shalt see.

MONTAGUE

O thou untaught! What manners is in this,
To press before thy father to a grave?

PRINCE

Seal up the mouth of outrage for a while,
Till we can clear these ambiguities
And know their spring, their head, their true descend.
And then will I be general of your woes
And lead you, even to death. Meantime forbear,   220
And let mischance be slave to patience.
Bring forth the parties of suspicion.

FRIAR LAURENCE

I am the greatest, able to do least,
Yet most suspected, as the time and place
Doth make against me, of this direful murder.
And here I stand, both to impeach and purge
Myself condemnèd and myself excused.

PRINCE

Then say at once what thou dost know in this.

FRIAR LAURENCE

I will be brief, for my short date of breath
Is not so long as is a tedious tale.   230
Romeo, there dead, was husband to that Juliet;
And she, there dead, that Romeo's faithful wife.
I married them; and their stolen marriage day
Was Tybalt's doomsday, whose untimely death
Banished the new-made bridegroom from this city;

MONTESCO

Mi señor, mi esposa ha muerto esta noche,   210
el dolor por el exilio de Romeo detuvo su aliento.
¿Qué otra desventura amenaza mi vejez?

PRÍNCIPE

Mira por ti mismo.

MONTESCO

¡Oh, joven descortés! ¿Son esas maneras?
¡Precipitarte a la tumba antes que tu padre!

PRÍNCIPE

Cesad vuestra ira por un instante
hasta que podamos aclarar todo esto,
conocer su origen, causa y fines; después
gobernaré vuestro dolor, y os guiaré
incluso hasta la muerte. Entretanto disculpad,   220
y dejad que el infortunio esclavo sea de la paciencia.
Que comparezcan ante mí los sospechosos.

FRAY LORENZO

Yo soy el principal y el menos capaz a un tiempo.
Soy el mayor sospechoso —pues tiempo y lugar
están contra mí— de este horrible crimen.
Aquí estoy, acusadme y disculpadme,
pues yo me condeno y me excuso.

PRÍNCIPE

Decid de una vez lo que sepáis.

FRAY LORENZO

Seré breve: lo que me queda de aliento
no soportaría una historia prolija.   230
Romeo, que ahí yace, era esposo de Julieta.
Y ella, ahí muerta, era su esposa fiel.
Yo los uní en matrimonio, secretamente celebrado,
el día en que murió Tybalt; su muerte
temprana desterró a Romeo de esta ciudad;

For whom, and for Tybalt, Juliet pined.
You, to remove that siege of grief from her,
Betrothed and would have married them perforce
To County Paris. Then comes she to me
And with wild looks bid me devise some mean   240
To rid her from this second marriage,
Or in my cell there would she kill herself.
Then gave I her —so tutored by my art—
A sleeping potion; which so took effect
As I intended, for it wrought on her
The form of death. Meantime I writ to Romeo
That he should hither come as this dire night
To help to take her from her borrowed grave,
Being the time the potion's force should cease.
But he which bore my letter, Friar John,   250
Was stayed by accident and yesternight
Returned my letter back. Then all alone
At the prefixèd hour of her waking
Came I to take her from her kindred's vault;
Meaning to keep her closely at myself
Till I conveniently could send to Romeo.
But when I came, some minute ere the time
Of her awakening, here untimely lay
The noble Paris and true Romeo dead.
She wakes; and I entreated her come forth   260
And bear this work of heaven with patience.
But then a noise did scare me from the tomb,
And she, too desperate, would not go with me,
But, as it seems, did violence on herself.
All this I know; and to the marriage
Her nurse is privy; and if aught in this
Miscarried by my fault, let my old life
Be sacrificed, some hour before his time,
Unto the rigour of severest law.

PRINCE

We still have known thee for a holy man.   270
Where's Romeo's man? What can he say to this?

[412]

por él, no por Tybalt, lloraba Julieta,
y vosotros para aplacar su dolor la prometisteis
y la habríais obligado a casarse con Paris.
Ella acudió a mí, enloquecida,
rogándome que encontrara un remedio para poder   240
evitar este segundo matrimonio, con la amenaza
de que se mataría en mi propia celda.
Siguiendo mi experiencia,
le di una pócima que tuvo el efecto exacto
que yo pretendía, pues produjo en ella
apariencia de muerte. Escribí entonces a Romeo
para que viniera esta noche de desventura,
y pudiera así rescatarla de una tumba ajena
en el momento en que el efecto de la droga terminara.
Pero aquél que tenía que entregar la carta,   250
Fray Juan, sufrió un percance y anoche mismo
me devolvió el escrito. Entonces, yo,
cuando supuse que ella debía despertarse,
vine a sacarla del panteón de la familia
con el propósito de llevarla a mi celda
hasta que pudiera restituirla a Romeo.
Pero cuando llegué, justo antes de que despertara,
yacían aquí, prematuramente muertos,
el conde Paris y Romeo. Ella se despertó,
le supliqué que viniera conmigo,   260
y que soportara con resignación el designio del Cielo.
Oí un ruido y me alejé, asustado, de la cripta;
ella, demasiado desesperada para seguirme,
al parecer se dio violenta muerte.
Esto es cuanto sé; en cuanto al matrimonio,
la nodriza lo conocía; si con todo esto los hechos
se torcieron por mi culpa, sea sacrificada
mi pobre vida, antes de lo que correspondería,
y cumpliré la ley en todo su rigor.

PRÍNCIPE

Siempre os habíamos considerado un santo.   270
¿Dónde está el criado de Romeo? ¿Qué puede alegar?

BALTHASAR

I brought my master news of Juliet's death;
And then in post he came from Mantua
To this same place, to this same monument.
This letter he early bid me give his father,
And threatened me with death, going in the vault,
If I departed not and left him there.

PRINCE

Give me the letter. I will look on it.
Where is the County's page that raised the Watch?
Sirrah, what made your master in this place?   280

PAGE

He came with flowers to strew his lady's grave,
And bid me stand aloof, and so I did.
Anon comes one with light to ope the tomb,
And by and by my master drew on him.
And then I ran away to call the Watch.

PRINCE

This letter doth make good the Friar's words,
Their course of love, the tidings of her death.
And he writes that he did buy a poison
Of a poor apothecary, and therewithal
Came to this vault to die and lie with Juliet.   290
Where be these enemies? Capulet, Montague,
See what a scourge is laid upon your hate,
That heaven finds means to kill your joys with love.
And I, for winking at your discords too,
Have lost a brace of kinsmen. All are punished.

CAPULET

O brother Montague, give me thy hand.
This is my daughter's jointure, for no more
Can I demand.

MONTAGUE

                    But I can give thee more.
For I will raise her statue in pure gold,

[414]

BALTHASAR

Yo informé a mi amo de la muerte de Julieta,
que a toda prisa vino desde Mantua
a este mismo lugar, a esta tumba. Me entregó
esta carta para su padre y amenazó
con la muerte, mientras entraba en la cripta,
si no partía de inmediato y le dejaba en ella.

PRÍNCIPE

Dadme la carta, quiero verla. ¿Dónde
está el paje del conde? El que llamó a la guardia.
Di, ¿qué hacía vuestro amo en este lugar?   280

PAJE

Vino con flores para la tumba de su amada.
Me dijo que me alejara y así lo hice. Vino
entonces alguien con una antorcha y abrió la tumba
y rápidamente mi amo se precipitó sobre él.
Corrí entonces a alertar a la guardia.

PRÍNCIPE

Esta carta confirma las palabras de fray Lorenzo.
Habla de su amor; de cómo supo de la muerte
de Julieta. Dice aquí que compró un veneno
a un pobre boticario, y cuenta cómo vino a la tumba
a morir y yacer junto a su amada.   290
Oiganme los dos enemigos ¡Capuleto! ¡Montesco!
Ved la maldición que cayó sobre vuestro odio;
el cielo halló la forma de matar vuestro gozo
con amor, y yo, al tolerar vuestras discordias,
he perdido a dos de mi familia. Todos sufrimos el castigo.

CAPULETO

Dadme vuestra mano, Montesco, hermano mío.
Esta es la dote de mi hija. Nada más
puedo pedir.

MONTESCO

                Yo sí puedo daros más,
pues he de erigirle una estatua de oro

That whiles Verona by that name is known,   300
There shall no figure at such rate be set
As that of true and faithful Juliet.

CAPULET

As rich shall Romeo's by his lady's lie,
Poor sacrifices of enmity!

PRINCE

A glooming peace this morning with it brings.
The sun for sorrow will not show his head.
Go hence, to have more talk of these sad things.
Some shall be pardoned, and some punishèd.
For never was a story of more woe
Than this of Juliet and her Romeo.   310

Exeunt

a Julieta, de modo que, mientras Verona exista,   300
ninguna otra imagen ha de ser tan honrada
como la de vuestra fiel y sincera hija.

CAPULETO

Con igual esplendor, y junto a ella, yacerá Romeo.
¡Oh, pobres víctimas de nuestro odio!

PRÍNCIPE

La mañana trae consigo una paz lúgubre;
el sol, apenado, no asoma su cabeza.
Vayamos, que hemos de hablar de estos hechos
tristes. Unos serán perdonados, otros
tendrán su castigo, pues historia tan penosa nunca
hubo, como ésta de Julieta y Romeo.   310

Salen todos

ÍNDICE

Colección Letras Universales

108   *Romeo y Julieta*, WILLIAM SHAKESPEARE.
       Edición bilingüe del Instituto Shakespeare.

DE PRÓXIMA APARICIÓN

Sátiras, PERSIO.
    Edición de Rosario Cortés.
El corazón de Mid Lothian, WALTER SCOTT.
    Edición de Ramón Álvarez.